우리들이 진짜하고 싶은 이야기
끌로적다

목차

– 책을 펴내며

"선생님!! 점심은 드시고 오셨어요?"

오룡(오룡 인문학 연구소 대표)
<적폐역사 개념역사>,
<난중일기>저자

며칠전 수업시간에 한 학생이 느닷없이 물었다. 순간, 당황스러웠지만 금세 마음이 뭉클 해졌다. 존재의 쓸모가 아니라 존재의 안부를 물어주는 따스함은 백만번 들어도 행복하다.

연두빛으로 물들어 오는 봄 산은 지천으로 널려있는 풋풋함으로, 감수성 충만한 오룡의 넋을 흔들어 놓는다. 낯선 봄 산은 무한의 가능성을 지닌, 질서없는 불온성의 짜릿함이 색채의 조화로움으로 피어났다.

오래된 나무든, 젊은 나무든, 가릴것 없이 피어오르는 색들은, 신령스러움과 경건함을 여과없이 보여준다. 거꾸로 시간을 소생시켜 주는 봄 산의 숲색은 영원한 몰가치의 무정함으로 더 신비롭다.

소멸과 신생의 순환성은 언제나 풋것이 우선이다. 오룡은, 늘 어렴풋한 연두빛의 십대를 만나고 다닌다.

아는 만큼 보이는 것은 아니다

예산 덕숭산의 풍경은 초록틈새 파고드는 빛으로 눈부셨다. 세속(世俗)으로 부터 비켜앉은 위대한 부처(대웅전)는 허영을 부리지 않았다. 형형의 단청을 거부한 주심포와 무보정(無補正)의 칠백년 맞배지붕은 소멸하는 시간을 거부한 채 여전히 검소했다. 온갖 욕망과 번뇌의 세속을 떠난 비구와 비구니의 삶은 순간이다. 시공을 초월한 영겁을 만나기위해 숱한 중생들의 합장은 하나로 모아지고 다시금 흩어진다.

백제의 미소를 머금고 살았던 윤봉길은 스물다섯살에 조국의 독립을 위해 목숨을 바쳤다. 그는 죽어서 영원히 살았지만, 살아있는 우리가 바로잡아야 할 역사는 아직 갈길이 멀다.

깊은 산중이지만 셋이라서 외롭지 않은 마애삼존불의 미소가 환하다. 터질 듯 한 불상의 오동통한 입술과 귀여운 천진성 앞에 7세기의 백제인들과 21세기의 우리는 웃음으로 공감(共感)한다.

심부재언(心不在焉) 시이불견(視以不見) 청이불문(聽以不聞)을 주문처럼 외워본다. 마음에 있지 않으면 보아도 보이지 않고, 들어도 들리지 않는다.

오래전, 삿포로에 갔다

〈설국〉을 꿈꾸며 찾아간 오도리 공원은 한적했다. 미야자키 하야오의 '미래소년 코난'과 '코비'는 어디에도 없었다. 가까운 오호츠크해의 세찬 바람을 한껏 맞으며 추운 나라에서 잠깐이나마 살아보고 싶다는 생각을 했다.

삿포로에서 순간순간 느낀 냄새와 질감을 저장했다. 온전한 느낌은 100퍼센트 언어화되지 못한다. 그냥 기억할 뿐이다.

여전히, 변함없이, 삿포로가 그립다. 시간의 흐름속에 멈춘 기억속의 그곳이. 지나 온 몸은 시간속으로 스며들고, 시간은 마음속에 머무른다.

세탁소 라벨조차 떼어내지 않은, 두꺼운 방한복을 꺼내입을때 들어오는 향기는 한 해를 보내며 느끼는 시간의 감별법이다.

봄의 산하를 누볐던 몸은 한 껏 넓어졌다. 부풀어 오른 흙의 기운은 날마다 강성해서 가득찼다. 여름의 태양을 피하려던 피부에 가득 주저앉은 주름은 몸을 무뎌지게 했다. 주름은 여전히 떠나기를 주저한다. 눌러 앉은 기세가 맹렬하다.

가을의 풍경은 사물로서 무의미하다. 글이라서 이렇게 쓴다. 풍경은 쓰는게 아니라 보는 것이다. 사물이 아닌 인문의 눈으로 들여다 본 가을앞에 몸은 들뜬다. 다시 겨울이 깊숙하게 들어와서 속삭인다. 몸은 말을 걸지 않지만 난 몸에게 자꾸 시비를 건다.

안달란 마음은 사소하게 두렵고, 어줍잖게 까칠한 나이는 시간을 셈한다.

한나 아렌트에게 전하는 하이데거의 말을 빌리면 조금 진정 되려나. "생각한다는 것은 외로운 일이네."

자기언어를 만들기 위해서 일단은 써야한다

하나의 문장을 만들어 내는 것은 온전히 나다. '나'와 '나 이외의 것'의 경계를 허물어 낸, '나 인 것'과 '나 아닌 것'의 모호함이 확장되는 경험의 반복성이다.

전태일은 말했다. "나를 아는 모든 나여, 나를 모르는 모든 나여." 그의 삶이 주변을 향해 나아갈 수 있었던 이유는 목적이 분명한 자기의 언어가 있었기 때문이다.

연애편지, 목적이 분명한 글쓰기다.

"거룩한 분노는 종교보다도 깊고 불붙는 정열은 사랑보다도 강하다."라는 시인 변영노의 '논개'는 가수 이동기가 부른 '논개'보다 우선했다. 사운드보다 이미지였던 것이다. '구술(口述)보다 구체(具體)였다.

모든 글은 효과를 노리고 쓴다. 글을 쓰는 사람은 글과 연애하는 감정으로 써야 한다. 글이 안써지는 이유는 느끼지 못했기 때문이다. 아프기도 하고, 아련하기도 하며, 즐겁기도 하고, 통쾌하기도 한 마음이 있다면 당장 글을 써보라.

쓴다는 것은 몰입(沒入)이다.

춘향은 연애경험 풍부한 신 여성으로, 단오날 그네탄 그녀의 속셈을 헤아려 보는 재미는 고전읽기의 확장성이다. 흥부를 잇속빠른 조선후기 신흥 상인으로 생각해 보면, 딱딱한 고전읽기의 즐거움이 생기지 않을까.

'고려청자 매병을 바라보고 있으면 고요의 아름다움 속에 한가닥의 부푼정이 옅은 즐거움...' 최순우 관장의 《무량수전 배흘림 기둥에 기대서서》 중에 나오는 구절이다.

글쓰기는 결국 들여다 보기이다. 몰입하면 글은 따라온다.

토론은 진심이다

토론과 글쓰기를 하다보면 정직하게 말하는 아이들이 멋지다. 에둘러 표현하지 않아야 소통은 빨라진다. 진심은 진심일 때 잘 통하는 것이다.

장자가 주장한 소통의 논리는 '통'보다는 '소'에 방점이 있다. '소'라는 것은 비운다는 것이다. 많이 비울 수 있을 때 담아낼 수 있는 양도 많아질 것이다.

토론은 창검없는 전쟁터다. 반론에선 상대의 온몸을 꽁꽁묶기 위한 필살기가 난무한다. 타자와의 관계를 설정하는 능력, 따끈따끈한 스토리를 만들어 나가는 예쁜 녀석들. 인간으로서의 꿈과 감정을 솔직히 토로하는 인문정신(?)은 이렇게 만들어 지리라 확신한다.

"니체가 니체식으로 생각 하듯이 당신도 당신식으로 생각하라."

아주 사적이며, 매우 공적으로 만나는 사이, 통(通)하다.

시간이 흐르는 것은 물이 흐르는 것과 같다. 지나가는 모든 것은 추억일 수 있지만 미래의 모든 것은 현실이다. 릴케가 말한다. "신이여 우리 각자에게 합당한 삶을 주소서.". 시인 고정희의 말을 더하자면 "모든 사라지는 것들의 뒤에 여백을 남긴다."

인연을 맺는 것은, 관계의 지속성이다. 지속은 '통'하는 것이다. 관계가 '통'한다는 의미는 공감에 대한 공유이며 감응이다.

가끔은 규모의 체험도 필요하다.

내 삶의 내면을 넓혀 주기위한 다양한 관계의 체험을 위해 독서만한 것이 없다. 모든이들이 알고 있는 단순한 명제인데도 강조하는 이유는 지속성의 결여 때문이다. 그러므로 책과 영속(永續)으로 만남을 주선해 주는, 디지털이 아닌 아나로그 감수성을 듬뿍듬뿍 표현하는 아이들은 내 마음의 보석이다.

햇살은 바람을 만나야만 흩어지며 모아진다.

표정과 느낌을 관찰하는 것은 낯설고 때론 위험하다. 탈진(脫盡)의 노동이다. 그러기에 매혹적이며 관능적이다. 질(帙)과 감(鑑)이 순간순간 포착되고 모아지는 겹쳐짐이 반복될 때 '추억'은 온전한 나만의 소유물로 쌓여간다.

"행복은 사랑을 통해서만 온다. 더 이상은 없다."는 로마의 시인 베르길리우스의 감수성을 닮고 싶다.

책은 반짝거리는 가을이다

자연의 가을에서 색(摵)은 공(空)으로 흩어지지 않고 다만 소멸할 뿐이다. 색(賾)은 거듭된 빛과 바람의 맛사지를 받아 공(羾)으로 사라질 뿐이다. 색(摵,賾)은 공(空,羾)을 향하지만, 공(空,羾)은 색(摵,賾)을 탐하지 않는다.

아이들이 표현하는 감정의 독백들이 흩어지는 것이 아쉬웠다. 아이들을 감싸고있는 내면의 편린(片鱗)들과 불쑥불쑥 충동질하는 언어들을 모았다. 마음껏 날 수 있는 글들이다.

가볍다는 것은 빛(light)을 뜻한다. 빛은 밝고 투명하다. 빛은 반짝거린다. 《우리들이 진짜 하고 싶은 이야기 글로 적다》가 가볍지만 반짝거리는 이유는 소멸하지 않기 때문이다.

영혼이 순수한, 영혼이 천진스러운 아이들, 서로가 지닌 따뜻한 마음을 나눈, 아이들의 글발이 아이들 답다. 뿌듯하고 이쁘다.

우리들은 계속 만날 것이다. 책을 읽기 위해서만이 아닌, 행간에서 오래도록 머무르고 싶기 때문이다.

김민수
(수내초 2년)

영주와 안동으로 다녀 온 답사, 하룻밤 꿈처럼 좋았다

6월 5일부터 6일까지 영주와 안동으로 답사를 간다는 소식을 들었다. 안동은 가보았지만 영주는 가본 곳이 아니어서 귀가 솔깃해졌다. 특히 대형버스를 타고 오백년 된 한옥에서 잔다는 설레임으로 더 생각할 것도 없이 단번에 가겠다고 했다.

오백년 된 조선시대의 집에서 잔다 하니 무섭기도 하고 기대도 됐다. 무서웠던 이유는 집이 무너지면 어떨지. 잘 때에 벌레들이 기어 다니면 어쩌나 하는 걱정 때문이었다. 자고 있는데 벌레가 얼굴 위로 기어 다니고, 발 밑으로 쥐들이 달려 다닌다고 생각하니, 기절해서 혼이 하늘나라로 올라갈 것 같다. 그렇지만 무서움보다는 기쁨과 기대감이 더 컸다. 또한 선생님이 설마 그런 곳으로 데리고 가지 않을 거라고 믿었다. 무엇보다 나는 용감하다.

지난 겨울 방학에 친구들과 역사 특강을 해주신 오룡 선생님이 이번 답사의 안내자 이시다. 그땐 4회만 하고 끝이라서 아쉬움이 컸었는데 이렇게 다시 1박2일로 답사를 가게 되어 그때의 아쉬움이 사라지고 설렘이 부풀어 올랐다. 이번에는 친한 친구 성훈이도 함께 간다.

답사 출발 일 아침 일찍 성훈이가 우리집으

로 와서 같이 출발했다. 그런데 약속 시간에 늦지 않게 가려고 무거운 가방을 맨 채로 뛰어가다가 길 턱에 걸려 철퍼덕 넘어졌다. 팔꿈치는 까지고, 손바닥은 아픈데, 조심하지 않았다고 엄마한테 혼까지 나니 아프고 속상해서 눈물이 날 뻔 했다.

하지만 여행을 망치고 싶지 않아서 꾹 참았다. 약국에서 처방을 받고 가다보니 더 바빠져서 울 정신도 없었다. 팔꿈치의 피가 겨우 멎고서야 출발 장소에 도착했다. 버스를 기다리고 있으면서 아픈 것도 잊어버렸다. 드디어 제로 쿨 투어 버스가 도착했다. 크기가 생각보다 아주 컸다. 내부는 어떨지 궁금해서 내 가슴이 두근두근 뛰었다. 문이 열리자마자 얼른 달려가서 앞자리에 타려다가 계단을 오르는 중에 또 넘어질 뻔 했다. 너무 흥분해서 운이 다 날아갈 뻔 했는데 다행히도 맨 앞자리에 앉을 수 있었다.

드디어 출발이다. 버스가 출발하자 선생님께서 우리가 가게 될 답사 장소들과 꼭 기억해 두어야 할 것들을 하나하나 알려 주셨다. 영주에서는 소수 서원과 부석사에 가고, 안동에서는 전탑 들을 보고, 임청각에서 자고, 제비원 마애 석불, 봉정사, 도산 서원, 이육사 문학관, 병산 서원을 볼 것이라고 하셨다. 영주까지는 4시간이 넘는 꽤 먼 거리였다. 차가 계속 달리니 지루하지 않고 좋았다. 나는 고속도로를 달리며 밖의 차들을 구경하는 것을 좋아하는데 그러다보면 지루하지 않게 먼 거리를 갈 수 있다. 그러는 사이에 우리는 영주에 도착했다.

첫 답사지는 소수 서원이다. 지난 겨울에 오룡 선생님과 함께 수지에 있는 심곡 서원에 간 적이 있으니 두번째로 가 보는 서원이다. 소수 서원은 우리나라 최초의 사액 서원이다. 서원은 교육 기관이고 위패를 모셔 놓고 제사를 지내는 곳이기도 하다.

소수 서원은 중종 때 우리나라에 성리학을 처음으로 전파 한 안향을 기리기 위해 주세붕이 백운동에 세운 서원이다. 그래서 처음엔 백

운동 서원이라 불렸다. 그러다가 퇴계 이황이 명종에게 건의하여 이름을 소수 서원으로 바꾸고, 보수하였다. 명종은 친필로 쓴 소수 서원이라는 현판을 내려주었다. 19세기말에 흥선대원군은 서원을 철폐하였는데, 이때 철폐되지 않은 서원 47개 중 하나이다.

소수 서원의 입구에는 길 양쪽으로 소나무가 빽빽이 있어서 경치가 아주 좋고 냄새도 좋았다. 조금 들어가니 보물 제 59호인 당간 지주가 있었다. 당간 지주는 그곳이 절터였다는 것을 알려준다고 들었다. 소수 서원도 옛날에는 절터였다는 것을 알 수 있다. 당간 지주는 절에서 행사가 있을 때 깃발을 걸거나 꽂아서 알리는데 사용된 것이다. 당간 지주는 두 개의 길쭉한 사각기둥의 돌 두개가 나란히 서 있는 것이다.

서원 안에는 학문을 공부하는 강학당이 있었다. 정면 4칸, 측면 3칸의 12칸 건물로 팔작 지붕에 겹 처마이다. 웅장하며 단청이 알록달록하고 화려했다. 더 들어가니 영정각이 있었다. 영정각에는 국보 제 111호인 회현 안향의 초상화와 보물 제 717호인 주세붕의 초상화가 있었다.

나오는 길에 직사각형의 호수가 있었다. 인공으로 만들었다는데 크기가 어마어마하게 컸다. 작지만 막 피어나고 있는 연꽃들이 올망올망 예뻤다. 호수를 가득 채운 초록 연잎들이 내 눈을 뗄 수 없게 만들었다. 정말 멋스러웠다. 소수 서원은 경치가 너무 좋아서 과연 그런 곳에서는 공부에 도무지 집중이 될지 모르겠다. 우리는 죽계천의 징검다리도 건너보고, 소나무 숲 사이에 있는 거대한 돌을 오르내리며 소수 서원의 자연 속에서 잠시 신나게 놀았다.

답사 단원중에 가장 어려서 더 좋았다

두번째로 간 곳은 부석사이다. 부석사는 봉황산에 있고 676년 의상 대사가 문무왕의 명으로 창건했다. 의상을 사랑한 선묘낭자와 관련한 설화가 있다. 절 뒤편에는 엄청 큰 바위가 있는데, 이것이 설화속의 그 부석이다. 마치 고인돌 덮개돌 처럼 생겼다. 이 설화는 일연이 쓴 삼국유사에 기록되어 있다.

부석사에는 국보 제 18호 무량수전을 비롯해서 다섯 점의 국보와 세 점의 보물이 있다. 주차장에서 올라가는 길은 조금 힘들기도 했지만 부석사는 이렇게 많은 국보와 보물을 가지고 있다니. 참 고귀한 절이다. 일주문을 지나 조금 걸으니 안양루가 나왔다. 나무 사이로 있는 2층의 안양루는 웅장하고 그 곳을 통과하게 되면 부처의 세계로 들어갈 것 같았다.

안양루는 들어갈 때에 보면 2층이고, 안에서 보면 1층이다. 안양루를 지나니 부석사의 대웅전인 무량수전이 등장했다. 무량수전은 단청이 거의 사라졌다. 그 이유는 새로 칠하지 않고 그대로 보존했기 때문이다. 보통 절에 가면 화려한 단청이 눈길을 끄는데 부석사의 건물들은 그렇지 않아 뭔가 더 고풍스럽다. 무량수전은 정면 5칸, 측면 3칸으로 15칸의 꽤 큰 건물이고 팔작 지붕에 주심포 공법이다. 가장 오래 된 목조 건축물 중 하나로 고려 시대의 건물이고 우리나라의 대표적인 배흘림 기둥 양식이다. 배흘림 기둥은 기둥의 위와 아래를 더 얇게 만들어 곡선 모양의 기둥으로 더 안정감 있어 보이게 한다. 주로 고려 시대 건축물에 많이 사용되었다.

무량수전 안에는 국보 제 45호 소조여래좌상이 있다. 대부분 법당의 부처님들은 정면을 바라보고 있는데 특이하게도 이 부처님은 동쪽 측면을 바라보고 앉아 있다. '소조' 는 나무로 뼈대를 만들고 진흙을 덧붙여 만든 뒤 금칠을 하는 방법인데 우리나라에 남아 있는 소조 불상 중 이 불상이 가장 크고 오래 된 것이다. 그 옛날에 무량수전을 이렇게 크고 멋스럽게 만들다니, 도무지 믿음이 안 간다. 정말 멋진 무량수전이다.

무량수전에서 조사당으로 가는 길에는 보물 제 249호인 부석사 삼

층 석탑이 있다. 대부분의 절에서는 대웅전 앞 마당에 탑들이 있는데 여기는 특이하게도 탑이 대웅전의 오른쪽 뒤에 있다. 이 탑을 지나 조사당에 갔다. 조사당에는 국보 제 46호인 조사당 벽화가 있었다고 한다. 지금은 너무 많이 훼손되어 벽면 전체를 떼어내어 박물관에 보관 중이다.

조사당은 무량수전보다 100~150년 정도 먼저 지어졌을 것이라고 한다. 정면 3칸, 측면 1칸의 맞배 지붕, 주심포 양식의 아담한 건물이다. 의상 대사의 초상화가 있다고 하는데 문이 닫혀있어 보지는 못하였다. 철장 속에 잎이 없는 작은 나무가 하나 있었는데 의상 대사의 지팡이를 그 곳에 꽂았더니 싹이 나고 나무가 자랐다는 전설이 있다. 관광객들이 자꾸 나뭇가지를 꺾어 가서 철장으로 보호를 하고 있다. 철장 때문에 작은 나무는 눈에 잘 띄이지도 않았다.

문화재를 함부로 하는 사람들은 반성을 해야 한다. 조사당은 작지만 옛날의 느낌을 잘 담고 있어서 참 좋았다. 나오는 길에 국보 제 17호인 부석사 석등을 봤다. 통일 신라 때의 것이고, 광명등 이라고도 부른다. 빛은 부처님의 진리를 뜻하고 이 빛으로 무량수전 앞을 비춘다. 특징은 한쪽 기단이 떨어져 나간 것이다.

나오는 길에 중문인 범종루를 지났다. 원래 범종루는 범종이 있는 곳인데 이곳은 범종이 없다. 대신 절의 중문 역할을 하고 있다. 특이한 점은 입구 쪽에서 보면 팔작 지붕이고 반대편에서 보면 맞배 지붕인 것이다.

부석사는 우리가 다녀오고 얼마 지나지 않아 유네스코 세계 문화 유산. 산사. 한국의 산지 승원에 등재 되었다. 부석사가 정말 자랑스럽다. 부석사는 고유의 느낌을 쭉 살려온 절 같다. 나는 부석사에서 역사의 웅장함을 느꼈다.

다시 우리는 영주에서 안동으로 출발했다. 이번에는 그다지 많은 시간이 걸리지는 않았다.

독립운동을 한 분들이 살았던 집에서 잠을 잤다

도착해서 곧바로 저녁 식사를 했다. 저녁 메뉴는 정말 좋아하는 안동 찜닭이다. 평소에 다른 곳에서 먹던 것과는 달리 안동에서 먹는 찜닭은 훨씬 맛있었다. 환상의 세계에 있는 것 같은 맛이었다. 양도 비교적 아주 많았는데 엄마, 성훈이와 함께 한마리를 싹 비웠다. 접시에는 뼈들만이 남았다. 정말 맛있었다. 안동의 대표 음식중 하나가 찜닭인 이유를 알 것 같다. 선생님께서는 유명한 맛집을 많이 아시나 보다. 저녁 식사를 마치고 우리가 머물 숙소이자 보물 제 182호, 오백년의 역사를 담고 있는 임청각으로 갔다.

처음에는 왠지 으스스했다. 그런데 막상 들어가보니 내부가 웅장하고, 넓고, 편안했다. 임청각은 석주 이상룡 선생의 생가이다. 그분은 임시정부의 초대 국무령이시다. 원래는 99칸의 대 저택이었는데 지금은 반 정도밖에 남아 있지 않다. 왜냐하면 임청각에서 독립운동가가 끊임없이 나오자 일본이 맥을 끊으려고 마당 한 가운데를 가로지르는 중앙선 철로를 놓았기 때문이다.

엄청난 굉음을 내는 기차가 몇 분 간격으로 계속 와서 잠을 이룰 수가 없었다. 일본은 진짜 우리에게 나쁜 짓을 많이 한 것 같다. 이런 치욕을 겪지 않으려면 나라의 힘을 길렀어야 했다.

우리는 군자정의 넓은 마루에서 임청각과 독립 운동에 대한 설명을 들었다. 목숨을 바쳐 독립 운동을 했던 그분들이 정말로 존경스러웠다. 잠은 군자정에서 자게 되었다. 기분이 하늘 위의 비행기를 찌를 듯이 좋았다. 군자정이 특별히 더 의미 있는 이유는 독립 운동가들이 임청각에 왔을 때 이 곳에 머물렀고 그분들의 사진과 기록도 걸려 있기 때문이다. 무언가 대단히 뿌듯하고 네잎 클로버 100개 만큼의 행운을 잡은 듯 했다.

밤에는 답사단 모두 임청각의 마당에 모였다. 등불을 들고 임청각 여기저기를 상세히 둘러 보았다. 등불은 우리 전통의 문양이었다. 깜깜한 곳에 등불들이 모이니 찬란하고 조화로웠다. 등불을 담장에 걸어놓고 사진도 찍고, 마당 한가운데에 등불로 동그라미를 만들어 놓고 그 안에 들어가서도 사진을 찍었다.

추억 메모리에 아주 자랑스럽게 기억될 것 같다. 또 안채 마루에 둘러 앉아 영상도 보고, 앵두도 먹고, 문화재 지킴이 할아버지께서 직접 쓰신 책도 읽어 주시고, 독립 정신에 대한 말씀도 많이 해주셨다. 퀴즈 시간도 가지고, 선물로 안동 웅부도 퍼즐도 받았다. 뜻밖의 선물이었다.

행사후에는 성훈이, 형, 누나들과 원 카드 게임을 하다가 각자 방에서 잤다. 학교 친구와 같이 자는것은 처음이다. 나라면 이렇게 멀리까지는 엄마 없이는 못 갈 것 같은데, 성훈이는 혼자 왔다니 대단하다. 기차 소리에 잠이 들다 깨다를 반복했다. 엄마가 아침에 그러는데 "기차가 밤새 방안으로 뚫고 들어오는 줄 알았다." 라고 말씀하셨다.

일찍 일어나 보니 임청각 주변은 온통 안개였다. 집에서 일어날 때보다 훨씬 이른 7시에 일어났는데도 마당에 나가 보니 지킴이 할아버지께서 마당을 다 쓸어놓고 계셨다. 비질 자국이 있는 흙 마당은 처음 본다. 옛사람들의 부지런함이 느껴졌다. 나도 게으르지 않은 사람이 되어야겠다.

임청각에서 나와 근처에 있는 법흥사지 칠층 전탑을 보러 갔다. 전탑은 벽돌로 만들어진 탑이다. 국내에 많이 남아 있지 않으며, 대부분 안동 지역에 있다. 국보 제16호인 전탑은. 그림자에 20명의 남자가 누워도 시원할 만큼 큰 전탑이다. 기와의 흔적이 남아 있기도 하다.

다음 코스로 출발하려고 버스에 막 탔는데, 육사생도들이 온다는 소식을 듣고 다시 내려 임청각 앞에 가서 기다렸다. 제복을 입고 줄을 맞춰 오는 육사생도들의 모습을 보니 신기하고 멋있었다. 이 형들은 졸업

후에 국군 장교들이 된다고 한다. 나는 용기를 내어 악수를 3번이나 했다. 이것도 또 하나의 행운이었다.

우리는 다시 버스를 타고 안동 역 앞에 있는 동부동 5층 전탑을 보러 갔다. 동부동 5층 전탑은 법흥사지 7층 전탑 보다 규모는 작았지만 훨씬 온전하게 보존되어 기와가 그대로 남아 있었다. 탑 옆에는 당간 지주도 있었다.

다음으로 보물 제 115호인 제비원 마애 석불을 보러 갔다. 옛날에 서울로 가다가 쉬어 가기 위한 제비원 이라는 여관이 옆에 있어서 제비원 마애석불이라는 이름이 붙여졌다. 신기한 것은 큰 돌에 몸을 새긴 다음 머리는 다른 돌로 조각해 얹어 놓은 것이다. 어떻게 그 큰 돌을 얹었는지 상상이 안 된다. 우리는 아이들끼리 점프하는 사진을 찍은뒤 다음 답사지인 봉정사로 출발했다.

봉정사는 전등산에 있는 통일 신라 시대의 절이고 672년 의상 대사가 지었다. 의상 대사가 종이 봉황을 날려서 그 봉황이 진짜 봉황이 되어서 내려앉은 자리에 절을 지었다는 설화가 있다. 그래서 '봉정사' 라는 이름이 붙여졌다고 한다. 봉정사에는 국보 제15호인 극락전, 국보 제311호 대웅전이 있다. 봉정사 극락전은 현재 남아 있는 목조 건축물 중 가장 오래 된 것 중 하나이다.

고려 시대 건물이고 실내는 고구려 양식으로 기둥 위에 꽃받침을 뒤집은 모양의 복화반 모양을 볼 수 있다. 이 복화반이 고구려 양식이므로 오래 된 것을 알 수 있고, 이 건물의 특징이다. 정면 3칸, 측면 4칸으로 이루어졌고 맞배 지붕, 배흘림 기둥의 공포 양식이다.

대웅전은 조선 초기에 지어졌고 대장경 판목이 보관되어 있다. 만세루를 통과하는 작은 문 속의 흙벽에 기대니 쌓였던 더위를 다 씻겨 주었다. 너무 시원해서 가고 싶은 마음이 뚝 떨어졌다.

나오는 길에 아주 작고 처음 보는 신기한 노랑 박새를 보았다. 배는

진한 노란색이었고 등은 검은색이었다. 산 속에서 이런 새를 보다니, 나는 운이 참 좋은 것 같다. 봉정사는 부석사보다 아담하지만 자연과 잘 어우러져 있었다. 이 곳도 유네스코 세계 문화 유산 한국 7대 사찰 중 하나로 등재되었다.

도산 서원으로 가는 길에 낙동강이 보였다. 흙길도 좋았다. 도산 서원은, 퇴계 이황선생이 벼슬에서 물러나 교육을 가르치고 공부를 하기 위해 세운 것으로 원래는 도산서당이라 불렀다. 도산 서당을 훗날 제자들이 크게 짓고 이름을 바꿔 오늘에 이르렀다. 도산 서당은 3칸의 아담한 건물이고 퇴계 이황 선생께서 거처하던 방은 완락재이다. 마당 한쪽에는 정우당이라는 작은 네모 모양의 우물이 있는데 그 곳에 연꽃을 심었다고 한다. 선생께서는 매화를 좋아해서 곳곳에 매화 나무를 심고 즐겨 보셨다고 한다. 서당 뒷편으로 지어진 서원은 규모가 다른 서원에 비해서 꽤 컸다. 보물 제 210호인 전교당은 서원의 중심이 되는 건물이자 대강당이다. 명필로 유명한 한석봉이 쓴 현판이 걸려 있다. 다른 건물로는 책을 보관하던 광명실, 목판을 보관하던 장판각 등이 있다. 유물 전시관인 옥진각도 있어서 들어가 보았더니 그때 당시에 사용하던 문방사우와 책들, 글씨가 많이 있었다.

도산 서원은 흥선 대원군의 서원 철폐 때 유지 된 47개 서원 중 하나이다. 규모가 크므로 제자들이 얼마나 많았는지 짐작 할 수 있고 그만큼 이황 선생이 훌륭했다는 것을 알 수 있다. 도산 서원 옆으로 큰 강이 흐르고 있었는데 그 건너편에는 시사단이 있었다. 시사단은 조선 정조 때 특별 과거 시험을 치르던 곳이다.

지금의 1000원짜리 지폐를 보면 퇴계 이황, 도산 서원, 그리고 매화 20포기가 그려져 있다. 도산 서원을 보고 나와보니 3시가 다 되어가는데 주변에 식당이 없어서 배가 너무 고팠다. 그렇지만 이 근처에 이육사 문학관이 있어서 그곳을 들렀다가 점심을 먹기로 했다.

이육사는 독립 운동가로서 일제에 저항한 민족 시인이다. 원래 이름은 이원록 이고 그가 일제의 감옥에 수감 중이었을 때 번호가 264번 이어서 이후에도 스스로 이름에 이육사를 붙였다고 한다. 그의 대표적인 작품으로는 〈청포도〉, 〈광야〉등 수없이 많다. 내용은 잘 몰라도 읽어 보니 우리 민족의 고달픔과 애국 정신이 느껴졌다. 17번이나 감옥에 갇히고도 포기하지 않다니, 이육사 선생은 참으로 대단한 것 같다.

이런 분들이 많이 있었기에 우리나라가 일본의 지배에서 벗어 날 수 있었던 것 같다. 지금 우리 태극기 한 쪽 모서리에 일장기가 들어가 있지 않아서 자랑스럽다. 모두 이런 분들의 노력과 희생이 있었기에 독립이 이루어 질 수 있었다. 이육사는 결국 베이징의 교도소에서 40살의 나이로 숨을 거두었다. 잠시지만 그 분을 위한 기도를 했다.

우리는 모두 맛있는 점심을 먹으러 갔다. 식당에 도착해서 시계를 보니 벌써 4시가 거의 되어 가고 있었다. 점심은 안동의 특산물인 간 고등어였다. 동해에서 잡은 고등어를 소금에 절여 안동까지 이틀 정도에 걸쳐 보부상들이 운반해 먹었다고 한다. 이동 시간 동안 상하지 않게 소금물에 넣었다가 빼서 다시 소금을 뿌린 게 안동 간 고등어의 유래이다.

우리 조상들의 과학적인 지혜를 느꼈다. 간 고등어 구이는 아주 맛있고 담백했다. 오룡 선생님과 답사를 오랫동안 다니면 전국 곳곳의 특산물을 모두 먹어 보겠다. 식사를 끝내고 마지막 답사지인 병산 서원으로 향했다. 서원으로 가는 길가의 들판에 있는 백로란 백로는 모두 보아서 눈이 튀어 나올 만큼 신기했다. 시골처럼 도시도 자연을 잘 보호해서 새가 많아지면 좋겠다.

병산 서원으로 가는 길은 아주 좁고, 울퉁불퉁하고, 험했다. 그 길을 이렇게 큰 대형 버스가 다니다니, 기사님의 운전 실력이 정말 대단했다. 창 밖으로 보면 바로 낭떠러지였고, 반대편에는 삐쭉삐쭉 튀어나와

있는 바위가 있어서 가슴이 쿵쾅쿵쾅 뛰었다. 그렇게 도착하니 병산 서원의 만대루가 우리를 맞이했다. 병산 서원은 퇴계 이황의 제자인 류성룡 선생이 세운 서원이다.

병산 서원도 서원 철폐 때 살아남은 47개 서원 중 하나이다. 도산 서원보다 규모는 작았지만 자연과 아주 잘 어우러진 모습이 환상적이었다. 앞으로는 낙동강이 흐르고 뒤로는 초록의 산이 있으니 그림 같았다. 정면 7칸, 측면 2칸의 누마루 건물인 만대루가 그 중 최고였다. 만대루를 지나 본 건물인 입교당이 있었다. 우리는 그 건물 마루에 앉아 잠시 쉬었다. 처마를 보니 제비 둥지와 새끼 제비가 있었다. 도시에서는 보지 못하는 광경이어서 참 신기했다. 입교당에 앉아 만대루를 보고 있으니 마음이 편안해졌다.

1박2일의 답사를 했다. 뿌듯하다. 역사 지식도 생겼고 자연의 아름다움도 느낀 답사였다. 이렇게 답사를 다녀 온 것을 글로 정리한 내 자신도 자랑스럽다.

경북에 가면 안동과 영주를 꼭 들러보기를 권한다. 그러면 우리나라의 자연과 역사, 유적들을 사랑하는 마음이 절로 생길 것이다. 답사는 재미있고 보람차다. 기억에 남는 답사를 이끌어 주신 오룡 선생님과 함께한 모든 분들의 친절함에도 감사를 드린다.

착하게 살고 싶다
-'빅토르 위고'의 《레 미제라블》을 읽고...

《레 미제라블》은 '불쌍한 사람들'이라는 뜻이
다. 제목에 걸맞게 안타까운 일, 슬픈 일들을 겪
은 '불쌍한 사람들'이 많이 나온다. 《레 미제라
블》에 나오는 등장인물들의 여러 슬픈 이야기
들은 읽고 나면 내가 많이 행복하게 살고 있다
는 것을 알게 한다. 그리고 힘든 일을 겪었을 때
어떻게 해야 하는지에 대해서도 교훈을 얻게 된
다. 여기에는 장발장, 자베르, 코제트, 팡틴, 에
포닌, 마리우스의 이야기가 있다.

《레 미제라블》의 주인공인 장발장은 비록 빵
을 훔친 나쁜 행동을 했으나, 잘못을 반성하고
사람들을 도와주며 잘 보살펴 주었기 때문에 괜
찮다고 생각한다. 누구나 잘못을 할 때가 있다.
하지만 잘못한 이후에 반성을 하고 다시 잘못하
지 않으려 한다면, 좋은 사람이 될 수 있다. 장
발장은 신부님의 행동에 감동받아 반성하고 또
뉘우쳤다. 여기까지만 해도 멋진 사람일텐데,
그 이후에 다른 많은 사람들을 위해 앞장서서
도와주었다. '불쌍한 사람'에서 '좋은 사람'으로
변한 것이다.

제일 마음에 들었던 장면은 장발장이 마리우
스를 하수구에서 구해주는 장면이다. 왜냐하면
자신의 딸을 위해 사랑하는 사람을 목숨 걸고

황민서
(서당초 3년)

살려주었다. 결국, 딸을 위해 희생한 것이나 마찬가지이다. 그것은 아주 착한일이라고 생각한다. 오래도록 기억에 남은 장면이다.

자베르는 자신이 옳다고 생각하는 일만 계속하는 사람이다. 죄를 지은 사람을 잡는 일은 자베르의 일이라지만, 빵 하나 훔친 사람에게 5년 동안이나 감옥에 가두는 것은 너무나도 가혹하게 느껴진다. 자기가 하는 일의 옳고 그름을 스스로 판단하지 않고, 정해진 대로만 따르고 산다면, 세상은 더 아름다워 질 수 없다. 자베르가 조금 더 자신의 생각을 되돌아 보고 신중했다면 좋았을 것이다. 자베르는 나쁜 사람은 아니다. 하지만, 더 좋은 사람이 될 수 있었는데 그렇지 못했으니, 안타깝고 불쌍한 사람이다.

코제트는 아무잘못도 없는데 나쁜 사람들 속에서 너무 힘든 어린시절을 보냈다. 이유 없이 부당한 고통을 겪어야 한다는 것은 매우 안타깝다. 여관 주인에게 괴롭힘 당하고, 쉴 새 없이 심부름을 해야 했다. 하지만 장발장과 함께 행복한 나날을 보내고 어른이 되어서 마리우스와 만나서 결혼하고 즐겁게 살아서 다행이다.

팡틴은 방직공장에서 일을 하다 아이가 있다는 이유로 쫓겨나는데, 왜 이러한 이유로 쫓겨나는지 모르겠다. 아기를 나쁜 여관 주인에게 맡기고 숨을 거두었다. 참 안타깝다. 스스로 잘못하지 않아도 환경이 잘못 된다면 불행할 수 있다.

마리우스는 공원에서 처음으로 코제트를 만나고 사랑에 빠졌다. 그걸 모른 장발장은 계속 이사만 다녀서 마리우스와 코제트가 헤어질 뻔했지만, 결국 코제트와 결혼하게 되어 행복해 진다. 이때 슬픈 것은 에포닌 또한 마리우스를 사랑했었다는 점이다. 에포닌은 마리우스를 위해 희생하고 숨을 거둔다. 둘의 사랑이 이루어질 때, 에포닌은 슬퍼지고, 에포닌이 사랑을 이룬다면, 코제트가 슬퍼지는 것이다. 세 사람 모두가 행복한 상황이 없다는 것은 안타깝다.

에포닌이 마리우스 대신 총을 맞아서 희생하는 장면도 감동적이었다. 왜냐하면 자기가 사랑하는 사람을 살려주는 것은 대단한 일이다. 솔직히 나 같았으면 코제트에게 편지도 전해주지 못하였을 것이다. 그 이유는 코제트에게 편지를 전해주면 나만 손해이기 때문이다. 하지만 그럼에도 불구하고 편지를 전해 주었다. 그래서 그 장면도 마음에 든다.

이 책에는 '착한사람들'도 많이 나오고, '나쁜 사람들'도 많이 나온다. 내가 사는 세상도 그럴 것이다.

《레 미제라블》에서처럼 나쁜 행동을 했어도 착하게 변하는 사람들도 있을 테고, 끝까지 자기생각만 고집하고 남을 괴롭히는 줄도 모른 채 사는 사람들도 있을 것이다. 힘든 어린시절을 보냈지만, 어른이 되어서는 다른 사람들을 위해 희생하는 사람들도 있을 것이고, 행복하지만 나쁜 사람의 삶을 사는 사람도 있을 것이다.

이제부터 《레 미제라블》에 나오는 사람들처럼 착하게 살고 싶다.

지루한 하루

나는 독감에 걸렸다. 독감은 매우 전염성이 강한 병이라서 다른 사람들과 접촉을 줄여야 한다. 그래서인지 5일 동안 학교가지 말고, 집에서도 마스크를 쓰고 있으라고 했다. 5일 이전에 병이 모두 나아도 나갈 수 없는 것은 여전하다.

이정도면 창살 없는 감옥이다. 병이 나아도 약은 다 먹으라고 했다. 약 하나하나 챙겨 먹는 것도 귀찮은데, 제일 힘든 건 5일동안 학교를 쉬는 것이다.

나는 학교를 너무 좋아한다. 수업도 재밌고 친구들도 많이 만나고 아는 사람이 많아서 좋다. 때문에 하루 쉬는 것도 힘든데 세상에, 학교를 5일 동안 어떻게 쉬라는 건지, 게다가 5일 끝나면 바로 또 주말이다. 죽느냐 사느냐 그것이 문제로다. 가느냐 마느냐 그것도 문제로다.

약간의 자유는 있다. 학교를 가는 날 같으면 잠이고 TV고 간에 일단 학교 갈 준비부터 해야 했다. 그런데 이제는 내가 언제 씻든지, 내가 언제 TV를 보든지 상관없다. 나에게는 시간이 넘쳐난다. 그거 하나만은 좋다.

그래도 지금의 이 행복에는 커다란 지루함이 섞여있다. 외증조할머니는 얼마나 지루하실까? 벌써 4년째 침대에만 누워계신다. 연세도 많으시고 편찮으셔서 강원도 요양원에 계시는데 요양원에서도 침대에 누워만 계신다. 걷지도 못하시고 앉지도 못하시고 종일 침대에 누워서 생각만 하신다.

나는 일주일 뒤에 학교에 갈 수 있다는 것을 확실히 알고 있지만 외증조할머니는 언제 퇴원하실지 모르는 상태로 마냥 누워계시는 것이다. 얼마나 힘들고 외로우실까? 물론 가족들도 많이 오고 우리 할머니도 자주 외증조할머니를 뵈러 가는데, 그래도 많이 힘드실 것 같다. 학교를 못나가는 동안 누군가 나에게 문병을 찾아온다고 해도 나의 외로움이 줄어들 것 같지 않기 때문이다. 외증조할머니의 괴로움에 비하면 내 독감은 아무것도 아니다.

갑자기 친구 생각이 난다. 내가 학교에 있을 때 내 짝꿍이 한번 빠진 적 있다. 일주일동안 오지 않았다. 나는 학교에 결석한 게 '별거 아니겠지...' 하고 생각했다. 친구가 빠진 것에 대해 한 번도 관심 가져본 적이 없다. (사실은 친구가 빠진 것 자체를 까먹은 적도 있다.)

하지만 내가 빠져보니 엄청 심심하다. 사람이 경험을 해 봐야지 알 수 있는 것도 많은 것 같다. 내가 다 안다고 생각하면 안 된다는 것을 깨달았다. 왜냐하면 경험해 보지 않은 것도 한 가지 정도는 있을 것이니까.

이제 나는 병이 다 나았다. 하지만 학교를 갈 수 없다는 것은 그대로이다. 아직 약도 많이 남았다. 그런데 학교에 가지 못하고 집에만 있게된지 이틀 째 되던 날 늦은 오후, 동생이 갑자기 아프다고 했다. 윤서가 나한테 독감이 옮은 것이었다. 동생은 그날부터 유치원에 가지 못한다. 동생도 일주일동안 푹 쉬어야 한다. 동생도 나처럼 지루한 일주일을 보내야 하는 것이다. 전염병이란 것은 이렇게나 많은 사람들을 괴롭히는 것이구나. 예전에 《페스트》라는 동화책을 읽었을 때가 기억난다. 나는 그 책을 읽고 잠자리에 누웠을 때마다 책 내용이 떠올라서 많이 무서웠다.

동생이 아픈 것도 얼마 지나지 않아서 다 나았다. 우리 둘 다 독감 예방주사를 맞아서 그렇다. 그래도 이렇게 빨리 나은 게 얼마나 다행인지. 다른 친구들은 더 고생했다. 참, 지금 생각해 보니 내일이 학교 가는 날이다. 빨리 자고 내일 학교가야지~

드디어 학교 가는 날이다. 오늘은 학교 갈 준비를 다른 날 보다 더 일

찍 했다. 학교 후문 앞에 들어서니 별에 별 생각이 다 들었다.

"내가 교실로 들어가면 친구들은 내 이야기를 많이 하겠지?" "선생님은 날 반겨 주시겠지?" "들어가면 제일 먼저 인사하고 단짝친구랑 수다 떨어야지~~"

교실 분위기는 내가 생각했던 것과 다름없었다. 단짝친구는 날 반겨주고 선생님은 나를 꼭 끌어 안아주셨다. 오늘이 최고의 날이다. 지루했던 일주일간의 생활이 모두 다 이 날을 위한 것 같았다. 힘든 일이 지나고 난 뒤에는 반드시 좋은 일이 오는 것 인가보다. 지루한 날들은 결국 달콤한 날로 돌아왔다.

나의 외증조 할머니에게도 길고 긴 지루한 날들이 어서 끝나고 달콤한 날이 왔으면 좋겠다.

연필은 맨날 아파

그림 그리다가 연필이 똑!
숙제 하다가 연필이 똑!
시험 보다가 연필이 똑!

연필이 아픈가 봐.
연필은 맨날 아파.

29

가을은 그렇다

가을은 그렇다.
빨강 주황 노랑 단풍지고
우리 학교 앞도 물든다.
이런 가을이 좋다.

가을은 그렇다.
쌀쌀한 바람이 불고
사람들은 외투를 입고 다닌다.
이런 가을이 좋다.

가을은 그렇다.
푸른 하늘이 고개 빼꼼 내밀고
맑은 공기가 새어나온다.
이런 가을이 너무 좋다

친구

학교에서 만나고
학원에서 만나고
놀이터에서 만나고
만날 때 손 흔들어 인사하고
고개돌려 씨익 웃어주고
팔짱 끼고 하하 호호 이야기하고
내 친구는 내 보물
내 외로움을 없애주는 소중한 보물

숙제

영어숙제
수학숙제
사회숙제
과학숙제
국어숙제
한자숙제
컴퓨터숙제
숙제는 큰 산처럼 쌓여만 있다.
아무리 열심히 해도 숙제는 늘 산더미.
흰건 종이요, 까만건 글자요.
언제 끝나지, 언제 끝나지...
아직도 종이들은 새하얀 백지

더운 여름은 지친다

김지우
(입북초 4년)

《심심해서 그랬어》를 읽었다. 그 책은 여름의 풍경이 담겨져 있다. 가장 기억에 남는 풍경은 오이 밭이다. 오이는 길다. 오이에 가시같은 게 있다. 벌레가 가까이 못 오게 있는 것이다. 오이는 물이 많아서 산에 그냥 갈 때 오이를 가져간다. 오이색은 위에는 초록색이고 아래로 내려갈수록 연해진다. 오이 끝부분에 꽃이있다.

이 장면을 보니 여름이 느껴진다. 여름은 근육이 빵빵하다. 수박, 오이, 박, 참외 같은 엄청 무거운 과일을 주렁주렁 매달아도 끄떡없다. 여름의 근육이 사람과 동물을 지쳐 쓰러지게 한다.

나는 여름이 싫다. 메르스에 걸리기도 하고 모기에게 물리기도 싫다. 그리고 너무 더워서 밖에서 못 놀때도 있다. 마지막으로 활동 할 때 땀이 많이 나서 힘들다. 그래서 여름이 싫다.

빨간 우체통

노란새가
빨간 우체통을 향해
편지를 물고 간다.
창문에
파란 바다와 돛단배가 간다

마치 개나리에
파묻힌 듯한
내 마음

하루종일
멍하니 서서
바쁘게 지나다니는 사람들만 보내

오늘도 난 할 일이 없네

평화로운 오늘, 《곰 인형 오토》를 읽었다

세계 2차 대전을 일으킨 나라는 독일이었다. 독일의 히틀러는 독재자였다. 그는 유대인을 싫어했다. 그 까닭은 유대인이 똑똑하기 때문이다. 그래서 유대인에게 노란별을 달게했다. 히틀러는 별을 단 사람과 가족을 끌어내 수용소로 데려가 학살을 했다.

이 이야기를 보면서 시리아 난민아이가 생각났다. 그 아이와 오토와 닮은 점이 많은 것 같았기 때문이다. 둘 다 전쟁 때문에 고통을 겪었다. 그리고 가족과 헤어졌다. 마지막으로 연약한데도 보호를 받지 못 했다.

전쟁은 많은 문제를 가지고 있다. 사랑하는 가족이 죽는다. 또 아픈 기억이 남게 되고, 삶의 터전을 잃게 된다.

이 책을 통해 평화의 중요성을 알게 되었다. 나는 오늘 전쟁이 일어나지 않아 친구들과 놀 수 있어서 감사한다.

《우동 한 그릇》을 읽고나니 엄마가 자랑스럽다

북해정이라는 곳에 무뚝뚝한 주인이 있었다. 그러던 어느 날 출입문이 힘 없이 열리고 엄마와 두 아이들이 들어왔다. 그 여자는 우동 한 그릇을 시키고 2번 책상에서 기다렸다. 주인은 한 덩어리에 반 덩어리를 더 넣어서 삶아 손님께 주었다. 금세 우동을 셋이 나눠먹고 150엔을 내고 갔다. 그 후에도 새해가 되면 계속 세 사람이 찾아왔다. 주인은 2번 자리로 우동 한 덩어리 반을 더 넣어주었다. 세사람은 몇 년 동안 우동 가게를 오지 않았다. 성공을 하게 되어 주인을 찾아 해마다 우동을 더 주신것에 감사의 마음을 전했다.

이 글에서 가장 마음에 들었던 내용은 3명이 1인분의 우동만 주문했을때, 3명에게 조금 더 우동을 주며 도와주었던 부분이 제일 마음에 들었다. 이 부분이 제일 좋았던 이유는 그 사람들이 가난한 걸 눈치채고 안쓰러운 마음을 나누는 것이 자랑스러웠다.

나도 그런 경험이 있다. 예전에 있었던 일이다. 엄마와 외출을 했는데 알고보니 헌혈하러 갔던 것이었다. 엄마가 헌혈을 할 때 나는 밖에서 기다리다가 엄마한테 가 보았다. 엄마의 피가 아픈 사람에게 쓰인다고 하니 우리 엄마가 자랑스러웠다.

사랑을 나누기 위한 낱말, '사랑해'

《낱말 공장 나라》라는 책이 있다. 이 책은 낱말을 삼키지 않으면 말을 못 하는 내용을 담고 있다. 책에서 인상적인 것은 필레아스가 시벨에게 체리 먼지 의자로 부드럽게 말을 한 거다. 그 장면을 봤을 때 불쌍하단 생각이 들었는데 이유는 돈으로 '사랑해'라는 말을 못 사고 마음으로 읽어야 했기 때문이다.

내가 돈을 주고 낱말을 산다면 '사랑해'라는 낱말을 살거다. 그 낱말이 소중한 이유는 가족과 사랑을 나눌 수 있고 행복해지기 때문이다.

세상에 가장 중요한 낱말은 자신감이다. 자신감이란 가족에게 잘하지 못해 부끄러워도 훌라후프를 돌리는 것이다. 늘 당당하게 잘 할수 있을 때까지 연습할 수 있게 만들어주는 낱말인 것 같기 때문이기도 하다.

낱말이 없으면 우리는 정확히 하고 싶은 이야기를 다른사람에게 잘 전달 할수도 없고 내편으로 만들수도 없었을 것이다. 생각만으로도 엄청 답답하고 슬프다. 낱말의 중요성을 배우게 되었다.

이름은 소중해, 삼백이!!

　이름이란? 사람이나 사물을 부르는 말이다. 이름은 보통 가족이나 부모님이 지어주신다. 이름 안에는 소망과 사랑이 있다.

　나는 갖을지(地) 비우(雨) 이다. 지우는 생명을 키우는 비 같은 사람이 되라는 뜻이다. 이 아름다운 이름을 남기기 위해 나는 배우가 되겠다. 배우가 되기 위해 드라마 보고 연기를 따라할 것이다.

　나는 나의 이름이 불려졌을 때 잊혀지지 않은 경험이 있다. 내 방을 어질렀고 그 때 엄마가 "김지우!! 얼른 방치워!!"라고 말했지만, 난 하던 놀이를 계속 했고 화가 난 엄마에게 등짝 스매싱을 당했다. 그때 나의 이름을 불렀던 엄마의 목소리는 내 귓구멍이 터질 것처럼 큰 목소리였다.

　만약에 삼백이처럼 세상 사람들의 이름이 없다면, '야!' 라고 말해도 모를테고 모두 다 누가 누굴 부르는지 헷갈릴 것이다.

용서하면 행복해진다

《아툭》이라는 책을 읽었다. 이 책의 주제는 타룩의 죽음에 의해 아툭이 분노하게 되는 이야기다. 분노는 자기의 화를 이기지 못 하고, 복수를 생각하게 한다.

이 글을 통해 다양한 생각을 할 수 있다. 아툭은 아빠가 또 다른 개를 주겠다고 했는데도 거절하였다. 거절한 까닭은 아툭이 쉽게 타룩을 잊을 수 없었고, 진짜 친구가 될 수 없을 것 같다고 생각했기 때문이다. 친구란 이해하고 항상 같이 하는 것이다. 또 여우가 별을 친구라고 생각한 까닭은 다른 사람과 다르게 자신의 마음을 위로해 주기 때문이었다.

이 책을 보며 미움에 대해 생각해 보았다. 미움을 생각하면 즐거움을 가질 수 없다. 즐거움이란, 웃을 수 있고 나에게 불만이 없는 것이다. 하지만 미움을 가진 사람은 긍정적인 생각을 할 수 없고 부정적으로만 생각 할 수 밖에 없어서 재미없게 살 수 밖에 없다.

난 사실대로 말 했을 뿐이야

《난 사실대로 말 했을 뿐이야》는 선의의 거짓말이 필요하다는 내용을 담고 있다. 그 까닭은 사실대로 말해도 상대방의 기분이 나쁠 수 있기 때문이다.

선의의 거짓말이란, 상대방의 이익을 생각하는 기분 좋은 거짓말이다. 선의의 거짓말은 좋은 결과를 가져오거나 친구의 사이가 좋아진다. 예를 들어 친구의 옷이 예쁘지 않아도 예쁘다고 하는 것, 그러면 그 친구는 기분이 좋아진다. 또 좋은 결과를 가져오는 말은 친구가 그린 그림이 뭔지 잘 몰라도 잘 그렸다고 칭찬하는 것이다.

하자만 나중에 사실을 알았을 때 화가 날수도 있다. 만약 친구가 도둑질 했는데 내가 입 다물고 있게 된다면 더 비싼 물건을 훔치게 될 수도 있다. 그러면 내 친구는 벌을 받게 될 것이기 때문이다.

그래서 진실을 말하되, 상대방의 기분을 고려해서 이야기 해야한다. 나는 윤찬이에게 좀 차분해 지기를 말해주고 싶다. 윤찬이는 수업 시간에 시끄럽게 떠들고 선생님께 예의 없게 행동한다. 애들은 그런 윤찬이가 혼나기만 기다린다. 물론 그 행동을 하는 이유는 활동적이기 때문이다. 그래도 조금만 얌전해진다면 친구들은 분명 알게 될 것이다.

엄마, 고맙습니다

《돼지책》의 표지를 보면 엄마가 아빠와 아이 둘을 업고 있다. 엄만 웃지 않고 있지만 등에 있는 아빠와 아이들은 웃고 있다. 책을 보면 아빠와 아이들은 돼지로 점점 변해갔다. 게으름을 피우고, 움직이지 않으려 하지만 배는 계속 고파 먹기만 하니 돼지가 되었다.

우리 아빠는 게으름을 피우신다. 우리 아빠가 동물로 변한다면 나무늘보로 변할 것 같다. 나무늘보는 엄청 느리기 때문이다. 책에서 가장 좋았던 장면은 엄마가 맨날 하는 일을 아빠와 아이들이 돕는 장면이었다. 돼지가 되고나서 알게 되었지만 엄마의 고마움과 소중함을 지키기 위해 가족 모두가 서로 도우며 사는 방법을 찾았기 때문이다.

가장 보기 싫은 장면은 엄마가 집에서 나가는 것이다. 왜냐하면 내가 사랑하는 엄마가 집에 없다는 생각만 해도 슬프다.

이 책에서 배운 점은 가족은 산을 오를 때 내가 먼저 손을 잡아 당겨주고 산꼭대기로 모두 같이 갈수 있도록 도와주는 것이다.

조서진
(운중초 4년)

여유로움, 나태함 그리고 한가로움의 균형

'여유로움'이란 할 일을 다 하고 쉬는 것이고, '나태함'이란 게으르고 할 일이 있는데 쉬는 것이다. 그런데 그 둘 사이에 공통된 개념이 있다. 바로 '한가로움'이다.

'한가로움'이란 할 일이 없어서 시간이 많은 것이다. 뭐, 쉽게 말하자면 할아버지 할머니들이 은퇴한 것과 같다.

키르케고르의 '디아프살마타'에 나오는 여유로움과 나태함에 대한 이야기는 아래와 같다. 우리는 이 내용만 보아도 여유로움과 나태함의 대한 교훈을 얻을 수 있다.

1. 너무 서두르지 말 것. 중요한 것을 잊어버린다.
2. 진실을 알리는 노력을 해야 한다.
3. 즐거운 사람과 즐거운 상황을 만들어야 한다. 즉, 즐거운 마음을 늘 가져야 한다.

우리는 여유로움과 나태함, 그리고 한가로움을 잘 구분해서 행동해야 한다. 어쩌면 한 순간에 나태해지거나 어리석어 질 수 있기 때문이다. 하지만 무조건 여유롭거나 한가로워서는 안 된다. 세 가지가 조화롭게 균형을 이루어야 한다고 생각한다.

나는 어떻게 하면 여유로워질 수 있을까? 무엇이든 성실하고 부지런히 움직여야 한다. 그런데 나는 그게 잘 안 된다. 노력해야지 여유로워질 것이다. 그리고 이 세가지 중에 하나라도 없으면 안 된다고 생각한다. 나태함을 극복하면 여유로워지고, 계속 여유로우면 또 한가해지기 때문이다.

우리는 나태함에서 교훈을 얻을 수 있다. 예를 들어 나태하다가 엄마한테 혼이 나서 다음부터는 그러지 않겠다고 마음 먹을 수 있기 때문이다.

한가로움 에서도 교훈을 얻을 수 있다. 예를 들면, 한가로울 때는 여유롭게 책을 읽거나 부족한 점을 채울 수 있는 기회가 많아 지기 때문이다. 계속 책을 읽다 보면, 독서는 마음의 양식이므로 어쩌면 한가로움이 여유로움이 될 수 있을 것이다. 우린 여유로워야 하고 조금은 나태해도 되지만, 만약 집에 불이 났을 때 쓸모 없는 부젓가락을 들고 나오지는 않아야 한다는 것을 잊지 말아야 할 것이다. 우리는 여유로움과 나태함을 잘 구분해야 하며 잘 써야 하고 또 잘 조합해야 한다. 하지만 내 생각에는, 우리는 되도록이면 언제나 여유로워야 한다.

함께하면 살 수 있다. 《15소년 표류기》를 읽고

　1860년 3월 9일 밤 11시, 폭풍우 속에서 15명의 소년은 배의 키를 잡고 버티고 있었습니다. 그들은 체어맨 기숙학교에 다니는 브리앙, 자크, 고든, 드니팬, 클로스,웹, 윌콕스, 가네트, 서비스, 백스터, 젠킨스, 에버슨, 코스터, 돌 그리고 흑인 견습선원 모코입니다.

　체어맨 기숙학교는 부유한 가정의 아들 딸들만 다닐 수 있는 학교입니다. 그 기숙학교에는, 영국 프랑스 미국 독일 등의 학생들만 다녔을 뿐 가난한 흑인들은 다닐 수 없었습니다. 프랑스 태생인 브리앙과 자크는 형제였고, 고든은 미국에서 태어났으며 나머지는 모두 영국 태생이었습니다.

　그렇게 폭풍우 속에서 약 20여 일 동안 떠돌던 '슬라우기 호'는 다행히 섬을 찾아 정착합니다. 그들이 표류한 원인은 그들 조차도 알 수 없었고, 15소년은 얼른 집으로 돌아갈 대책을 세웁니다.

　먼저 그들은 물건 정리를 하고 섬 탐사에 나섰습니다. 브리앙은 그곳이 섬인지 대륙인지 확인했고, '섬'이라는 것을 알아냈습니다. 또한 주변의 물을 마셔보니 짜지 않았기 때문에 바다가 아니라 그곳이 큰 호수라는 것도 알아냈습니다. 그렇게 그들은 섬의 이름은 체어맨 섬이라고 정했고, 위치마다 잉글랜드 곶, 아메리칸 곶 등의 이름을 붙였습니다.

　섬에서의 생활이 시작되자 그들은 체어맨 섬의 대통령을 뽑았습니다. 체어맨 섬의 첫번째 대통령은 14살의 고든이 되었고, 모두 고든의 말을 따라 규칙적으로 생활했습니다.

　하지만 날씨가 추워지면서 점점 겨울이 시작되고 배도 점점 무너지고 있었기 때문에 얼른 다른 곳으로 이동해야 했습니다. 그 섬에서 15

소년은 사람의 흔적을 발견하고 체어맨 섬의 지도도 발견했습니다. 그리고 서둘러 뗏목도 만들었습니다.

그렇게 겨울은 왔고, 소년들은 눈싸움을 하다 그만 자크의 얼굴에 눈뭉치를 던져버렸습니다. 형인 브리앙이 달려와서 달래주는데 드니팬이 시비를 걸어서 결국 둘의 사이가 나빠지기 시작했습니다.

겨울이 지나가고, 드니팬과 다른 몇몇의 소년들이 떠나겠다며 짐을 싸서 나가고 나머지 일행은 케이트 아줌마를 만났습니다. 케이트 아줌마는 15소년이 체어맨 섬에 올 때 악당들이 왔다는 소식을 알려주었습니다. 브리앙은 드니팬 일행이 걱정이 되었고, 바로 찾으러 출발하였습니다. 드니팬이 재규어의 습격을 받고 있었고, 용감한 브리앙은 단도로 재규어를 제압하고 드니팬을 구해주었습니다.

그 이후로 브리앙과 드니팬은 서로 싸우지 않고 잘 지냈습니다. 11월 27일, 아침 폭풍우가 몰아쳤습니다. 그때 총소리가 들리고, 그쪽으로 가보니 케이트 아줌마가 말한 이반스 아저씨가 있었습니다. 어느 날 갑자기 총소리가 울려 퍼지면서 악당과의 싸움이 시작됐고, 치열하고 숨막혔던 전투는 15소년의 승리로 끝났습니다. 전투하다 다친 드니팬은 다행이 생명에는 지장이 없었고, 섬 생활에 지친 모두는 그 섬을 떠나기로 했습니다.

마침내 2월 5일 아침, 소년들은 체어맨 섬을 떠났습니다. 15소년들은 '그래프튼 호'에 의해 구출이 되었고, 선장과 선원들은 약 2년 만에 나타난 15소년을 환영해 주었습니다.

15소년 표류기를 읽고 친구가 얼마나 소중한 존재인지 알게 되었고, 2년 동안이나 어른도 없는 체어맨 섬 에서 자기들끼리 살아간 소년들이 신기했습니다. 특히나, 어린 소년들 힘으로 식사를 준비하고 어린 동생들을 돌봐가면서 어울려 살아간 내용을 읽고 많이 놀라웠습니다.

생명의 소중함과 함께 '뭉치면 산다' 라는 말도 이해가 되었습니다. 그런 외딴섬에 어른이 없었으면 그냥 포기 했을 수도 있는데, 희망을 가지고 힘든 생활을 해 나간 소년들에게 박수를 보냅니다.

믿음을 버리지 않고 그곳의 섬 생활을 나름(?) 즐긴 15소년들을 오랫동안 기억할 수 있을 것 같습니다.

등산

5월,
우리는 여행을 갔습니다
그곳은 산입니다
시원한 바람이 우리를
제일 먼저 반겨줍니다
올라가니 힘들지만
상쾌한 공기,
푸른 잎,
가끔 반겨주는 다람쥐 친구가 있어
힘이 납니다
그러면
꼭 정상에 오르고 싶은 마음이 듭니다

최동혁
(매산초 4년)

컵라면

줄줄줄
꼬불 꼬불 라면
내가 가장 좋아하는 라면
작은 그릇에 물만 부으면 완성!

후루룩 후루룩
소리내어 먹으니
다 맛있네!

엄마의 잔소리
건강에 안좋다는 라면

하지만
난 라면을 계속 먹고 싶어
사라지지 말자!!

할아버지의 낡은 시계

할아버지의 낡은 시계는
1년, 3년, 5년, 7년이 되었는데도
오전에도 재깍 재깍
오후에도 재깍 재깍
멈추지 않고 일을 하네
재깍 재깍

시계 바늘이
쉬지 않고 계속 일을 하네
재깍 재깍
할아버지의 낡은 시계는
언제쯤 쉴 수 있을까?

알을 잃어버린 황제 펭귄

알을 품다가 잃어버린
황제 펭귄 아빠
너무 슬퍼 길가에 있는
눈덩이를 동글동글하게
뭉쳐 품고 있다
정성을 다해 품고 있는데
녹아 없어지다니!
황제 펭귄 아빠는 결국
고개를 푹 숙이네

내가 가서 꼭 안아주고 싶다

물방울을 닮은 물벌레

학교를 가려는데
쏴아아 쏴아아
비가 내려 허겁지겁
우산을 챙겨 학교에 갔다

학교에 도착했을 때
창문에 붙어있는 벌레를 보았다

물방울처럼 생긴 벌레.
나는 물벌레라고 불러줬다

빗방울에 비쳐
무지개처럼 다양한 색을
보여주는 물벌레

그 물벌레가 오늘은 너무 예뻐 보였다

무기를 왜 팔까요? 제발 《무기 팔지 마세요》

이 책을 읽고 나는 미국이 총기 규제가 없다는 것에 놀랐습니다. 매해마다 총기 사고가 많음에도 규제를 안 한다는 것이 정말 신기 하였습니다.

3살짜리 아이가 게임용 총인 줄 알고 가지고 놀다가 방아쇠를 당긴 사고를 보았습니다. 얼마든지 실제 총을 장남감으로 잘못 알고 가지고 놀 수 있다는 생각을 하니 끔직 하였습니다.

또, 학교에서 총기를 난사해 많은 학생이 목숨을 잃은 사건도 있었습니다. 우리가 가장 안전해야 하는 학교에서 이런 일이 일어날 수 도 있나 싶었습니다. 이 두 가지만 봐도 호신용으로 집에 쉽게 구입해 놓은 개인용 총기가 사고 및 범죄에 노출 될 수 있다는 점입니다. 그리고 무기를 파는 기업이 더 많은 무기를 팔려고, 전쟁을 일으킨다는 것도 이해가 되지 않았습니다.

현재 미국에서 '총기규제, 총기소지반대' 시위를 한다고 합니다. 나라가 국민을 보호하지 않으면 스스로를 지키기 위해 또 무기를 구입해야 하는 악순환이 생길 것입니다.

하지만 여전히 미국 대통령들은 이 시위에 대해 대답을 하고 있지 않다고 합니다. 돈을 벌어 이익을 얻고 싶어하는 것은 이해하지만 무엇이 먼저일지 생각해 보았으면 좋겠습니다.

고창의 선운산과 선운사, 자연과 함께 어우러지다.

붉게 물들어 우리를 반겨주는 단풍들 사이를 지나간다. 자연과 어우러져 있는 선운사를 보았다. 백제 27대 위덕왕 24년에 검단선사가 이 절을 지었다고 한다.

선운사라고 이름을 지은 이유는 오묘한 지혜의 경계에 있는 구름이 머무르면서 갈고 닦아 선정의 경지를 얻게 되었기 때문이라고 한다.

선운사 대웅전 앞에는 고려시대 육층석탑이 있다. 기단을 1층으로 마련하여 6층의 탑신을 올려 놓았다. 난 한참을 위로 올려 보았다. 위로 높게 뻗어 올라가는 느낌이 들었다. 선운사는 선운산 안에 계곡과 작은 돌탑들, 가을 단풍과 더불어 하나인 것 같았다.

왜 구름이 머물다 가는 곳인지 알 것만 같았다. 조금만 걸어가도 너무 아름다워 발이 떨어지지 않기 때문이었다. 내 시선을 자꾸 붙잡았다. 이렇게 패션쇼처럼 개성 있는 자신의 모습을 뽐내는 선운사는 우리를 이곳을 다시 한 번 꼭 오라고 하는 것 같았다.

없어지지 않고 그 모습 그대로 간직되길 소망해본다.

소개합니다

임은재
(매산초 4년)

안녕하세요? 저는 2019년 기준, 12세인 수원에 살고있는 임은재입니다.

제가 이 책을 쓰게 된 계기는, 현재 오룡 선생님께 추천을 받고 쓰게 되었습니다.

그럼 지금부터 저를 소개하겠습니다.

1. 저는 꿈이 아이돌입니다.

제 꿈이 아이돌인 이유는요? 바로 아이 돌이 무대 위에서 노래하고 춤을 추는 것이 정말 멋지다고 생각했기 때문입니다. 그리고, 저는 정말로 아이돌이 되고 싶습니다. 누가 말리든 저는 이 꿈을 포기 하지않고, 꼭 이룰 것입니다.

2. 저의 취미는 캘리그라피 쓰기, 그림 그리기 등입니다.

보통 아이돌이 되려면, 노래와 춤이 취미여야 하지 않는가? 라고 생각하시는 분들이 많을 것이라고 생각합니다. 그러나, 꼭 그렇지는 않습니다. 취미가 아니더라도 아이돌이라는 꿈은 이룰 수 있다고 생각하기 때문입니다.

3. 지금 저는 수원에 살고 있습니다. 수원에는 볼거리가 참 많습니다.

저는 현재 수원 '매산초등학교'에 재학 중입니다. 제가 다니는 학교는 인터넷상으로 100년이 되지 않는다고 나왔지만, 실제로는 일제 강

점기 시대에 소학교로 건립이 된 그 기록이 없기 때문이지, 실제로는 100년이 훌쩍 넘었습니다.

저희 학교에는 학교를 대표하는 무용팀이 있습니다. 저는 그 팀의 멤버입니다.

수원시 종합 청소년 예술제에서 우수상을 수상 하였고, 경기도 종합 청소년 예술제에서 최우수상을 받았고, 수원 화성 문화재 퍼레이드에 장려상을 수여하였습니다.

수원 화성은 미래에도 보존 되야하는 정말이지 가치 있는 문화유산입니다.

수원에 놀러 오시면, 꼭 수원 갈비를 드시는 분들이 많습니다. 저도 추천합니다.

저의 꿈은 아이돌입니다.

제가 말하는 이 이일이 실제로 일어났으면 좋겠지만, 그러진 않겠지요? 그래도 말해 보겠습니다.

연애기획사 대표님들 안녕하세요?

전 아이돌 지망생입니다. 이 글을 보시게 된다면, 연락 부탁드립니다.

감사합니다. 그리고 저의 첫 책을 읽어주신 분들 감사합니다.

또, 제가 이 자리에 올라올 수 있도록 도와주신 분들에게도 감사의 인사를 전합니다.

마음

내 마음 속에는
무엇이 있을까?

내 마음 속에 사랑이 있다
내 마음 속엔 존중이 있다

마음속에 있는 것은
돈으로도 살 수 없는 것 중 하나

학교 생활

학교 생활은
즐겁게 지내는 걸까?
신나게 지내는 걸까?

수업 시간에는 지루하고, 따분 하지만
쉬는 시간 종이치는 순간
친구들에게 달려가는 친구들

독서

책을 새로사서
아무런 생각없이 페이지
한 장을 넘겨 본다.

그 누구도 읽지 않는
책이 내 손에서
처음으로 펴진다

무심한 슬픔

나는 가끔
아무런 감정 없는
슬픔에 잠기고는 한다.

왜 그러는지 나의 주인인
나도 모르겠다

가끔 우울한 기분이
들 때가 더 많은 것 같이 느껴진다

과연 친구들의 곁을
시간이 지나면서 하나하나
떠나야 하는 이유 때문일까?

나만의 상상 나라, 너와 나의 연결고리

어느 날 평범한 아침, 나는 평소처럼 등교를 했어.

그런데 민건이라는 아이가 다른아이들과 어울려서 축구를 하고 있었지. 나는 혼자 뚫어지게 보고 있었는데 네 베프인 민지가 갑자기 나에게 왔어.

민지 : 야? 김소희. 너 지금 거기서 뭘그렇게 쳐다보느라 내 말소리도 못듣니?

소희 : 어? 헉! 너 언제 왔어?

민지 : 방금, 근데 뭘 그렇게 봐?

소희 : 어... 그게... 그...그러니까... 저쪽에 있는 남자아이가 자꾸 눈에.... 글쎄 내 말이 끝나지도 않았는데 민지가 갑자기 내말을 끊고 자기말을 시작하는거 있지? 이때, 정말 머릿속의 화 게이지가 쭉쭉 올라가기 시작했어.

민지 : 어! 저녀석은? 드르륵, 민지가 창문을 열었어요.

민지 : 야! 정민건~ 어 뭐해?

나는 민지가 갑자기 애교가 섞인 말투로 그 남자아이를 불러댔어. 그때, 내 손,발,팔,다리에 소름이 쫙 끼쳤어요. 그런데, 먼가 민지에게 샘이나서 민지와 대화를 했어.

소희 : 야! 너 저 아이 누군지 알아?

민지 : 아~ 너 소개 안시켜줬지?

나는 마음 소으로 '야! 그걸 지금 알았냐?' 사랑 때문에 우정도 못 챙기는 녀석이!! '흥, 칫, 뿡 치사 빤스다.'

소희 : 누군데~ 알려줘~

민지 : 그냥은 알려주기 어렵지.

　　　나는 화가 치밀어 올랐어. 저 아이가 누군지 알면 민지가 저 아이를 좋아
　　　하는지 자세히 파헤칠 계획이라서 나는 참을 수 밖에 없었어.

소희 : 그..그럼 내가 학교 앞 분식집에서 떡볶이랑너 좋아하는 어묵 사
　　　줄게 약속.

민지 : 올~ 니가 웬일? 콜! 쟤는 정민건이라는 남자아이야. 나랑 같은
　　　학원 다니고 있지. 근데, 왜? 쟤 옆반이야. 너...설마?

소희 : 아...아니야. 고마워

　　　아...민지랑 민건이가 친하구나... 그런데, 민지는 민건이를 좋아할까?

- 다음날 -

　오늘은 옆반 아이들과 협동체육을 하는날 이었어. 그래서 머리를 높
게 올려 묶고, 편하지만 심플하고 아끼는 운동복을 입고 갔어.

민지 : 어? 소희야 너 정말 이쁘다. 완전 잘 어울려.

소희 : 어? 고마워. 근데 오늘은 처음 보는 옷이네?

민지 : 아~ 오늘은 옆반이랑 같이 체육하는 날이 잖아.

　　　민지가 주변을 살핀다.

민지 : 이거 네게만 말하는 건데.. 나 민건이 좋아해! 민건이 한테 잘
　　　보이려고 옷 좀 샀지.

　　　뭐? 민지가 민건이를? 안...돼... 아무리 민지가 나보다 이뻐도 그럴 순
　　　없어.

소희 : 정말? 그냥...고백해.

민지 : 그래도...근데...수업종소리가 울리고 말았어. 다음 시간이 체육
　　　인데 말이야.

소희 : 뭐라고?

민지 : 아...아니야... 얼른 줄 서자.

소희 : 응

　　　소희야. 난 너가 민건이 좋아하는거 알아. 근데 민건이도 널 좋아한다고.
　　　그렇지만, 난 민건이 좋아해. 내가 먼저 고백할 거야.
　　　오늘 민건이와 친해지겠어.

체육 선생님 : 자, 오늘은 1,2반이 피구를 할 걸야. 1반대표, 2반대표 나
　　　　　　　와서 찢어 먹기로 선수를 정하자.

아이들 : 네.

각 반 대표 뽑는 중.

체육 선생님 : 1반 대표는 정민건. 2반 대표는 나미남.

　　정민건과 나미남은 각 반을 대표하는 잘 생긴 마남들이야. 그런데, 나미남은
내 베프인 민지를 좋아해.

체육 선생님 : 자~ 둘이 가위바위보롤 한명씩 팀을 정하자. 1,2반 상관
　　　　　　　없이 뽑을 수 있어!

　　(민건&미남) 가위, 바위, 보! 민건이가 이겼어.

민건 : 음... 저는 김소희를 선택하겠습니다.

　　민건이가 날 선택하자 아이들은 이상한 소리를 했어. 그렇지만, 난 기분이 왠지 모르게 좋았어. 하지만, 민지는 날 째려 보았어. 민지가 민건이를 좋아하는 것 같았어.

미남 : 저는 박민지를 선택하겠습니다.

　　역시 아이들 반응은 같았어. 그런데, 민지표정이 밝아졌어. 당연히 좋겠지. 피구 잘하는 아이랑 한 팀이니까..쳇! 그런데, 피구가 끝나고 휴식때, 민지가 민건이에게 다가가 크고 당당한 목소리로..

민지 : 야? 정민건! 나 너 좋아해! 정말 많이 좋아한다고.

　　민건이에게 고백을 했어요.다행히 체육선생님은 없었어. 그러자, 민건이가

민건 : 미...민지야... 미안해!!
　　　　난 너에게 호감이 있지만, 너도 알잖아. 내가 좋아하는 사람은...이라고 말하니 둘이 동시에 나를 쳐다봤어요. 전 당황했죠. 근데, 민건이가 내 쪽으로 오면서 저에게 말했어요.
민건 : 나, 너 좋아해! 우리 사귈래?
소희 : 어...어?! 내가 너무 놀라... 2주만 시간을 주지 않을래?
민건 : 그래, 딱 2주만 줄게.

-2주일 후-

민건 : 소희야.. 지난주에 내가 한 고백 생각해 봤니?
소희 : 응...너의 고백 받아들일께.

민건 : 정...정말? 우리 이제 1일이야.

소희 : 응

그런데, 이 장면을 민지가 우리 학교 일진들과 봤어. 사실, 민지가 1주일 전에 일진에 들어갔거든.

민지 : 허...참... 김소희, 넌 내 사랑을 짓밟아 버렸어. 복수할 거야.

그때 민지가 나에게 왔어.

민지 : 야? 김소희. 너랑난 이제 절교야. 연락도 하지마 알았어?

민건 : 야? 박민지. 좋게 말하면 될 것을 왜, 소리쳐? 어? 소희야 가자.

소희 : 어...응...

소희 : 민건아...아까 내가 대답했어야 했는데.. 내가 너무 놀라서...미안해.

민건 : 야... 아니야. 너가 왜 사과해? 저기 민지가 사과 해야지. 넌, 아무 잘못 없어. 알았지?

소희 : 응. 이일에 대해 다시 말하지 말자.

민건 : 소희야. 너 이번 주말에 시간되니? 시간되면 나랑 놀러가자.

소희 : 어..시간 괜찮아..어디 갈건데?

민건 : 그건 비밀. 그럼 토요일에 8시까지 학교 운동장에서봐. 안녕~

소희 : 어... 안녕...

- 토요일 8시 학교 운동장 -

소희 : 헉! 헉! 민건아 미안... 내가 늦었지?

민건 : 괜찮아. 얼른 가자.

그리고 1시간 후

소희 : 우와~~ 여기가 어디야?

민건 : 여기는 커플들이 D.I.Y로 커플링, 커플 목걸이 등을 만드는 곳이
　　　야. 얼른 가자.

소희 : 응

소희 : 여기 완전 좋다.

민건 : 그지? 어... 큰 이모!

소희 : 이...모??

가게 직원, 민건 이모 : 어? 민건아! 여자친구?

이모 : 안녕? 난 민건이 큰 이모야.

민건 : 응, 인사해 소희야. 여기는 내 큰 이모야.

소희 : 안녕하세요. 민건이 여자친구 김소희라고 합니다.

이모 : 그래. 저기 앉으렴.

민건,소희 : 네.

소희 : 와~~

이모 : 자, 이중에 마음에 드는 걸 고르렴.

소희,민건 : 네~

- 고르는 중 -

민건 : 큰 이모. 이거 커플링이랑 요~ 커플 목걸이 할께요.

이모 : 그래, 저기 가서 만들자.

- 만드는 중 -

소희 : 와~ 엄청이쁘다. 감사해요.

민건 : 맞아. 이모, 감사해요.

이모 : 그래~잘가. 또 오렴.

소희,민건 : 네~

소희 : 이제 집에 다왔네. 잘가.

민건 : 응 잘가.

- 월요일 -

민지 : 어! 미남아 안녕?

미남 : 안녕.

민지 : 야! 너 어제 일로 그러니? 완전 실망이다.

미남 : 내가 뭐? 너가 먼저 잘못했잖아.

소희 : 야!! 가현아. 쟤네 왜 저럼?

가현 : 그게 어제 둘이 데이트하는데 민지 남친이 등장해서 바람핀게
들통나서 그래.

민지 : 야! 너네 수근대지마.

민건 : 어! 소희 안녕.

소희 : 안녕.

민건 : 저 둘 왜 저래?

소희 : 그게 이러쿵..저러쿵...어쩌고..저쩌고...쌀라쌀라...이렇게 되었어.

민건 : 어휴~ 우리 싸우지 말자.

소희 : 응

그래서 우리는 현재 2018일 이랍니다.

아..그리고 민지와 미남이는 어떻게 됐냐구요?

품... 둘이 일주일에 몇 번씩 헤어지다 다시 사귀고 있답니다.

등장인물 김소희, 정민건, 나미남, 박민지, 체육선생님(단역출연), 1 · 2반 아이들
(단역출연), 이가현(단역출연), 정민건 큰이모(커플링가게 직원 & 단역
출연)

바나나를 좋아하는 아이

김용민
(중앙기독초 5년)

내 이름은 주태바이다.

지금은 학교를 걸어가는 길이다. 나는 우리 반 바나나 먹기 광개토대왕이다.

이 별명은, 내가 바나나를 사랑하기 때문이다. 오로지 이 이유로만 유명하다.

타이밍 맞추어 내 친구 김현오를 만났다.

"안녕, 현오야." "안녕, 태바야."

"현오야? 너 돈 있어." "어, 근데 왜?"

"나, 바나나 2개 만 사주라."

"태바야 너는 어떻게 하루 종일 바나나 생각만 하니?"

"그냥 바나나는 정말 맛있어." " 안 그래?"

"그렇긴하지만." "근데 너는 너무 많이 먹잖아." 우리는 수다를 떨면서 학교에 도착했다.

"안녕하세요. 선생님*!!*" "그래 안녕, 우리 바나나가 왔네."

나의 담임 선생님은 오룡 선생님이다.

성격은 차분하시고, 상냥하시다. 참 좋은 선생님이시다.

아침 9시부터 시작해서 점심을 먹고 3시에 끝난다.

그냥 평소처럼 나는 잠을 자고 일어났다. 나는 학교가 끝나고, 평소처럼 현오랑 같이 집에 걸어

간다. 근데 갑자기 포스터가 나의 얼굴에 붙었다. 떼어 봤더니 그냥 포스터가 아니라, 바나나 먹기 대회 포스터였다.

"이것은 운명이야." 속으로 중얼거렸다. 근데 오디션 날짜가 11월 1일 까지였다. "잠깐 오늘은? 지금은 10월 27일이다. 휴"

현오는 집에 먼저 갔다. 나는 발걸음이 가벼웠다. 왜냐하면, 자신감이 넘쳐흘렀기 때문이다.

오늘이 나의 생일 같다.

10월 28일

10월 29일

10월 30일

10월 31일

11월 1일 그날이 되었다. 나는 학교가 끝나고 바로 오디션을 보러가기로 했다.

현오는 운동장 관중석에서 나를 지켜 보기로 하였다. 나는 아침을 굶고 점심도 굶었다. 이제는 바나나 차례다. 나는 마을 운동장을 향해 걸어가는 도중에 현오를 만났다.

드디어 바나나 먹기 대회가 시작되었다. 나랑 몸집이 비슷한 아이가 있었다. 그 아이의 이름은 최민후 였다. 최민후가 승리할 것인가! 주태바가 승리할 것인가!

주태바가 10개를 거침없이 먹고 있었다. 최민후는 5개째를 먹고 있었다. 아직까지는 주태바가 앞서 있었다.

근데 갑자기 최민후가 동점을 만들었다. 현재 스코어는 50:50 이었다. '평생 얼마나 먹어 보겠나?' 남은 시간은 10초. 나는 바나나 1개를 나의 입에 '쏘옥'하고, 넣었다.

내가 먹어본 바나나 중에서, 가장 달콤하고, 가장 싱싱한 바나나였다. 나는 그것을 추억의 바나나로 불렀다. 그렇게 바나나 대회는 끝났다. 비록 작은 대회였지만, 나는 그저 즐거웠다.

"야 태바야, 너 진짜 대단하다."

나는 15살 이란 어린 나이에 바나나 맛보기 심사위원이 되었다.

우리 엄마는 집에 들어올 때마다. 엄마는 항상 이렇게 말한다.

"우리아들 수고했다."

"네"

나는 하루하루가 힘들었지만, 그만큼 즐겁다. 나는 18살때 바나나 먹기 심사위원을 그만두었다. 그후 프로 바나나 먹기 국가대표 자격증을 받았다. 그래서 나는 더욱더 행복하다.

나는 가는 길에 현오를 만났다. "현오야!"

"어? 너는 주태바?"

"응"

"진짜 부럽다, 벌써부터 국가 대표 선수가 되다니"

"아니야"

"나 이제 고등학교를 가야 하네."

"그럼 안녕"

"어"

현오를 오랜만에 만나서 옛날 생각이 떠올랐다. 근데 내일이 바나나 먹기 결승 대회다.

그래서 인지 무엇인가 떨린다. 내일 결승에서 이기면 금메달 총:21개 그냥 자랑스럽다.

드디어 최종 결승이 시작 되었다. 나의 상대는 이호만 이었다. '준비 시작' 하는 동시에 이상하게도 바나나가 갑자기 입에 들어오지 않았다.

'어떻게 하지?'

나는 85:0으로 패배를 했다. 나는 너무 슬프고 절망스러웠다. 나는 인생을 바나나만 먹고 살아왔는데, 정말 이해하기가 불가능하다.

　사실 나의 마음은 친구들과 예전처럼 뛰어놀고 싶었다. 그냥 다시 평범한 삶을 누리고 싶었다. 그래서 나는 절망과 창피를 등에 걸고 집으로 걸어갔다.

　"딩동, 딩동" 밸 소리가 울리고 있었다. 나는 누구인지 확인하려고, 나갔다.

　근데 밖에 기다리고 있는 사람은 현오였다.

　"어! 현오야?" "안녕 태바야"

　"여기는 왜?"

　"너 오늘 대회에서 패했다며? 괜찮아?" "어"

　"토요일 날에 먹을 수 있겠어?" (5일 뒤)

　"어 근데 요즘에는 바나나 먹는게 너무 힘들어"

　"그럼 내가 옆에서 응원 해줄게"

5일 뒤, 토요일

아침 9시

주태바! 주태바! 주태바! 주태바!

강백호 강백호 강백호 강백호

이번에는 나의 생각과 느낌이 달랐다.

60:90 나는 아주 치열한 경기를 펼쳤다.

　나는 나의 바나나 인생을 누리면서 즐거웠고, 행복했다. 나는 앞으로도 바나나를 먹으면서 즐거울 것이다.

등장인물 주태바 : 주태영, 김현오 : 김현민, 최민후 : 최민선
　　　　　선생님 : 오룡 선생님, 강백호 : 강백호

제주도에서 한달 동안 살았다

안예원
(샘말초 5년)

7월 19일 목요일, 제주도 한달 살기 시작

오늘 드디어 제주도에 한달 살기를 하러간다. 유난히 제주도를 좋아하는 우리가족은 오래 전부터 제주도 한달 살기를 하고 싶었다. 올해 1월 제주도 한달 살기 예약을 성공했다. 6개월을 기다렸다. 그렇게 안 올 것만 같던 7월 19일이 바로 오늘이다.

우리가 머물곳은 함덕 이다. 제주시 조천읍 함덕. 숙소에서 6~7분 쯤 걸으면 함덕 해수욕장이 나온다. 숙소 입구에는 돌담이 쌓여있다. 그 뒤로는 밭이 보이고 그 너머에는 바다가 있다. 내부는 앞으로 셋이 앉게 될 푹신한 소파와 커다란 TV가 있다. 침실에는 예쁜 제주도 느낌의 장식들이 있다. 아주 아담했다. 숙소에 대한 감흥보다는 이곳이 제주도라는 것이 더 중요했다.

7월 21일 토요일, 제주도 한달 살기, 3일차 (벨롱장)

저녁에 벨롱장에 찾아갔다. 벨롱장은 매주 토요일 11시부터 1시 까지 세화해변에서 딱 두시간만 열리는 플리마켓이다. 직접 만든 잼과 팔찌, 귀걸이, 인형, 빵, 모자, 그릇등을 판다. 벨롱

장에서 파는 물건들은 거의 직접 만든 것이다. 여름에는 저녁 5시부터 7시까지 열린다.

벨롱이란 말은 제주말로 '불빛이 멀리서 번쩍이는 모양' 이란 뜻이라고 한다. 불빛처럼 잠깐 나타났다 사라지기 때문에 붙은 이름이다. 벨롱장 입구에서 눈에 들어온 것은 벨롱장의 간판 이었다. 간판은 입구에 아주 작게 자리해 있다. 직접그린 것 같은 간판은 벨롱장의 분위기와 어울렸다.

벨롱장 입구에서 바라보는 가게 들은 아기자기했고 해변의 에메랄드 빛 바다를 보며 구경하는 물건들은 모두 예뻐보였다. 세상에 하나뿐인 물건이라서 가격이 좀 비쌌다. 그럼에도 불구하고 물건들을 보고는 사지 않을 수 없었다. 나는 벨롱장에서 핸드 메이드 귀걸이를 샀다. 엄마는 직접 구운 빵과 직접 만든 모자를 샀다. 아빠는 쇼핑에는 관심이 없는가 보다.

7월 28일 토요일, 제주도 한달 살기, 10일차 (스위스 마을)

제주 스위스 마을에서는 동화처럼 예쁜 건물들을 볼 수 있다. 골목길 양 쪽으로 알록달록한 건물들이 들어서 있다. 이곳에서 사진을 찍으면 정말 인생사진을 남길 수 있다. 건물의 구조는 1층은 카페였고 2층은 숙소이다.

스위스 마을에 들어서면 큰 나무가 보이는데 여름에는 그곳이 정말 명당자리다. 그 나무 앞으로 알록달록 표지판도 사진 찍는데 좋은 배경이 된다. 마을을 걷다보면 동화마을 속을 거니는 느낌이다. 단 오르막 길로 되어 있어 좀 힘들었다. 마을을 구경하다 카페에 들어섰다. 음료를 주문했다. 나는 핑크 레몬 에이드, 엄마는 한라봉 주스. 제주도라 그런지 한라봉 주스는 정말 달고 맛있었다. 우리는 바깥 테라스에 앉았는데 산 위에 있어 그런지 바람도 잘 불고 경치도 예뻤다.

7월 30일 월요일, 제주도 한달 살기, 12일차 (성산 일출봉)

제주도 하면 꼭 가봐야 할 코스 성산 일출봉. 오늘은 이모도 함께했다. 운전을 못하는 엄마와 버스를 타고 다녔지만 이모가 2박 3일 동안 우리의 발이 돼주셨다.

성산 일출봉에 도착하자마자 입구에서 사진을 찍었다. 뒤에 보이는 멋있는 성산 일출봉을 한참동안 바라보았다. 일출봉을 올라가는 처음에는 돌들이 쭉 깔려있는 별로 힘들지 않은 길이다. 가다보면 계단을 끝없이 올라가야 한다. 경사가 심하지도 않은데 힘들었다. 더 올라가 보면 계단이 조금씩 가팔라진다.

걸으면서 독특한 바위들이 나왔지만 힘들어서 바위를 볼 겨를도 없었다. 어느 정도 올라오면 앞에 아찔하고 멋있는 풍경이 펼쳐진다. 드디어 정상에 올라왔다. 올라오면 앉을 수 있는 곳이 있다. 넓은 초원 같이 생긴 일출봉 정상을 볼 수 있다. 그 너머로 푸른 바다도 보인다.

오늘은 날이 좋아서 우도도 보였다. 정상에는 바람이 시원하게 불어서 아주 좋았다. 눈앞에 펼쳐진 멋진 풍경을 보며 바람을 쐬니 아까 올라왔던 것들은 생각나지도 않았다. 멀리 바다를 보고있으면 눈이 시원해지는 것 같다고 엄마가 그랬다. 내려오는 데는 20분 정도 걸렸다. 올라올 때는 정말 많이 걸렸는데 뭐지? 하는 기분이 들었다.

8월 3일 금요일, 제주도 한달 살기, 16일차 (제주 목관아)

제주 목관아는 제주의 관아시설이 있었던 곳이다. 목관아에서는 홍화각, 연희각, 귤림당 등의 건물을 볼 수 있다. 목관아는 20분~30분 만에 다 둘러 볼 수 있을 정도로 아담하다. 엄마는 망경루를 좋아했다. 망경루에 올라가면 목관아를 한 눈에 볼 수 있다. 시원한 바람이 망경루를 통해 오고간다. 올라가는 계단은 아주 가팔라서 넘어지기 쉽다.

목관아의 돌들은 거의 현무암으로 되어있다. 엄마와 나는 현무암을 보고 돌이 현무암이라고 신기하듯 바라보았지만 이내 이곳이 제주도라는 사실이 떠올랐다. 그 옛날 제주도에 널린게 현무암이었을 텐데 뭐하러 일반 돌을 가져다 목관아를 짓겠는가.

바람이 많고 태풍이 자주오는 제주도의 환경조건에 맞게 건물들은 모두 튼튼하게 지었다. 큰 전쟁이 없었기에 옛 건물들을 그대로 볼 수 있다. 많이 본 조선의 궁궐과 다른 제주도의 옛 건물을 보니 좋았다. 겉모습은 조선의 건물과 비슷하지만 자세히 보면 제주만의 특색이 살아있는 건물이다.

8월 4일 토요일, 제주도 한달 살기, 17일차 (함덕 해수욕장)

집에서 가까운 곳에 함덕 해수욕장이 있다. 바다가 보고 싶을 때 언제든 나갈 수 있다는 사실이 너무 좋았다. 함덕 해수욕장은 세구역으로 나누어져 있는데 그중 가운데와 오른쪽에 위치해 있는 곳에서만 해수욕을 할 수 있다. 야간개장은 가운데 위치해있는 곳에서만 운영된다. 왼쪽에 있는 구역에서는 심심할 때 나가 발을 담그고 있기 좋은 곳이다.

함덕 해수욕장은 깊지 않아 놀기 아주 좋은 곳이다. 신나게 놀다 하늘을 보면 정말 예쁘다. 구름 한 점 없이 정말로 파란하늘. 지금이야 말로 가장 행복하다는 생각이 든다. 그날 집 안은 모래투성이었고, 바다 냄새가 가득했다.

8월 7일 화요일, 제주도 한달 살기, 20일차 (삼성혈)

삼성혈은 제주탄생 신화를 볼 수 있는 곳이다. 제주의 시조 3명이 솟아났다는 구멍이 있는 곳. 삼성혈에 들어가면 나무가 그늘을 만들어

준다. 시원한 바람이 분다. 삼성혈을 찾아오느라 힘들었을 사람들에게 쉴 수 있는 여유로움이 있는 곳이다.

신화는 의심이 아닌 있는 그대로 들어주면 된다. 지식이 아닌 이해의 영역인 것이다. 이렇게 생각하니 제주 신화에 대한 믿음이 조금씩 생겼다. 그냥 처음부터 믿지 왜 이렇게 의심이 많은지 모르겠다. 의심을 하다보면 연구하게 되고, 생각하다보면 내용은 풍부해 지니 더 재미있는 사실들이 전해지는 것은 아닐까?

8월 8일 수요일, 제주도 한달 살기, 21일차 (영화관)

제주도 한달 살기니까 우리도 유적지나 관광지만 돌아다니지 말고 "영화도 볼까?" 하는 엄마와 함께 극장에 갔다. 제주도에서 영화를 본다고 생각하니 진짜 제주도민 같았다. 영화관에 도착하자마자 나는 "우와! 영화관이다!" 하고 감탄했다. 엄마는 나에게 영화관 처음 오냐고 했지만, 그냥 영화관이 아니라 제주도 영화관이니까 의미가 있다.

영화가 끝나고 밖에 나오니 하늘도 맑고 건물도 아담해서 기분이 상쾌했다. 물론 여기도 제주 시내이긴 하지만 육지에서 영화를 보고 나오면 건물이 높아 잘 보이지도 않는 하늘과 미세먼지 가득한 곳이 나왔다. 오늘 만큼은 정말 제주도민이 된 것 같았다. 영화 한편 봤다고...

8월 9일 목요일, 제주도 한달 살기, 22일차 (만춘서점)

만춘서점은 동네에 있는 작은 서점이다. 작아도 너무 작은. 하지만 이곳이 유명한 이유는 분위기 있고, 조용하기 때문일 것이다. 나도 모르는 이곳만의 매력이 있기 때문일 것이다. 만춘서점에서는 주인아주머니가 직접 추천하는 책 들이 책장 곳곳에 붙어있다. 책의 줄거리와 추천하는 이유가 적혀있다. 작은 메모 안에서 아주머니의 정성을 발견

했다. 아주머니는 안경을 썼고, 짧은 머리에 지적인 느낌이 들었다. 그리고 무척 여유로워 보였다.

만춘서점은 오래 기억될 것 같다. 서점에서 청소년들에게 추천하는 책을 샀다. 엄마도 책 한권을 골랐다. 엄마는 만춘서점에 오기 전에 나에게 "이 작은 서점을 사람들이 왜 좋아할까?" 라고 물었다. 나는 "글쎄" 라고 대답하였다. 이곳에 와서보니 작은 서점을 좋아하지 않을 이유는 없었다.

8월 10일 금요일, 제주도 한달 살기, 23일차 (브릭캠퍼스)

브릭캠퍼스는 레고 블록으로 만든 여러 가지 작품들이 전시되어 있는 곳이다. 아빠가 제주에 오시는 날에 마중을 나가는 길에 시간이 남았다. 공항 근처의 브릭캠퍼스에 들렸다 가기로 했다. 브릭캠퍼스는 입구부터 브릭으로 꾸며져있다.

나무에는 브릭 꽃이 달려있고 브릭으로 만든 돌하르방이 서 있다. 입구부터 너무 아기자기 해서 마음에 들었다. 브릭캠퍼스 안으로 들어가자 더 신기하고 예쁜 것들도 많이 나왔다. 유명 건축물을 따라 만든 작품, 유리병 속에 잘 들어가지도 않는 브릭을 넣어 만든 작품, 명화를 따라 한 작품, 유명 인물의 초상화를 브릭으로 만든 작품, 모든게 신기했다. 여행에서 관광지나 유적지 뿐만이 아닌 이런 아기자기하고 예쁜 것들을 보러 와도 좋을 것 같은 곳이다.

8월 13일 월요일, 제주도 한달 살기, 26일차 (함덕 해수욕장)

오늘은 함덕 해수욕장에서 그늘막을 치고 쉬기로 했다. 아빠가 왔으니 그늘막을 칠 수 있게 되었으니까. 이제 우리에게 함덕 해수욕장은 그냥 동네 슈퍼같이 자주 가는 곳이 되었다. 기분 내킬 때 마다 갈 수 있는, 집에 있을 땐 바다가 정말 그리웠는데 말이다. 오늘은 그늘막 아래서 좋아하는 제주의 바다를 계속 바라볼 것이다. 바람이 많이 불었지만 그늘막에 앉아 바다를 바라볼 수 있었다. 바다를 계속 보고 있으면 수영이 하고 싶어진다. 그 유혹을 견디지 못하고 결국 물에 들어가고 말았다. 제주에서 이 에멜랄드빛 바닷물에 빠지는 일이 가장 좋다.

8월 14일 화요일, 제주도 한달 살기, 27일차 (함덕 서우봉)

함덕 해수욕장은 함덕 서우봉해변 이라고도 한다. 해수욕장 옆에 서우봉이 있기 때문이다. 오늘은 서우봉을 올라볼 참이다. 서우봉을 올라가는 도중에는 옆에 꽃밭이 있고, 동굴로 가는 길도 있었다. 중간에 있는 꽃들도 너무 예뻤다. 밑에서 서우봉을 바라보면 알록달록한 색들이 푸른 나무들과 함께 보이는데 그것도 정말 예쁘다.

함덕에 처음 왔을 때 봤던 서우봉은 정말 푸른 나무들이 많은 곳이었는데 지금의 서우봉은 알록달록한 꽃과 푸른 나무가 어우러져 그림 같았다. 올라가는 길은 꽤나 가파르다. 중간중간에 나무들이 그늘을 만들어준다. 그늘이 없다면 중간에 포기하고 내려왔을 것이다.

정상에는 잔디와 꽃들이 있다. 잔디가 길어 벌레가 많았다. 정상에서 보니 바다와 마을이 더 예뻐 보였다. 한참이나 사방의 풍광을 보면서 제주의 푸른 하늘과 바다에 풍덩 빠진, 여유로운 날이었다.

8월 17일 금요일, 제주도 한달 살기, 30일차 (용눈이 오름)

용눈이 오름은 가까운 곳에 있다. 안내판으로는 올라가는데 10~15분이 걸린다고 했다. 하지만 우린 더 많이 걸린 것 같다. 안내판을 너무 믿지 말자. 용눈이 오름을 올라가는데 길마다 말똥이 엄청 많이 있었다. 용눈이 오름에 말들도 있다고 하는데 그 말들이 올 때마다 똥을 싸

고 가는 것 같았다. 앞에 멋있는 경치를 보며 걷다보면 자칫 똥을 밟을 수도 있다. 똥은 갈수록 많아졌다. 심지어 방금 싼 것 같은 말똥도 있다. 오름을 올라갈 때는 항상 말똥을 조심하자.

용눈이 오름의 정상과 가까워질수록 용눈이 오름 주위의 다른 오름들이 보였다. 정상에 올라서니 주변 오름들과 성산일출봉 까지 보였다. 오름 정상에서 또 다른 오름을 바라보는 것은 제주가 아니면 볼 수 없는 풍광이다. 바람이 세차게 불었다. 모자가 날아갈 정도로, 가벼운 사람이 휘청일 정도로 불었다. 용눈이 오름 정상에 앉아있으면 오늘이 여름이라는 것을 잊을 정도로 시원한 바람이 계속분다. 마치 10월의 어느 날인 것처럼.

8월 18일 토요일, 제주도 한달 살기, 31일차 (서귀포 치유의 숲)

서귀포 치유의 숲에 갔다. 개방 된지 얼마 안 된 숲이라 인원 제한이 있고, 꼭 예약을 해야 들어갈 수 있다. 사람의 손을 타지 않은 자연그대로의 느낌이다.

숲에는 작은 쓰레기조차 없었다. 우리는 해설하는 분과 함께 들어갔다. 숲 냄새도 좋았다. 해설사분께서 숨골을 소개해주셨다. 숨골은 옛날 제주의 화산활동 때문에 생긴 구멍으로, 땅 속에 바람이 통하는 길이다. 여름에는 시원한 바람이 겨울에는 따뜻한 바람이 나온다고 한다. 숲으로

계속 들어가면 신기한 넝쿨들이 나오고 자작나무 쉼터가 나온다. 자작나무 쉼터에서는 작은 자작나무 조각 같은 것을 밟을 수 있는데 아빠가 그 조각을 밟으면 발도 좋아지고 머리도 좋아진다고 했다. 나는 좀 많이 아팠는데 아빠는 시원하다고 했다. 그리고 숲 한 가운데 앉아있기도 했다. 숲 끝에는 있는 힐링센터에서는 족욕을 할 수 있다.

8월 19일 일요일, 제주도 한달 살기, 32일차 (별빛 누리공원)

별을 보러 별빛 누리공원에 갔다. 누리공원에서는 별과 다른 행성들을 관측 할 수 있다. 우주에 관한 4D영상, 천체투영실 영상도 볼 수 있다. 관측하는 곳은 엄청 어두웠다. 커다란 망원경이 많이 놓여있었다. 별자리 관측을 통해 베가 · 달 · 목성 · 아크투르스 · 토성을 봤다.

목성이나 토성같은 행성을 본 것이 너무 신기했다. 보고도 믿기지 않았다. 망원경 안쪽에 토성과 목성은 스티커처럼 붙어 있는 느낌이었다. 맨 눈으로도 행성과 별자리를 볼 수 있는데 밤하늘에서 빨갛게 빛나는 화성, 금빛으로 빛나는 것은 금성이다. 엄마는 달을 너무 좋아했고, 아빠는 토성을 너무 좋아했다. 난 모든 별이좋았다.

누리공원에 다녀온 뒤로 밤하늘을 많이 바라보게 되었다. 이건 어느 행성이고 이건 어느 별인지도 많이 찾아보았다. 밤하늘에서 별자리를 찾아보는 것은 생각보다 재미있었다. 매일 바라보니 무슨 별인지 딱 알아맞힐 수 있게 되었다. 과학을 좋아하는 아이들이 이런 것을 매일 보나보다 했다.

8월 20일 월요일, 제주도 한달 살기, 33일차 (마지막 밤바다)

내일이면 제주를 떠난다. 시간이 너무 빠르다. 우리가 제주에 온 날부터 몇 번의 월요일이 지났는지, 몇 번이나 바다에 발을 담갔는지... 이곳 함덕의 길과 바람도 안다.

어느덧 오래된 제주 도민처럼 살았다. 용인으로 돌아갈 생각을 하니 마음이 싱숭생숭 하다. 밤바다 산책을 나왔다. 밤바다는 정말 예뻤다. 가로등에 비친 바닷물은 검푸른 빛깔이었다. 봐도봐도 아쉽다. 오늘이 제주에서 마지막 밤이구나.

8월 21일 화요일, 제주도 한달 살기를 끝내고 돌아오다

오늘 진짜 집에 간다. 정들었던 숙소에서 짐을 싸서 택배를 보냈다. 헤어지는 바다와도 작별했다. 마지막 인사는 사진으로 남겼다. 차가 함덕 해수욕장을 벗어나는 순간, '이제 정말로 가는구나.' 하니 진한 아쉬움이 들었다. 집에 가는 날이 오지 않을 거라고 생각했는데... 이렇게 슬픈 와중에 비행기 시간에 늦어 엄청 뛰어야 했다. 정말 숨가쁘게 뛰어서 비행기에 올랐다. 점점 제주와 멀어져 가는 것을 보고 엄마와 나는 손을 꼭 붙잡고 한 마음으로 아쉬워 했다. 비행기에서 함덕을 찾을 정도로 제주를 그리워했다.

김포에 도착하자마자 제주가 그리워졌다. 공항버스에서 내려 밥을 먹으러 걸어가는데 오늘도 역시 미세먼지는 나쁨 이었다. 제주의 미세먼지는 확인할 필요도 없이 항상 좋음, 양호였는데 말이다. 우리 집도 너무 어색했다. 함덕 집에 가고 싶었다. 앞으로 우리 집에 어떻게 적응해야 할지 모르겠다.

제주도 한달살기는 이렇게 끝났다. 오늘 엄마는 아쉬워하는 나를 보며 "끝나면 아쉬운게 여행이라고 했어." 라고 했다. 나도 이 말을 들어보았다. 하지만 나는 지금 이 아쉬움이 너무 싫다. 아쉬움이 없었으면 좋겠다.

제주에서의 한달은, 한달이 아닌 것 같다.

첫 만남

오유나
(분당초 5년)

우리 집 사고뭉치 귀염둥이 봄이!! 봄이가 우리 가족이 되기까지의 스토리를 들려 드리겠습니다.

봄이를 알게 된건 2016년 초. 그날은 토요일이었고, 아침에 일어나니 오빠가 나를 흔들고 있었다. "아, 왜애애애애!" 하고 말하자, 오빠는 "초, 초 긴급 속보야!!" 라고 말했다. 오빠가 이리 호들갑을 떤 것은 오랜만이라 궁금했기에 부엌 쪽으로 가니 아빠는 한 손에 핸드폰을 보며 웃고 계셨다.

"아빠...회사 대박 났어요?" 라고 하였더니 오빠가 "바보야, 그게 아니잖아!!" 라고 하였다. 알고 보니 아빠의 친구 분께서 키우던 강아지가 교배를 해서 강아지 둘을 낳았는데, 그 중에 한 마리는 우리가족이, 또 한 마리는 또 다른 아빠 친구분이 데려 가기로 했다.

늘 강아지와 함께 사는 것을 원치 않으셨던 엄마께서도 허락을 하시니 너무 기쁘고 설렌다. 우리 가족이 데려갈 강아지는 비숑 프리제인데, 프랑스 출신이며 솜사탕 같은 외모가 특징이다. 그렇게 사진을 보고 나갈 채비를 했지만 아직 태어난지 얼마 안 돼서 어미의 보살핌(?)을 몇 개월 받아야 한다고 하셔서 매일 매일 비숑을

꿈꾸며 기다렸다.

비숑을 데려오기 전에 이름을 짓기로 했다. '사탕, 구름이, 우유....' 등 여러 이름이 나오다가 비숑이 4월 10일에 태어났으니까 이름을 '봄'이라고 짓게 됐다. 또 봄이의 집을 지어주기 위해 인터넷에서 강아지 집 만드는 것을 보고 옷걸이로 텐트처럼 모양을 만들고 아빠의 안 입으시는 셔츠로 양옆, 뒤를 막고 고정시킨 뒤, 안에는 담요를 크기에 맞게 여러 번 접어서 안에 넣어 집을 만들었다. 또 근처 동물병원에 가서 봄이 사료를 샀다. 이렇게 준비를 좀 했는데 벌써 보고 싶어서 미칠 것 같았다.

그리고 몇 개월 뒤, 가족모임이 있어 집에 가는데 내일이 봄이를 데리러간다는 마음에 빨리 집에 갔음 좋겠다는 생각을 하며 차에 탔는데 아빠께서 갑자기 집에 가는 방향이 아닌 곳으로 가셔서 "아빠, 우리 어디가요?"라고 물었더니 아빠께서 "우리? 봄이 데리러~" 그렇게 약 한 시간을 달려서 케익을 사가지고 아파트에 들어갔다.

주차를 한 뒤, 아빠 친구분의 집으로 가는데 "아빠, 여긴 강릉이 아니잖아요. 분명 강릉에 사는 아빠 친구분이 봄이 데리러 오라고 하셨는데..." 그러자 아빠께서 "봄이 형을 데려가는 아빠 친구가 우리 봄이도 데리고 와서 데려가라고 했거든. 봄이 형은 아빠 친구의 엄마께서 키운다고 하셔서 지금 친구 집엔 우리 봄이만 있어."라고 하셨다. 그렇게 떨리는 순간, 문은 열려있어서 그냥 들어갔더니 거실에 아주 순둥하게 생긴, 귀여운 강아지 한 마리가 있었다.

코는 분홍색과 검은색, 귀는 약간 갈색이며 눈이 아주 매력적(?)이다. 아빠친구 분의 집에서 잠깐 TV를 보기로 했다. 그 사이에 봄이가 '총, 총, 총' 걷다가 아빠 발 쪽으로 가는 것이다. 갑자기 코를 '벌렁벌렁!' 냄새를 맡다가 혀를 내밀고 발 밑 쪽부터 '스아아아아아악' 핥았다. 그것도 무~~무좀이 있을 듯 한 아빠의 발을!! '아, 앞으로 봄이가 손을 핥을 때가 많을 텐데....나, 나는 봄이랑 스킨십 절대 하면 안 되겠어! 만약에 스킨십을 하면 나..나도 무좀이라구우우*!!!*'라는 생각이 들었다. 옆에 있던 오빠도 많이 겁에 질려있는(?) 표정이었다.

　몇 분 뒤, 집에 갈 땐 아빠친구 분께서 좀 큰 박스에 배변패드 한 장을 깔아주셨다. 봄이를 안에 들어가게하니 봄이는 금방이라도 터질듯 나를 바라보았다. 안쓰러운 마음에 "저..이모, 그냥 안고 갈게요."라고 했다. 그러자 이모는 강아지 안는 방법을 알려 주셨다. 귀여운 봄이를 내 품에 안으니 이리 행복할 수 있겠는가!! 차에 타고 집으로 가는 중, 봄이가 내 허벅지 옆에서 엎드려 자고있다니!! 오빠에게 부럽냐고 물어 봤더니 "그, 그렇긴 한데, 무서워!"라고 했다. 원래 오빠는 강아지를 무서워한다. 그래서 늘 산책을 할 때 강아지 옆에 가지 않고 엄마 등 뒤에 숨는다. 지금은 아니지만.

　집에 도착해 난 봄이가 좋아하는 '턱 쓰다듬기'를 해 준 뒤, 그릇에 물과 사료를 적당히 주고 따뜻한 물에 사료를 뿔려서 '와그닥, 와그닥' 먹는 모습을 보고 잠을 잤다.

봄과 함께 보내는 날

　다음 날, 아침에 일어나니 봄이는 이미 일어나 내가 던져 놓은 점퍼 위에서 엎드려 있었다. 나는 슬며시 "봄~잘 잤어?"라고 말해보았다. 그러자 봄이는 한 쪽 귀를 '쫑긋!'하고 날 쳐다보았다. 녀석도 어제 하도 '봄'을 부르고 '니 이름이야~'라고 해서 어느 정도 알긴 아나보다.

　나 보다 똑똑한 녀석. 밖으로 나가니 엄마께선 아침을 차리고 계셨다. 화장실에서 세수를 하고 수건으로 얼굴을 닦고 나니 봄이가 사라져 있었다. 오빠 방엔 없고, 안방에 있었다. 그것도 전에 우리가 만든 집 안에! 그 순간 너무 뿌듯하고 좋았다. 아침 식사를 하는데 '쩝쩝' 소리가 나는지 봄이 녀석이 오빠 의자 밑에서 앉아있었다. 너무 귀엽고 사랑스러웠다. 그땐 몰랐지. 그게 이렇게 될 지는..

　아침 식사가 끝나고 엄마, 아빠께선 봄이 용품을 사러갔다. 그리고 집에 봄이와 함께 남아있는 우리는 TV를 보며 봄이를 보고 있었다. 근데 이 녀석 추운건지 간지러운 건지 자꾸만 기침을 하다 만다. 혹시나 '추운건가?'하는 마음에 이불을 가져와 현관에서 몇 번 털고 덮어주고 '집 공기 때문인가?'해서 환기도 해주었다.

　다행이 그제서야 내 걱정하는 마음을 안 건지 진짜 괜찮은지 모르게 싹 나았다. 근데 요 녀석은 이불 밖이 위험한지 알아가지고는 이불에서 잠을 잔다. 역시 나보다 똑똑한 녀석. 물통에 물이 없어서 또 물을 떠다 주었다.

　그리고 얼마 뒤, 엄마, 아빠가 오셨다. 엄마, 아빠께선 강아지용 샴푸, 쿠션, 그리고 빗 등을 사 오셨다. 제일 먼저 아빠께선 봄이를 씻겨 주셨고, 엄마는 저녁 준비를 하시고 계시고 오빠와 나는 TV를 보며 봄이를 기다리고 있었다. 그리고 얼마 후, 안방 문이 열리고...홀쭉해져 다른 개가된 봄이가 '우다다다!' 달려오고 바닥이 바다가 되면서 봄이가 미끄러졌다. 불쌍했지만 귀여운 봄이! 아직도 샤워가 끝나면 드라이기를 피해 달려온다.

첫 산책 그리고 현재

봄이는 6월 말 쯤 마지막 접종을 맞고 산책을 갈 수 있게 되었다. 동물 병원 밑에 위치한 펫샵에서 산책줄을 샀다. 그리고 일요일 아빠께선 청소기를 돌리고 엄마께선 설거지를 하는 동안 우리는 산책을 나갔다. 봄이와! 배변봉투와 산책줄을 챙기고 나갔다.

봄이에겐 처음(?) 밟아보는 땅이기 때문에 떨리고 신기했을 것 같다. 그렇게 단지를 몇 바퀴 돌다가 풀 쪽에서 다리를 벌리고 울 것 같은 표정으로 바라보며 편안한 쉬야를 했다. 그리고 몇 바퀴를 더 돌았는데 봄이가 똥과 오줌을 싸지 않아서 그냥 집으로 갔다.

현재 산책은 엄마와 오빠와 함께 저녁을 먹고 공원 한 바퀴를 돈다. 근데 엄마는 계속 '배변봉투'를 '쾌변봉투'라 부르신다. 또 봄이는 대부분 강아지한테는 교감을 하고 끝났지만 요즘은 만나자마자 짖고 '으르릉-왕! 왕!'거린다. 도무지 이해할 수가 없다.

그리고 봄이는 요즘 쉬야를 쌀 때, 다리 하나 '딱!' 벌리고 45도로 무지개 쉬야를 싼다. 또 똥을 쌀 때는 다리를 벌리고 울 듯 말 듯 하는 똥을 싸는데, 그 표정이 '내가 똥 싸는 동안 날 지켜주세요.'라는 뜻이다.

봄이와 자주 산책하는 공원에 강아지 놀이터가 있는데, 이상하게도 거기 가선 잘 놀고 뛰어 다니기만 하는데 길가에서 강아지를 만나면 항상 짖고 사납게 군다.

이쯤 되면 봄이의 단짝을 소개 해야겠군. 그 날은 여름이었다. 오빠는 스케이트보드를 타고 엄마와 난 봄이와 함께 걸어가고 있었다. 그리고 다시 돌아가는 길. 중앙 광장에서 조금만 더 걸어가면 있는 곳에서 갈색 푸들을 만났다. 우리는 '봄이가 또 짖진 않을까?'하는 생각으로 초조해 했지만 봄이와 그 푸들은 '킁킁' 냄새를 맡으며 교감을 했다.

신기하게도 둘이 엉겨 붙어 안기도 하고 뛰기도 하고 이런 봄이의 모습은 처음이라 신기했다. 또 이 행동이 싸우는 건가 했지만 강아지 주인 분께서는 이 행동은 강아지들이 노는 것 이라고 말씀해 주셨다. 그리고 강아지 주인 분과 엄마는 서로 강아지 이름, 나이, 성별을 물어보셨다. 푸들의 이름은 '사랑이'였다.

엄마와 사랑이 주인 분은 '하하, 호호' 얘기를 나누다가, 오빠는 중앙 광장에 먼저 가서 보드를 타고 있겠다고 했고, 사랑이 주인 분께서, "호호, 우리 사랑이가 이렇게 신나하며 강아지와 노는 건 처음이예요. 봄이랑 사랑이 여기 풀밭에서 뛰어 놀게 하면 안 될 까요?"라고 말씀 하셨지만 엄마는 오빠가 먼저 가있기 때문에 안된다고 정중히 말씀드렸지만 사랑이 주인분께서 어떻게, 어떻게 부탁을 하셔서 엄마는 알겠다고 하셨다. 풀밭에 둘을 풀어 놓자 이제 자유다! 하고 술래잡기를 하다가 복싱을 하다가 이래저래 놀다가 오빠가 눈물을 흘리며 왔는데 봄이가 노는 모습을 보고선 아주 신기해했다. 그리고 봄이랑 사랑이가 갑자기 뛰쳐나갔고, 그렇게 봄이와 사랑이는 다음을 기약하며 헤어졌다.

집에 온 봄이는 물을 '홀짝! 홀짝!' 마셨다. 그리고 얼마 뒤, 산책을 하다가 우연히 사랑이를 만난 날이 참 많다. 그 때 마다 봄이가 어떤 기분이었을 진 아주 잘 안다. 처음부터! 봄이야, 사랑해! 우리 평생 행복하자~!

꿈 깨. 7월의 금요일 오후. 우리 가족은 친 할머니를 뵈러 영덕으로 간다. 봄이와 함께. 근데 우리 집에서 영덕 할머니 집까지 가는데 보통 3~5시간이 걸리는데 그래서 차에서 긴 시간을 보내야 한다. 그 날은 좀 쌀쌀 했다. 창문을 열고 담요를 봄이와 덮고 시원한 공기를 마시니 이리 즐거울 수 있겠는가.

대략 1시간 정도 가면 휴게소가 있는데 거기서 볼일을 보고 군것질 거리도 사고 봄이도 좀 산책시키고 물도 먹이고 다시 출발 해서 자고

일어나니 도착해 있었는데, 봄이 이 녀석 내 잠꼬대 때문인지 눈이 아주 쬐~~~끔 충혈? 되어 있었다. 할머니 집에 들어갔는데 할머니는 주무시고 계셔서 오빠, 나, 봄이는 거실에 이불을 깔고 자고 엄마, 아빠는 할아버지 방에서 주무시는데, 가운데에서 자꾸 '크으응. 크커흥' 소리가 나서 보니 봄이가 코를 골고 있었다.

'아~ 봄이 이 녀석이 힘들었나보다.'하고 자는데 자꾸 누가 등을 '툭, 툭'쳐서 보니 봄이 요 자식이 잠꼬대하면서 내 등을 치고 있었다. 그냥 자고 아침에 일어나니, 봄이랑 나만 자고, 아빠, 오빠는 TV를 보고 엄마, 할머니께선 아침 준비를 하고 계셨다.

몸을 일으켜 세우고 작은 소리로 '봄아, 일어나~' 했더니, 봄이가 눈을 뜨고 날 보고 주위를 보고! 다시 잠을 잤다. 봄이야?

#엉뚱한 우리 오빠

오늘 움직이는 용 만든 걸 집에 가져왔다. 하지만 집엔 아무도 없었다. 그리고 오빠가 왔다. 그래서 오빠한테 착시현상을 보여줬다. 왼쪽 눈을 가리고 흰색 점을 보라고 했는데도, 착시 현상을 잘 못 본다. 처음이어서 그냥 넘어가주려고 해야겠다. 개그콘서트 보는 느낌이다. 재미있다.

#나는 소중해요

이 세상에 나와 똑같은 사람은 없어요. 우리 가족은 나를 사랑해요. 나는 이 세상을 위해 할 일이 있어요. 내 목숨은 하나밖에 없어요.
"유나야! 너는 니가 존재하는 것만으로도 특별하단다."
생각하니 내가 있는 것만으로 특별한 것은 맞다. 커서 이 세상을 빛내고 싶다.

#놀이터

오늘은 엄마가 늦게 오는 날이다. 그래서 친구들과 놀았다.
다현, 소운, 효윤이와 시소 배틀을 했다. 엄마가 늦게 오는 건 싫지만 친구와 오래 노는 건 무지무지 좋다. 흐흐흐

#바벨탑이 어떻게 생겼을까

바벨탑이 무섭다. 건설하다 깔려 죽고 팔다리 뿌러지고, 엄마가 잠잘 때면 아프리카 얘기를 해 주신다. 그거랑 비슷하다. 진시황은 볼 때 조금 똑똑하다. 〈암살〉 때문에 그래도 죽이는 건 좀 아니다. 칭기스칸 얘

기는 재밌다. 말을 타면서 밥을 먹는게, 나폴레옹과 히틀러는 잔인하다.

#문단의 짜임

글씨를 쓰는 도구에는 여러 가지가 있습니다. 만년필은 잉크를 이용하여 글씨를 쓸 때에 사용합니다. 분필은 칠판에 글씨를 쓸 때에 주로 사용합니다. 연필은 종이나 공책에 그림을 그리거나 글을 쓸 때에 사용합니다. 붓은 먹물을 이용하여 글씨를 쓸 때에 사용합니다.

글자는 낱말이 돼서 문장을 만들어 주고 문장을 더해 문단이 만들어질 때 로봇트가 합체하는 것 같다. 문단의 짜임은 역시 재미있다.

#리코더 연주

처음에 수빈이가 했는데 별로 바뀐게 없다. 그리고 한참을 가다 최지민이 하고 내가 했는데 떨렸다. 다행이 실수도 안하고 성공했다. 다른 친구들이 나보다 잘해서 깜짝 놀랐다. 아쉽다. 조금더 연습할걸.

#직사각형

네 각이 모두 직각인 사각형을 직사각형이라고 해요. 우리집은 직사각형이 많다. 그리고 어릴적 다니던 유치원에도 집처럼 많다. 완전 도형세상이다. 액자, 책상, 장난감, 소파, 텔레비전, 보드게임 등등. 진짜 진짜 많아 어지럽다.

#사슴벌레

우리집 사슴벌레 이름은 삼이에요. 왜냐면, 곤충은 빨리 죽는다 해서, 죽으면 슬프니까 삼년은 버티면서 행복하게 살아라~ 그 뜻이고, 오빠가 지어주었어요. 요즘 삼이가 움직이지 않아 걱정이에요.

#나눗셈

나눗셈을 처음 배워서 조금씩 헷갈리기 시작한다. 그래서 수2를 나눗셈으로 할 거다. 또 오늘 처음인데 내 짝꿍 효윤이가 이해할 수 있게 설명해 주었다. 효윤이가 이러한 친절한 면이 있는 것을 처음 보았다. 되게 고마웠다.

#내 방 대청소

아침에 일어났는데 방이 난장판이 되어 있었다. 그래서 대청소를 하기로 했다. 먼저 바닥 아니 책꽂이에 필요한건 놓고 필요 없는 건 다 버렸다. 그리고 청소기 밀고 걸레로 닦으니 깨끗했다. 내 방이 이런 모습일 줄은 상상도 못했다. 하지만 끝이 아니다. 옷장도 청소했다.

교과서는 교과서로 필요하지 않은 건 바닥에 "툭" 놓고 쌓이면 버리고 또 가방! 가방이 많아서 옆으로 쭉 줄지어 놓았다. 정말 깨끗했다. 그리고 나는 책상이 없어 미니 책상을 놓았다. 뿌듯하고 힘들었다.

#Dream tree 계약서

학교 끝나고 소운이랑 우리가 만든 회사에 갔다. 회사는 소운이네집 소운이 방, 거래처는 우리집 내방. 회사이름은 Dream tree. 즉 한글로는 '꿈나무'다. 한글로 하려고 했는데 잉글리시가 더 멋있고 화려해서다. 오늘 제목은 '크크크, 걸려 들었군.' 내용은 LG와 경쟁사이인 Dream tree가 싸우는 거다. 먼저 LG는 우리보다 어리고(?) LG가 편지를 보냈

다. 간식먹다가 시간이 다 됐다. 좀 아쉬웠다.

#음악시간

⟨덕석 몰자⟩는 음이 재미있었다. ⟨왕벌의 비행⟩은 황홀했다. 또 욕먹으면 얼마나 기분이 나쁠까? 영화 ⟨말할 수 없는 비밀⟩의 피아노배틀! 정말 멋지고 아름다웠다. '피아노 잘 치면 좋구나'

#난타 공연을 보고

난타 공연은 무서운 줄 알았다. 왜냐면 글씨가 갈라져 있는 그림이어서다. 하지만 재밌다. 또 양파, 오이, 당근, 양배추를 노래로 표현하는 것이 재미있었다. 러브스토리도 나오고 또 신기한 건 6시라고 말했을 때 "라리루또리라티니또또리오리오마지"를 빨리 말하는 게 신기했다. 또 그 노랑....조카가 칼에 찔린게 연기인지 진짜인지 궁금하다.

#꼴지라도 괜찮아

오늘 국어 시간에 읽었던 책이다. 제목이 마음에 든다. 책 읽을 때 김동하만 우리 목소리보다 목소리를 크게 해서 잘못 읽을 때 김동하 때문에 헷갈린다. 인정 받을 수 있는 절호의 기회인데 김동하 때문에 놓쳐버렸다. 아쉬웠다.

#사운드 오브 뮤직

사운드 뮤직을 보았다. 선생님이 태어난 것보다 1년 먼저 개봉했다니. 영화는 웃음이 나왔다. 왜냐하면 새 엄마 표정이 웃겼다. 그리고 왠지 대령이 마리아에게 키~스 할 것 같아서 너무 불안했다. 그리고 휘파람 부는 소리에 군인 같이 각을 딱 뭐 어떻게 하고 개구리 넣은 것도 웃겼다. 선생님이 "뭐가 생각나지 않아?" 했을 때 엄마가 옛날에 개구리 잡아 먹었다고 한 것이 생각났다. 보고 싶다.

#엄마의 폭풍 잔소리

으앙~~~ 귀가 따가워 아침부터 일어나자 엄마의 잔소리가 시작되었다. 그리고 학교를 갔다와도 엄마의 잔소리 아이쿠! 깜짝아!

갑자기 하느님이 나타나서 잔소리 안 듣기 비법을 가르쳐 주셨네. "한 쪽으로 듣고 한 쪽으로 내뱉어라!"

'펑'어라? 사라지셨다. 어라? 엄마의 잔소리가 안들리네. 와우~정말 대단해! 이제 실컷 놀고 숙제를 안해도 잔소리가 안들리네....

"이 놈! 엄마 말을 무시해!" 결국 난 엉덩이와 종아리, 손바닥을 맞았다.

#시험

오늘 수학 시험은 망친 것 같다. 마치 꿈속에 있던 괴물과 외계인이 등장해서 날 물리치려할 때 슈퍼걸이 날 구하려다 함정에 빠진 것 같았다.

너무 끔찍한 시험이다. 하지만 좋았다. 효윤이랑 지우개 밥을 말아서 조금씩 장난을 쳤기 때문이다. 재미있었다.

#빵구가 난 양말

오늘 친구와 놀다가 양말에 빵구가 났네. 에휴~ 하필이면 슬플 때.

발가락이 보여서 부끄럽네. 자다 깨면 떡이 생긴다가 아니라 자다 깨면 구멍이 생긴다 같네.

#기적이 일어났다

오늘 과학시간에 '센과 치이로의 행방불명'을 볼 때 소운이 옆에서 보았다. 그런데 소운이가 "우정 테트 하자!" 라고 말해서 했다. 그런데 통!했다. 그때 옆에 있던 유민이가 방귀를 뀌었다. 웃음을 참았다. 그리고 또 통하고 3번이나 통했다. 기적이 일어난 것 같았다. 신기했다.

#감사해요

뛰어놀다가 다리가 아주 심하게 다쳤다. 계속 피가 났다. 너무 아팠다. 그리고 저녁을 먹고 돌아온 후, 샤워를 했다. 무릎이 아파서 엄마께서 도와 주셨다. 재미있는 이야기도 했다. 상처에 물이 조금씩 들어갔지만 조금 아팠다. 하지만 엄마의 마음과 정성, 사랑이 들어갔는지 별로 아프지 않았다. 그런데 엄마는 땀을 흘리고 있었다. 정말 우리 엄마 딸로 태어나서 행운인 것 같다. 정말 좋다.

#사회시간

새로운 것을 배웠다. 사회 시간은 왠지 어른이 되는 계단을 한 개 더 올라가는 시간 같다.

#아디

국어시간에 자기 물건을 소개하는 글을 썼다. 한참 망설이다가 내가 좋아하는 인형 아미로 정했다. 아미에게 사람이 먹는 음식도 먹이고 싶고 엄마랑 장보러 따라갈때도 아미와 함께 가고 목욕도 같이 했다.

여행도 아미랑 같이 가고 그래서 어느새 2년이라는 시간이 흐르고 아미의 입이 검은색이 되고 검은 눈은 조금씩 하양색이 되었다. 국어 시간이 왠지 참 긴 것 같다.

#팔씨름대회

오늘 팔씨름 대회를 했다. 정말 좋았다. 우리 모둠이 압도적으로 승리를 해서 상품을 얻었기 때문이다. 정말 재미있었다. 그런데 다음 대회가 고민이다.

#라면

오늘 저녁 라면을 '호록호로록!'먹네. 사람 사는 맛이 요거지. 면발을 입에 넣는 순간 국물이 튀며 '캬아~' 아이고 맛있다.어라 벌써 다 먹었네. 맛있는 라면

#행복한 방학

모두들 방학을 좋아하지. 뒹굴 뒹굴 놀고 자고 싸고 먹고 너무 행복한 방학 1년이 방학이면 좋겠다.

하나 더 바뀐 것

강수진
(송원초 6년)

"언니, 언니가 내 나이였을 때, 가장 기억에 남는 일이 뭐야?" "응?"

"아니, 선생님이 가족 중 한 명한테 내 나이 때 가장 기억에 남는 일을 들어오라고 하셨거든."

"엄마 아빠는?" "기억 안 난대." "아휴, 알았어. 좀 많이 긴데 괜찮아?" "응."

2학기가 시작된 지, 며칠 안 됐을 무렵 선생님이 내게 부탁하실 때부터였어. 그때가 사건의 출발이었지.

"네?" 나는 내게 일어나는 일을 믿을 수가 없었어. 너무 놀란 나머지 웃음도 나오지 않았지. 내가 한동안 멀뚱히 서 있자 선생님께서는 다시 한 번 말씀하셨단다.

"그러니까, 네가 은솔이의 친구가 되어주면 어떨까? 오늘부터 네가 은솔이를 조금만 옆에서 챙겨주라고. 지금 혼자 다니잖니. 분명 은솔이도 고마워할 거야."

"하지만..." "그냥 별 거 없어. 옆에만 있어주면 돼."

'아니 그러니까 그 옆에 있어주는 게 힘들다고요...' 그러나 이 말은 밖으로 나오지 못하고 입 안에서만 맴돌았어.

'아아... 오늘따라 늦게 오고 싶더라니.' 아직

96

이른 시각이라 교실에는 선생님과 나 둘 뿐이었어. 그리고 선생님의 얼굴에는 피곤한 기색이 역력했지.

'내가 지금 싫다고 한다면... 아직 졸업까지 다섯 달이나 남았는데...!'
차마 그 부탁 아닌 부탁을 거절할 용기가 없었던 나는 어쩔 수 없이 끄덕이고 말았단다. 선생님은 한시름 놓았다는 표정을 지으며 내게 웃어주셨어.

"고마워. 은솔이랑 잘 지내보렴."

나 원 참, 1학기에 무슨 일이 있었는지 아시면서 그런 말이 나오는 걸까.

1학기 때 나와 박은솔은 심하게 다퉜었단다. 이유야 모르겠지만 방학 전 마지막 회의 시간에 내가 내는 의견마다 반대를 했었기 때문이야. 당연히 나는 짜증이 나서 '반대만 하지 말고 너도 의견을 내라'고 한마디 했었지. 그런데 은솔이는 그 한마디를 '자신의 의견을 무시했다'고, 자신한테 유리한 쪽으로 과장해서 선생님께 일렀어. 다행이 곧 거짓말인 게 들통났지만, 그 이후로 계속 앙숙처럼 지냈단다.

문제는 그때부터야. 사실 박은솔은 은따였기 때문이지. 은따는 은근히 따돌리는 것, 또는 그 대상의 줄임말이란다. 같은 말로 아싸가 있어. 아싸는 아웃사이더(outsider)의 줄임말로 무리에 끼지 못하고 겉도는 아이를 뜻해. 우리는 은따라는 말보다는 아싸라는 말을 더 많이 썼어. 그리고 아싸라고 불리는 애는 물론 박은솔이었지. 박은솔은 다들 피하는 애였어. 아싸라서 친구가 없다기보다는, 친구가 없어서 아싸가 된 애야.

그 애의 머리는 마구 엉켜있고, 비듬이 우수수 떨어져 내렸단다. 가까이 가면 살짝 냄새도 났지. 당연히 가까이 가고 싶어 하는 사람은 아무도 없었어. 게다가 성격도 조금 이상했어. 잘 대해줘도 사사건건 시비를 걸고 넘어졌지. 그리고 자기 뜻대로 되지 않으면 집요하게 물고

늘어져서 기어이 바꾸고 마는 애였어. 이기적인 면도 없지 않았어. 자신이 손해 보는 것이 없더라도 남이 잘되는 꼴을 못 보더라고. 어떻게든 남에게 손해를 입혀야 직성이 풀리나 봐. 그러니 자연스럽게 친구가 없는 아이가 된 것이지.

당연한 결과지만 쉬는 시간에 어울리는 아이 없이 우두커니 앉아있는 걸 보고 있자면 괜히 불쌍해지더라. 사실 나도 작년에 같은 처지였기 때문이야. 같이 다니는 애들은 있었지만 혼자만 뒤쳐져서 걸었고, 대화에도 끼지 못했어. 그저 '명목상의 친구'였던 거야. 그뿐인 줄 알아? 반에서도 나는 조금 겉도는 아이였어.

원하는 사람끼리 모둠을 만들라고 시킬 때도, 할로윈이나 크리스마스 기념으로 너도나도 만날 약속을 잡을 때도 나는 항상 혼자였지. 그래서 나는 그 심정을 알아. 쉬는 시간 종소리만 울리면 모두 삼삼오오 모여 수다를 떠는데, 어디에도 낄 자리가 없어 그냥 자리에 앉아있어야 하는 기분. 그렇게 혼자 10분을 버티기도 힘들고, 멍하니 앉아있기도 민망해서 목적지도 없으면서 복도를 막 돌아다니는 기분. 경험해보지 않은 사람은 몰라. 혼자 남겨질 때 얼마나 비참한지.

하지만 그걸 안다고 해서 내가 걔랑 친구가 되어야 한다는 법은 없잖아? 싫은 건 싫은 거야. 나는 걔한테 악감정도 있고, 심지어 걔는 엄청 꾀죄죄하고. 누군가 따돌림을 당하면 먼저 손을 내밀어줘야 한다지만, 내가 그 애를 싫어하는데 손까지 내밀 필요는 없다고 생각해.

오히려 딱히 괴롭히는 것도 아니고 그냥 싫어서 피하는 것뿐인데 그거 가지고 가해자라고 한다면 그게 잘못된 거야. 억지로 친해지라면, 그건 진짜 친구가 아닌 거지. 얼떨결에 선생님의 제안에 고개를 끄덕이기는 했지만, 내 안에서는 아직도 두 가지 마음이 말싸움하는 중이었어.

'따지고 보면 나는 오히려 박은솔을 괴롭혀도 부족한데, 친구가 되라니 말이 돼?'

'그래도 걔 마음을 가장 잘 헤아려줄 수 있는 건 나뿐이잖아.'

'아니 왜 나밖에 없는데? 지금 같이 다니는 애들 중에 지은이도 왕따였잖아.'

'솔직히 말해서 걔는 위로나 공감하는 거에는 소질이 없잖아. 이 부분은 너도 인정하지 않아?'

'그러는 나는 뭐 위로를 잘하는 줄 아나 봐? 경청과는 거리가 멀어서 내 할 말만 하다가 아차 싶을 때도 있고, 비판하는 소리는 아예 귀를 막아버리잖아. 경청을 잘 해야 위로도 해주고 공감대도 형성된다는 거 몰라?'

'그래서 고치려고 노력 중인 거 안 보여? 긍정적으로 좀 생각해 봐. 내가 이걸 잘만 해낸다면 은솔이도 자신감을 얻고, 나한테도 좋은 경험이 될 거야.'

'만약 잘 안된다면? 스트레스인 건 당연하고 선생님 부탁으로 친한 척 하는 걸 알게 되면 은솔이한테도 상처인거 모르겠어? 게다가 은솔이랑 다니다가 겨우 사귄 친구들도 잃을 수도 있다고!'

'나 원래 누구한테 의존하는 성격 아니잖아. 친구가 죽고 사는 문제야? 가끔은 혼자가 편할 때도 있고 이렇게 쿨하고 독립적인 성격, 내 최대 장점이자 자랑거리잖아.'

'물론 그렇기야 하지. 근데 나도 친구 없이 혼자 다니는 것보단 같이 다니는 게 훨씬 더 좋다고.'

'하지만 내가 그렇다면 은솔이도 마찬가지 아닐까? 작년을 생각해 봐. 작년의 내가 딱 지금의 은솔이잖아.'

나의 다른 마음이 막 반박하려고 할 때, 1교시 시작 종소리가 들려왔어. 어쩔 수 없이 두 마음은 말싸움을 멈춰야 했지. 차라리 다행이었어. 조금만 더 있다가는 내 머리가 터질 것 같았으니까.

그날 쉬는 시간에 다시 은솔이 생각으로 머리가 복잡한 와중에 지은

이가 내 자리로 대뜸 찾아와서는 말을 걸었어. 지은이는 정말 좋은데, 친구를 조금 가려 사귀는 애야. 그리고 나보다 더 많이 은솔이를 싫어해.

"무슨 생각을 그렇게 해?"

"어, 그냥 여러 가지. 근데 왜?"

"아 그게 있잖아, 작년에 너 살짝 왕따였잖아."

'왕따 아니었거든? 그냥 단짝이 없던 거였거든? 그리고 왜 뜬금없이 그 얘기를 꺼내?'

원래 자신의 흑역사는 부정하고 싶어지기 마련이지. 하지만 여기서 부정을 해봤자 소용이 없단 걸 직감적으로 느껴 침묵으로 대답을 대신했어.

"…"

그걸 긍정의 뜻으로 받아들였는지 지은이는 이어서 말했어.

"근데 내가 방금 작년 너네 반 애들을 만나서 이유를 물어봤더니…"

'거기까지. 더 듣고 싶지 않아. 지금 불난 집에 부채질하냐?'

"됐어. 그래서 그걸 나한테 말해주는 이유가 뭔데? 아니 애초에 그걸 왜 물어보는데? 나보고 뭘 어쩌라고?"

신나게 남의 상처에 소금을 뿌려대며 가뜩이나 복잡한 머리를 터지기 직전으로 만들던 지은이는 내 서늘한 말투를 느끼고는 말을 멈췄어.

"아니 난 그냥…"

그러고는 그냥 나를 흘깃 쳐다보고는 자기 자리로 돌아가 버렸어. 이럴 땐 진짜, 혼자 있는 게 편하다니까.

그날 시간이 어떻게 흘러갔는지 모르겠어. 나는 나름대로 잘 넘겼다고 생각했는데, 지은이가 한 말이 자꾸 생각났어. 물론 수업은 듣는 둥 마는 둥 했지. 그렇게 시간은 흘러가고 마지막 6교시가 되었어. 6교시는 과학 시간이었어. 그리고 오늘은 모두가 기대하는 과학실 자리 바꾸는 날이야. 과학실 자리는 교실만큼이나 중요해. 한 번 바꾸면 한 달간은 그 모둠원들과 같이 실험을 해야 하기 때문이지. 그렇기에 모두가 기다리는 시간이자 긴장하는 시간이 자리 바꾸는 시간이야. 나 역시 두근거리는 마음으로 제비를 뽑았어. 4모둠이었지. 나는 내 자리에 앉아서 어떤 애랑 같은 모둠이 될까 기대하며 기다렸어. 하지만 그 기대는 얼마 못 가 실망으로 바뀌었어. 나는 왜 이렇게 얘랑 많이 엮일까. 바로 박은솔과 같은 모둠이 됐던 거야. 그 전전 모둠도 얘랑 같은 모둠이었는데. 표정관리를 하지 못해 똥 씹은 표정으로 마주 앉은 박은솔을 쳐다보았어. 그러자 은솔이가 말을 걸지 뭐야.

"너 나랑 같은 모둠 많이 해보지 않았어?" 생각보다 많이 티가 났나 봐.

"어? 어... 그랬지. 근데 왜?" 애써 태연한 척 대답했어.

"에휴, 나랑 같은 모둠이라니. 너도 불쌍하다."

나는 순간 놀랐어. 아이들이 자신을 싫어하는 걸 알고 있으리라 생각은 했지만 본인의 입에서 그런 이야기가 나올 줄은 전혀 예상 못했기 때문이야. 나는 방금 전보다 훨씬 애써서 태연한 척을 했어.

"응? 너랑 같은 모둠인 게 왜 불쌍해? 난 너랑 같은 모둠이 돼서 좋은데. 우리 앞으로 잘 지내보자!"

내가 말해놓고 스스로 놀랐어. 거짓말이 입에 버터를 바른 듯 술술 나왔거든. 동시에 안타까운 마음이 들었단다. 얼마나 애들이 싫어했으면 스스로도 아무렇지 않게 자신을 깎아내릴까 하고 생각이 거기까지 미치자 은솔이를 도와주고 싶어졌어. 지금처럼 겉도는 대신 애들이랑 스스럼없이 어울릴 수 있도록 해주고 싶었단다. 오기도 생겼지. 그래서 결심했어. 지금부터 은솔이의 친구가 되어주기로.

사실 은솔이의 친구가 되어준다는 건, 나 자신의 친구가 되어준다는 것과 같은 의미였어. 애써 부정하고 있지만, 나도 은솔이랑 같은 처지였다는 걸 알고 있으니까... 라고는 했지만 난 일주일째 아무것도 못하

고, 아니 안하고 있었어. 사실 여전히 두려웠어. 내가 얘랑 다니면 나까지 따돌림 당할까 봐.

　하루는 집에 가는 길이었어. 그날은 교실 자리를 바꾼 날이었지. 그런데 지나가면서 우연히 박은솔과 교실에서 같은 모둠인 애들의 이야기를 듣게 된 거야.

　"야, 진짜 우리 어떡해..." "박은솔이랑 같은 모둠이라니, 끔찍하다."

　보통 한탄하는 말들이었어. 사실 나도 은솔이랑 과학실 같은 모둠인 게 좋지만은 않았어. 이해가 되기는 했지. 그런데 그중 한 명이 말했어.

　"괜찮아. 내가 저번에 한 번 밟아줬거든. 나랑 같은 모둠인 이상, 나대지는 않을 거야.' '밟아줬다고...?'

　난 도대체 누가 그렇게 막말을 하는지 궁금해서 얼굴을 확인해봤어. 그리고 충격적인 사실을 알게 됐지. 그 목소리의 주인은 지은이었어.

　'맞다. 지은이는 은솔이를 나보다도 더 싫어했었지...'

　저번에 괜히 작년 얘기 꺼내면서 속상하게 할 때부터 느끼고는 있었지만, 지은이는 좀 무서운 애인 것 같아.

　내 코가 석 자이기는 해도 은솔이가 '밟히지' 않게 도와줘야 했어. 결국 무작정 말을 걸어버렸지.

　"은솔아." 근데 말하고 보니까 딱히 할 말이 없는 거야. 그래서 급한 마음에 전날 들은 얘기를 해줬어.

　"있잖아, 사람은 가장 행복할 때가 가장 나다운 때래. 너는 가장 나다운 때가 언제야? 나는 가을과 겨울 사이 새벽에 음악 크게 틀어놓고 책 읽을 때인데."

　왜 하필 가을과 겨울 사이 새벽이냐고? 그 때 공기에서 특유한 느낌이 나는데, 사람의 언어로는 표현할 수 없지만 무척 좋은 느낌이거든. 어쨌든 은솔이는 살짝 경계하는 듯 했지만 대답은 해줬어.

　"핸드폰 볼 때." "아, 그렇구나." 지금 생각해보니까 내가 되게 재수 없었을 것 같다.

그러든 말든 나는 계속 은솔이한테 말을 붙였어. 보통은 내가 질문하고 은솔이는 진짜 짧게 대답만 하는 정도? 무슨 질의응답 시간 같았어. 내가 물어놓고 스스로 대답할 때도 있었다니까! 가끔은 정말 길게 얘기하기도 했어. 나는 주로 개인적인 것들, 그러니까 취미, 특기라든지 혈액형이나 가족에 대해 물어봤는데, 특히 취미를 얘기할 때면 눈이 막 반짝거리더라. 동생이나 엄마아빠랑 싸운 얘기도 했는데 우울하게 얘기했지만 가장 길게 얘기했어. 나는 그럴 때마다 '얘도 나랑 같은 평범한 학생이구나.' 하고 새삼스레 느끼게 됐어.

그렇게 꽤 가까워졌어. 하지만 여전히 은솔이는 아싸였어. 나야 뭐, 필사적으로 다가갔지만 다른 애들은 굳이 그럴 필요가 없었거든. 진짜 이대로는 안 되겠다 싶었어. 어쩔 수 없이 조금 충고를 해 줬어.

"은솔아, 넌 다 좋은데 머리만 묶으면 더 좋을 것 같아."

차마 머리를 자주 감으라는 얘기는 못 하겠더라.

그날 밤은 기분이 좋았어. 생각보다 은솔이랑 잘 되어가는 것 같았거든. 나는 기분이 엄청 좋거나 엄청 나쁠 때, 이불 속에 들어가서 헤드폰을 끼고 음악을 크게 튼 다음 휴대폰으로 웹툰을 정주행해. 물론 이건 비밀이야. 누군가, 특히 엄마가 알게 되었다가는 큰일 나니까.

다음날, 눈을 떴을 땐 이미 9시 10분 전이었어. 허둥지둥 집을 나섰지만, 물론 지각이었지. 조심스레 교실 문을 여니 다행하게도 선생님은 안 계셨어. 살금살금 자리에 들어가 앉으려는데, 교실 분위기가 이상한 거야. 보통은 아침시간에 엄청 소란스럽거든. 특히, 선생님이 안 계신 날은. 짝꿍에게 물어보니까, 은솔이가 선생님이랑 상담을 받고 있대. 그런데 그게, 우리 모두랑 관련된 거라더라. 나는 그제야 짐작이 조금 가기 시작했어. 그러니까 이건 며칠 전 일이야.

"너 왜 요즘 쟤랑 붙어 다녀? 너 쟤 싫어하잖아." 별안간 지은이가 불쑥 말했어.

"아 그게…"

딱히 대꾸할 말을 못 찾아서 난 그냥 얼버무렸지.

"쟤랑 다니지 마."

"…나도 그러고 싶은데 선생님이 부탁하셨다고."

나는 웬만하면 두루두루 잘 지내고 싶었어. 그래서 변명이랍시고 이렇게 말해버렸지. 그런데 지은이가 입이 가벼운 애더라. 애들한테 다 말해버린 거야. 그리고 내 말은 돌고 돌아 은솔이의 귀에까지 들어가 버렸어.

'은솔이가 상처를 많이 받았었나 봐. 하긴 나라도 그랬을 거 같아. 이제 막 좋아지기 시작한 친구가 사실은 누군가에게 부탁받아서 다가온 거였으면. 사실 지은이한테 한 말이 진심은 아니었는데.'

나는 조바심이 났어. 지금 은솔이가 선생님과 무슨 얘기를 하고 있는지 알고 싶었고 해명하고 싶었어. 그리고 무엇보다 미안했어. 할 수만 있다면 시간을 되돌리고 싶었지.

무슨 얘기를 했는지는 모르겠지만 은솔이는 하루 종일 나랑 눈도 안 마주쳤어. 선생님은 사회 시간에 수업 대신 경험담까지 들려주시며 친구가 혼자 있으면 먼저 말을 걸라고 신신당부 하셨지. 하루 종일 나는 가시방석 위에 앉은 것 같았어.

그날 수업이 끝나고 선생님께서 날 부르셨어. 나는 '올 것이 왔구나.'라는 생각이 들었지. 긴장됐어. 나를 엄청 혼내실 것 같았거든. 그런데 웬걸? 선생님은 내게 A4 용지 한 장을 주셨어. 그 종이에는 무슨 글씨가 적혀있었는데, 집에 가서 읽어보라 하셨어. 그러면서 은솔이랑 잘 지내줘서 고맙다고 하셨지. 나는 어리둥절했어. 왜 혼을 안 내시는지, 이 종이는 뭔지 도무지 감이 잡히지 않았거든. 어쨌든 나는 집에 가서 종이를 읽어보았어. 그리고 그 안엔, 은솔이가 내게 쓴 편지가 있더라.

'윤영이에게 윤영아, 나 은솔이야…'로 시작해서 편지는 그 뒷장까지

빽빽하게 채워져 있었어. 나는 정말 감동받았어. 그 안에는 은솔이의 진심이 적혀있었거든. 나는 꼭 답장을 해주고 싶었어. 답장을 어떻게 할까 고민하기 시작했어. 그리고 내가 생각한 방법이 블로그야.

나는 바로 컴퓨터를 켜고 블로그에 들어갔어. 한동안 활동을 안 해서 블로그는 텅텅 비어있었지. 나는 '편지'라는 새 카테고리를 만들고 거기에 답장을 적었어.

'은솔이에게, 우선 정말정말 미안하다고 하고 싶어. 그런데 내가 그날 지은이에게 한 말은 진심이 아니었어…' 나는 이 편지에 하고 싶은 말을 다 썼어. 직접만나서 했더라면 더 좋았겠지만, 그건 진짜 못 하겠더라고. 다음 날 학교에서 은솔이에게 쪽지를 하나 줬어. 내 블로그 주소가 적힌 쪽지였지. 그리고 그날 저녁, 내가 올린 글에 댓글이 달렸어. 보지 않아도 은솔이란 걸 알 수 있었지.

"그 다음 이야기는 있어?" "당연 있지." "그럼 알려줘!"

"글쎄, 네가 멍청하지 않다면야, 충분히 알아내겠지." "아 언니~! 그러는 게 어디 있어?"

"어디 있긴 어디 있어, 여기 있지. 난 분명 네가 멍청하지 않다면 충분히 알 수 있다고 말했다."

"설마… 지금 만날 학교 같이 가는 은솔이라는 언니가, 지금 언니가 말해준 은솔이 언니야?" "글쎄?" 그러고는 한 마디 덧붙였어. '와, 내 동생이 생각보다 멍청하지는 않은가 보네.'

물론 속으로 말했지만, "근데 은솔이 언니, 안 지저분하던데? 게다가 되게 착하던데?" "응." "그럼 많이 바뀐 거네?" "응."

'거기에 하나 더 바뀐 게 있다면 우리가 절친이 되었다는 거야.'

이것 역시 속으로 말했지만, 씩 웃는 걸 보니 들린 것 같아. 내 동생은 진짜, 눈치 하나는 정말 빠르다니까.

전쟁보다 평화가 우선이다

박준수
(수내초 6년)

한 사람의 생명은 매우 중요하다. 그러나 수많은 사람들의 목숨을 순식간에 빼앗아가는 것이 있으니, 바로 전쟁이다. 우리가 알고 있는 전쟁은 종류가 여러가지이다. 최근에는 무역전쟁이 일어나고 있고 과거에는 종교전쟁, 영토전쟁 등도 일어났었다. 전쟁은 대부분 심각한 결과를 초래하지만 사람들이 전쟁을 통해서 알게 되는 교훈, 전쟁을 미리 막을 수 있는 방법도 충분히 생각해야 하는 문제이다. 그럼 인간이 자초한 가장 끔찍한 일 중 하나인 전쟁에 대하여 알아보도록 하자.

인류는 신석기 시대부터 농사를 짓기 시작했다. 그전에는 먹을 것을 찾아 여기저기 돌아다니는 정도였다. 식량이 다 떨어지기 전까지 얼마정도 머물러 있기는 했지만 식량이 다 떨어지면 어김없이 다른 곳으로 이동해야만 했다. 하지만 농사를 짓기 시작하면서 인류는 정착생활을 하게 되고 자연스럽게 마을이 형성되기 시작했다. 얼핏 보면 좋은 일 같지만 이때부터 전쟁이 일어나기 시작했다.

인류는 농사를 지으면서 그전과는 비교할 수 없을 정도로 식량이 늘어났다. 자연스럽게 인구가 늘기 시작하고 서로 친척이라는 생각은 약해

지게 된다. 그러다 보니 식량이 부족한 사람들 중에서 다른 사람의 식량을 약탈하는 사람들이 많아졌고 규모가 커져서 마을 하나가 다른 마을을 공격하는 일이 벌어지게 된다. 이것이 바로 최초의 전쟁이다.

고대에는 대부분 식량을 빼앗기 위한 전쟁이었다. 하지만 종교를 원인으로 하는 전쟁도 있다. 그 중 대표적인 전쟁이 바로 십자군 전쟁이다. 십자군 전쟁은 유럽과 중동지역의 전쟁이다. 8차에 걸쳐 이루어지지만 1차를 제외하면 성과없이 끝났다. 십자군 전쟁이 끝나고 본격적으로 근대사회가 이루어진다.

근대사회에서는 급속도로 과학이 발달하고 전쟁의 규모도 이전과는 다르게 매우 커졌다. 이것은 제1,2차 세계대전과도 관련이 있다. 역사상 가장 잔인하고 끔찍했던 전쟁이 1,2차 세계대전이라고 할 수 있다. 제1차 대전은 우습게도 작은 총알 하나 때문에 시작되었다.

이 총알은 세르비아의 한 청년이 오스트리아의 황태자 부부에게 쏜 것이었다. 오스트리아는 세르비아에게 선전포고를 하고 전쟁의 규모는 걷잡을 수 없이 커져 연합국과 동맹국으로 나뉘게 된다. 처음에는 누구나 다 동맹국이 이길 것이라고 생각했다. 동맹국의 힘의 그만큼 강력했기 때문이었다.

하지만 4년간 걸친 전쟁 끝에 연합국이 전쟁에서 승리했고 동맹국이었던 독일은 모든 전쟁 피해보상을 해야만 하는 상황에 이르렀다. 1차는 땅 욕심이라고 할 수 있지만 2차는 개인의 잘못된 생각때문에 일어났다. 독일의 아돌프 히틀러는 게르만 족이 세계 어떤 민족보다 우월하고 위대하다고 믿고 있었다. 그는 곧 나치스의 우두머리가 되어 폴란드를 공격하면서 2차 세계대전을 일으킨다.

처음에는 금방이라도 독일이 유럽 전체를 집어 삼킬 것만 같았다. 독일은 석유를 연료로 하는 최첨단 무기들을 가지고 있었고, 전쟁의 판도를 뒤집기에는 다른 나라들의 군사력이 너무 약했기 때문이다. 세계의

여러 나라들 중 이 전쟁에 참여하지 않은 나라들은 미국을 포함 해서 몇몇이었다. 하지만 독일의 군사력은 사그라지지 않고 프랑스 파리마저 독일의 손아귀에 들어간다. 그런데 시간이 흐르자 전쟁의 판도가 서서히 연합국 쪽으로 기울기 시작했다.

얼마 지나지 않아 파리를 되찾고 연합국은 독일의 항복을 받다. 역사상 가장 참혹했던 전쟁이었던 제2차 세계대전은 끝이 난다. 전쟁으로 5000만명의 사람이 죽었고 역사적으로 가치가 있던 건물들도 대부분 파괴되었다. 제1,2 차 세계대전은 인류에게 전쟁의 참혹함을 일깨워주고 평화를 지키기 위해 다 같이 노력해야 한다는 교훈을 준다.

앞에서 말한 전쟁들은 대부분 다 총, 칼로 이루어진 전쟁이었다. 하지만 총 또는 칼을 사용하지 않은 전쟁도 존재한다. 그 중 냉전도 전쟁의 한 페이지라고 할 수 있다. 냉전은 미국을 중심으로 하는 자본주의 세력과 소련을 중심으로 하는 공산주의 세력의 대립이다. (이 냉전은 우리나라의 6.25 전쟁에도 관련을 준다.)

시간이 흘러 냉전 시대는 미국을 중심으로 한 자본주의 세력의 승리로 끝나고 만다. 지금까지 여러 종류의 전쟁을 살펴보았다. 전쟁의 원인에는 영토, 종교 등 다양한 원인들이 있다. 최근에도 중국과 미국이 벌이는 무역전쟁, 예멘에서의 냉전 등 수많은 전쟁은 계속된다. 전쟁들의 근본적인 공통점, 전쟁을 막고 평화를 지키기 위해 노력해야할 방법 등을 생각해 보도록 하자.

우리가 알고 있는 전쟁의 의미는 대부분 무고한 생명들의 희생 증오와 적대심 갈등 증가일 것이다. 하지만 이런 전쟁이 '자신을 영웅으로 만들어준 밑바탕' 등 긍정적으로 생각하는 사람들도 있을 것이다. 바로 영웅과 통치자이다. 일단 통치자에게 전쟁은 자신들의 힘과 권력을 세계에 알릴 수 있는 하나의 기회나 마찬가지이다. 영국의 윈스턴 처칠은 제2차 세계대전을 승리로 이끌어 평생 동안 영국 사람에게 존경과 사

랑을 받았다. 또 전쟁을 자신의 욕구불만을 푸는 하나의 수단이라고 생각하는 통치자들도 있다.

제1차 세계대전을 한 번 생각해 보자. 오스트리아는 황태자 부부를 죽인 청년의 조국인 세르비아에게 선전포고를 한다. 사실 오스트리아와 세르비아는 그전부터 사이가 좋지 않았다. 이 상황에서 황태자를 죽였다는 명분은 하나의 핑계일 뿐이었다. 또 십자군 전쟁에서 예루살렘을 되찾기 위해 전쟁을 일으켰다는 것은 이슬람교를 멸망시키겠다는 유럽인들의 검은 속내를 포장하는 것이다.

그러면 영웅이 생각하는 전쟁의 의미는 어떤 것일까? 영웅들은 전쟁을 자신들을 세상에 알려지게 해준 디딤돌 정도로 생각할 것이다. 사실 영웅들도 처음에는 전쟁을 공포의 대상으로 생각했을 것이다. 하지만 공포를 극복하고 정상에 오른 영웅들의 용기는 지금도 본받아야 할 점 중 하나이다.

전쟁은 각각의 사람들에 따라 의미가 달라진다. 전쟁이 감추고 있는 그 이면의 상황들을 알아보자. 전쟁은 파괴와 인간성의 상실이지만 또 다른 생산의 기회이다.

첫째, 국가의 군사력이 강해진다. 한번 경험하는 것이 백 번 듣는 것보다 좋다는 말이 있다. A라는 국가가 있다고 생각해보자. A국가는 전쟁을 경험해 본 적이 없어서 국가의 군사력이 매우 약한 상태였다. 그런데 갑자기 외부 국가가 침입해 왔다. 국가는 폐허가 되었지만 침입해 왔던 국가의 발전된 무기를 보고 배우며 더 강력한 무기를 갖추게 되었으며 전쟁의 무서움을 알게 되어 방어 체제를 강화하게 되었다. 이렇듯 한 번 전쟁을 겪으면 전쟁을 토대로 더욱더 강력한 군사력을 갖추게 된다.

둘째, 국가 간의 결속력이 강해진다. 전쟁 동안 한 마음 한 뜻으로 싸우며 민족의 소중함을 알게 되고 자연스럽게 모르는 사람과도 정을

나누게 된다. 이런 것은 학교를 통해 서도 알 수 있다. 반 대항 경기를 하면서, 서로 친하지 않던 친구와 함께 게임을 하면서 결속력이 키워진다.

마지막으로 인류에게 교훈을 준다. 전쟁을 하기 전까지는 몰랐던 전쟁의 무서움을 폐허가 된 건물들과 사망자들들을 보며 느끼게 된다. 평화의 소중함 또는 여가 활동 즐기기, 직장에서 열심히 일하기, 가족들과 외식하기 등 일상생활의 소중함을 알게 된다.

인류는 제2차 세계대전이 끝난 후 UN이라는 기관을 만들어 지금까지도 평화를 지키기 위해 노력하고 있다. 핵 사용을 금지해 다시는 히로시마와 나가사키에 불어 닥친 비극이 일어나지 않도록 함께 노력하고 있다. 생각보다 전쟁의 긍정적인 면이 많아서 놀랐을 것이라고 생각한다. 그럼 이제 과거부터 고정된 전쟁의 부정적인 면에 대해서 살펴보자.

우선 첫째, 무고한 생명들이 희생된다. 현재 예멘지역에는 정부군과 시아파 그리고 다른 테러 단체들까지 합세해 내전이 벌어지고 있다. 사우디아라비아, 이란이 개입해 내전의 규모가 더 커지고 있다. 이 상황에서 피해보는 사람은 아무 죄 없는 민간인이다. 그리고 2001년 9.11테러에서도 수많은 사람들이 희생되었다. 전쟁은 각 국가의 높은 사람들끼리 결정하지만 피해를 보는 사람들은 민간인이라는 사실을 잊어서는 안 된다.

둘째, 수많은 난민이 발생한다. 전쟁 중에 가족과 집을 잃은 아이들은 전쟁이 끝난 다음에는 어떻게 해야 할까? 이런 고아들은 먹을 것도 없고 갈 곳도 없어 난민이 되어 지금 강대국들이 골치를 썩고 있다. 자기가 한 짓은 꼭 되돌려 받는다! 가는 말이 고와야 오는 말이 곱다라는 말이 떠오르지 않는가?

셋째, 엄청난 비용이 든다. 전쟁을 위해 사들인 무기 또는 국방비로 들어가는 돈이 엄청나다. 전쟁에서 지면 전쟁 비용까지 갚아야 하는데 그 비용이 엄청나다. 제1차 세계대전이 끝난 후 독일의 상황을 보면 확실히 느낄 수 있다. 제1차 세계대전후 독일은 영국과 프랑스 등 다른 대부분의 유럽 국가에게 엄청난 돈을 갚아야 했다. 당시 돈이 없던 독일의 화폐가치는 나날이 떨어지고 나중에는 땅에 수많은 화폐들이 굴러다녔다. 이렇듯 전쟁을 하면서 드는 비용은 엄청나다. 그렇다고 큰 이득이 있는 것도 아닌 그저 상처만 남길 뿐이다.

마지막으로 수많은 이산가족이 발생된다. 뉴스에서 전쟁 때 헤어진 이산가족들이 다시 만나는 장면을 본 적이 있을 것이다. 만나는 장면을 보면 한 명도 빠짐없이 서로 끌어안고 눈물을 흘리고 있다. 이렇듯 전쟁은 하는 동안보다 그 이후의 피해가 더 크다. 한 예로 1945년 히로시마에 떨어진 원자폭탄 때문에 현재까지도 수많은 사람들이 방사선에 고통받고 있다. 전쟁으로 인해 서로 헤어져서 지금까지 힘들게 살아가고 있는 사람들을 위해서라도 전쟁이 일어나선 안 된다.

이제 여러분들도 전쟁을 막고 평화를 지키기 위한 방법을 떠올릴 것이라는 생각이 든다. 평화와 관련된 이솝우화의 예를 들어 생각해 보자. "넓은 들판에서 풀을 뜯고 있는 양들을 좀 보세요. 정말 평화롭게 보이지요? 하지만 양들에게는 엄청난 걱정거리가 하나 있었어요. 바로 사나운 늑대가 언제 자신들을 공격할지 모른다는 것이지요.

지금은 평화롭지만 늑대들은 지금도 주위를 어슬렁거리면서 양들을 잡아먹을 기회를 노리고 있을 겁니다. 그나마 양치기 개들이 양떼 들을 지켜주고 있었기 때문에 조금은 안심할 수 있었습니다. 하지만 개들은 양들이 조금만 멀리 떨어져도 마구 짖어 대며 야단을 쳤기 때문에 귀찮기도 했습니다.

그런데 어느 날 뜻밖에도 늑대들이 양들을 찾아왔습니다. 늑대들은 양들과 친구가 되고 싶다고 말했습니다. 우리는 너희와 싸우고 싶지 않아. 들판에는 양이 아니더라도 먹을 거리가 아주 많거든. 앞으로 너희

에게는 절대로 손을 대지 않을 게. 뜻밖의 제의를 받은 양들은 회의를 열어 의논을 하기 시작했습니다.

가장 먼저 젊은 양이 앞으로 나섰습니다. 이번 기회에 우리는 늑대들과 사이 좋게 지내야 합니다. 언제까지나 개들의 보호를 받으면서 살 수는 없는 일 아닙니까? 사실 그 동안 우리는 양치기 개들의 눈치를 볼 수밖에 없었습니다. 늑대들과 약속을 한다면 우리는 마음 편하게 풀을 뜯어먹을 수 있을 것입니다.

이 말을 들은 양들은 신이 나서 박수를 치며 기뻐했습니다. 그리고 당장이라도 개들을 쫓아내고 늑대와 친구가 될 것처럼 날뛰었습니다. 그때 아무 말없이 한쪽 구석에서 가만히 이런 소동을 지켜보던 늙은 양이 혀를 차면서 말했습니다. 쯧쯧, 어리석은 친구들! 우리가 어떻게 늑대와 더불어 살 수 있겠는가? 개들이 우리를 지켜주고 있는데도 마음 놓고 풀을 뜯지 못하면서 말이야. 늙은 양의 말을 듣고는 들떠 있던 양들이 모두 조용해졌습니다."

이솝 우화에서 늑대의 평화 협정은 순 거짓말이다. 만약 양들이 개를 넘겨주었다면 늑대는 곧바로 양들을 잡아먹었을 것이다. 그렇다면 이 이솝우화가 뜻하는 것은 무엇일까? 바로 외부에 의존하지 말고 자체적으로 힘을 길러야 한다는 것이다 그 사실은 현대 사회를 통해 알 수 있다.

겉보기에는 미국이 우리를 도와주는 것처럼 보인다. 미국은 앞서 말한 이솝우화의 늑대 같은 존재라고 할 수 있다. 6.25 전쟁 때 우리를 도와준 것은 무기 판매를 위한 것일 수도 있고, 북한이 핵개발을 할 때 우리를 도와준 것은 핵이 사용되면 자기들도 피해를 받을 까봐 그러는 것이다. 이 뜻은 미국이 언제든지 대한민국에게 등 돌릴 수 있고, 공격할 수 있다는 뜻이다.

외부의 개입으로 이루어진 평화는 언제든지 깨질 수 있는 시한폭탄과 같다. 진정한 평화는 내부에서 자체적으로 힘을 길러야 한다. 그러면 외부 국가들의 개입도 점차 줄어들 것이고 아무에게도 방해를 받지 않는 온전한 평화를 누릴 수 있을 것이다. 평화를 지킬 수 있는 방법은 또 있다.

제2차 세계대전과 우리나라를 예로 들어보겠다. 두 전쟁은 공통점이 많다. 우선 외부 국가들의 개입이 많았다. 우리나라의 6.25 전쟁에서는 미국을 중심으로 한 UN의 16개 국가가 도와주었고 제2차 세계대전에서는 이름만 들어도 알다시피 유럽 대부분의 나라들이 전쟁에 참여했었다.

많은 나라가 전쟁에 참여해서 그런지 전쟁의 규모가 더 컸다. 할아버지 할머니 말씀을 들으면 6.25 전쟁이 끝난 다음에는 정말 모든 건물이 무너져 내렸고 하루에 한끼를 채우기도 정말 힘들었다고 한다. 또 제2차 세계대전이 종결되고 유럽은 정말 모든 것이 황폐했다고 한다. 거리에는 시체 썩는 냄새가 진동하고 주위에 있는 모든 건물들은 파괴되었다. 둘의 가장 큰 공통점은 제국주의 사상에서부터 전쟁이 시작된 것이라고 생각한다.

6.25전쟁이 일어나기 몇해전, 미국과 소련이 우리나라에 들어와 38선을 나누고 각각 군정을 실시했다. 남한은 미국이 다스리는 자본주의가 되었고 북한은 소련이 다스리는 사회주의가 되었다. 이것은 6.25전쟁의 시발점이 되었고 현재 우리나라가 세계유일의 분단국가가 된 이유이기도 하다. 이렇듯 6.25전쟁은 미국과 소련의 제국주의적인 생각 때문에 시작되었다.

이번에는 세계대전으로 가보자. 세계대전은 세르비아의 한 청년이 오스트리아-헝가리 제국의 황태자 부부에게 총을 쏜 이유는 현재 전쟁 주인 불가리아와(불가리아와 세르비아는 마케도니아의 땅 문제 때문에 전쟁 중이었다.) 동맹국이었고 현재 오스트리아-헝가리 제국이 보스니

아를 점령하고 있었는데 보스니아 민족은 세르비아 민족과 같은 민족이기 때문이다. 그러므로 1차 세계대전도 역시 제국주의가 근본 원인이라고 할 수 있다.

오스트리아-헝가리 제국이 보스니아를 점령한 것도, 세르비아와 불가리아가 싸우는 원인도 마케도니아를 점령하려는 제국주의적인 생각에서 비롯되었기 때문이다. 이렇듯 대부분의 전쟁은 제국주의에서부터 비롯되었다. 제국주의를 다르게 해석하면 '다른 민족은 우리보다 열등하다.'고 할 수 있다. 결국 다른 사람을 깔본 것이다. 여기서 평화를 지키는 방법이 나온다. 평화를 지키려면 다른 사람을 깔보지 않고 나와 같이 평등하게 대해야 한다. 그러면 살아가면서 상대방과 다투는 일도 줄어들 것이고 전쟁도 당연히 일어나지 않을 것이다. 평화는 작은 도덕심 하나로도 이루어 낼 수 있다는 것을 잊지 말아야 한다.

지금까지 전쟁과 전쟁의 장점과 단점, 평화를 지키기 의하여 우리가 할 수 있는 일을 생각해보았다. 평화는 작은 도덕심 하나로도 만들 수 있다. 과거의 전쟁을 통해 얻은 교훈이라면 전쟁이 일어나지 않도록 다같이 노력하는 것이 인류에게 남겨진 숙제이다.

《백두산 정계비의 비밀》을 읽다

양지원
(청목초 6년)

난, 이 책을 다른 역사책보다 더 특별하게 여긴다. 어렸을 때부터 빼앗긴 간도 땅을 다시 되찾고 싶었기에. 독도도 그렇지만, 간도에도 '우리 땅'이라고 쓰여 있는 비석이 있다. 그럼에도 불구하고 빼앗겼다는 사실이 당시 조선이 얼마나 약하고 작은 나라였는지 알 수 있었다.

반만년 전부터 한반도에 살고 있는 우리민족은 항상 외세의 침략을 받아왔다. 평화가 찾아온다 싶으면 다시 쳐들어오고, 또 평화가 유지된다 싶으면 또 쳐들어왔다. 잘 버텨온 나라가 어느 한순간에 간도도 빼앗기고, 국권도 빼앗겼다는 사실이 이상했다.

그 사실을 알게 된 후, 난 독도도 간도도 찾고 싶었다. 더 이상 뺏길 수 없다는 생각이 들자, 난 무엇보다 역사를 열심히 공부했다. 나 하나라도 잊지 말아야지 라고 생각하니, 의욕이 앞섰다. 전에도 그랬고 지금도 그렇지만 난 역사학자가 장래희망이다.

나의 멘토인 오룡 선생님의 말씀이 생각난다. "역사를 알아야 과거를 반성하고, 과거를 반성할 줄 알아야 미래를 준비할 수 있다."

분명히 기억했으면 좋겠다. 간도가 우리 땅이라는 사실을 잊지 않아야 다시 찾아올 수 있다는 것을...

3분 스피치, '나눔'

현재 만성적인 식량부족 상태에 놓인 세계 인구는 8억 2천만명 이라고 합니다. 내전으로 초토화된 에리트리아, 남수단 등의 동아프리카 지역은 인구의 31.4%가 영양실조에 놓인 것으로 분류돼 전 세계에서 기아상황이 가장 심각한 상태입니다.

그로인해 하루에도 많은 아이들이 죽어가고 있습니다. 가난한 나라들은 식량이 부족하지만, 한편에선 연간 40억톤의 음식 중에 1/3이 버려진다고 합니다.

이를 돈으로 환산하면 매년 약 7500억 달러, 우리나라 돈으로 800조가 넘습니다. 이 버려지는 음식물 쓰레기 문제를 해결하면 매일 수십억 명을 먹여 살릴 수 있다고 합니다.

근데, 왜 영양실조에 걸려서 죽는 사람들은 늘어 가는 걸까요? 세계의 많은 국가들은 점점 부유해져 가는데 왜 빈곤한 사람들은 늘어나는 걸까요? 잦은 내전과 테러, 자연재해로 인해 그들의 인권침해가 더 심해져 간다고 합니다. 그 이유는 뭘까요?

여러분!

저는 사람들이 잘 나누려하지 않아서 생기는 일이라고 생각합니다. 이 문제에 대해 우리는 느끼지 못합니다. 대한민국에선 이런 일들이 많이 없기 때문이죠. 식량부족 때문에 고통 받는 사람들을 위해 UN이 여러 정책을 펼치긴 합니다. 하지만, 다양한 정책들과 구호품들을 내놓아도 부족하기만 합니다.

그렇기에 혼자만이 아닌, 세상 모든 사람들이 함께 힘써야 합니다. 물론 우리가 지금 당장 큰일을 할 수는 없습니다. 아시다시피 우린 높은 지위도, 유명하지도 않으며, 큰돈이 있는 것은 아닙니다. 그렇기에 조금씩이라도 기부를 하는 것은 어떨까요? 작은 일부터 시작하는 것이죠. 이런 우리의 도움들이 쌓이다 보면 큰 힘이 될 것입니다.

원래 나눔이란 어렵습니다. 자신이 가지고 있는 것을 선뜻, 쉽게 내주는 행위를 손해라고 생각하기 때문입니다. 나눔은 평화롭고 평등한 세상의 중심기둥이 될 것입니다. 세상 모든 사람들이 차별없이, 고통받지 않도록 나눔을 실천해 주세요.

여행은 관찰이다 - 일본 오사카는 '색'이 이뻤다

2018년 봄, 인천공항에서 비행기를 타고 목적지인 오사카에 도착했습니다. 오사카에서 가장 유명한 곳은 오사카 성입니다. 임진왜란을 일으킨 도요토미 히데요시가 성을 만들고 살았던 곳입니다. 민트색의 기와에 금칠을 한 치미, 벚꽃 잎이 떨어지는 풍경, 맛있는 음식들도 먹을 수 있어 좋았습니다.

성의 내부에 들어가 보았는데, 박물관과 기념품 판매점으로 이용되고 있었습니다. 맨 위층에 가면 전망대가 있는데, 생각보다 높았습니다. 오사카 시내가 한눈에 보였습니다. 답답한 도시에서 살다가 여행을 와서 뻥 뚫린 풍경을 보니 너무나도 오길 잘했다는 생각을 했습니다.

다음으로 기억나는 곳은 교토에 있는 니시키시장입니다. 그곳의 오반자이뷔페에서 점심을 먹었는데, 시장 한가운데에 있는 2층 식당이었습니다. 별로 비싸지도 않은, 아니 어찌 보면 싸다고 할 수 있는 금액임에도 불구하고 내부는 깨끗하고 맛있는 음식들이 많았습니다.

고등어 조림, 청어조림, 치킨가라아게, 미소시루, 절인 반찬 등 그 외의 많은 반찬들과 후식들이었는데 다 맛있었습니다. 오반자이란 교토지방에서 일반적인 가정식 반찬들이 나오는 한 끼 식사인데, 알록달록한 색감으로 더욱 맛있게 느끼게 했습니다.

점심을 마치고 나서 쇼핑을 했는데, 생각보다 살 것들이 많았습니다. 정말 필요한 것들은 아니었지만 포장이 너무 예쁘게 잘 되어있어서 구매욕을 불러 일으켰습니다. 일본의 포장 기술, 포장문화는 감성을 자극하기에 좋았습니다.

봄이지만 꽤 더웠습니다. 미니선풍기를 쐬며 힘겹게 걸어가고 있었는데, 일본 여학생들이 오이를 먹으며 즐겁게 수다를 떨고 있는 것을 보았습니다. '큐리'라고 불리는 많이 짜지 않게 소금에 절인 오이라는데, 별로 먹고 싶진 않았습니다. 우리나라는 오이를 여름에 생으로 그냥 먹는데, 일본에선 소금에 절여 먹는다니까 문화가 비슷한 듯 달라서 신기했습니다.

　가깝지만 먼 나라로 느껴지는 일본. 비슷할 것 같지만 다른 것이 많은 나라 일본을 조금더 알기위해 조만간 다시한번 가려고 합니다.

　이 짧은 기행문을 읽고 조금이나마 일본과 가까워지길 바랍니다.

쥘 베른의 모험, 《80일간의 세계일주》

런던에 살고 신사 필리어스 포그는 리폼 클럽회원들과 거액의 내기를 하게 된다. 그것은 80일 만에 세계일주를 한다는 것.

런던에서 수에즈까지 기차와 배로 7일

수에즈에서 봄베이까지 배로 13일

봄베이에서 캘커타까지 기차로 3일

캘커타에서 홍콩까지 배로 13일

홍콩에서 요코하마까지 배로 6일

요코하마에서 샌프란시스코까지 배로 22일

샌프란시스코에서 뉴욕까지 기차로 7일

뉴욕에서 런던까지 배와 기차로 9일

총 80일 동안 세계를 돈다는 것이었다.

난 순간적으로 포그가 돈 것이 아닌가 생각을 했다.

요즘은 비행기도 있고 하니까 그렇다고 치지만 당시엔, 날아가지 않고선 불가능한 것이 아닌가? 그는 81일 걸렸다.

"역시 안 될 줄 알았어!"

그러나 이 책에는 아무도 생각하지 못했던 부분이 숨겨져 있었다. 바로 시차라는 문제였다. 런던에 도착한 날은 12월 20일 금요일로 출발한 지 79일째 되는 날이었다.

그런데, 21일로 착각하다니.

그 이유는 포그가 동쪽으로 세계를 한 바퀴 돌았는데, 지구는 동쪽으로 돌기 때문에 하루가 더 생겨났다는 것이었다.

만약 이 작가가 아무 생각 없이 이 책을 썼다면 포그는 내기에서 그냥 이기게 된 조금 허무한 글이 되었을 것이다.

작가는 책의 중점을 시차에 두고 여행을 시작한 것이다. 시차라는 반전을 이용한 쥘 베른. 분명 천재였을 것이다.

예전에 이런 일이 있었습니다.

오룡 선생님과의 책읽기 수업이 끝나고 저와 세 친구들은 엄마들이 오시기를 기다렸죠. 마트에서 뭐 이리 사실 게 많으신지 5분을 기다려도 오시질 않았습니다. 12살 밖에 되지 않았던 우리들은 '무궁화 꽃이 피었습니다. 미키마우스, 술래잡기' 등등을 하며 놀고 있었죠.

아실지 모르실지 모르겠지만, 놀 때 꼭 한명씩은 소리 지르며 술래를 피해 다니죠? 거의 초음파 수준으로. 성악가해도 될 만큼 소리 지르는 친구 말이죠.

"너 좀 조용히 해!"

"아! 귀 아파!"

라며 그 친구에게 주의를 주기도 했지만, 결국엔 경비원 할아버지께 들켜서 혼이 나며 놀이를 멈췄습니다. 밤인데 조용히 하라고, 사람들이 자고 있을 거라면서요.

이것까진 확실한 우리들의 잘못이었습니다. 할아버지 말씀이 백번 천 번 맞는 말이니까요. 좀 더 먼 곳으로 이동해서 다시 놀았습니다.

그렇게 30분 정도 지나자, 점점 지쳐갔죠. 다들 조용히 앉아 경비실 쪽을 바라봤습니다. 그 때 경비원 할아버지께서 나오시더니 주위를 두리번거리셨습니다. 그러더니 너무나도 당당하게 금연구역이라고 쓰여 있는 표지판 옆에서 당연하단 듯이 담배를 피우는 것이 아니겠습니까?

우리에게는 밤에 조용히 하라고 오피스텔의 규칙이라고 그렇게 화를 내시더니 금연하는 것도 규칙 아닌가요? 살면서 만나본 사람 중에 가장 모순적인 사람이었던 것 같습니다. 오피스텔의 규칙을 지키라고 하면서 자기 자신은 흡연까지 하다니 언행불일치의 모습이었습니다.

혹시, 우리들도 어디 가서 이러지는 않는지 잘 생각해 보아야 하지

않을까요? 식당에서 뛰어 다니는 아이들과 그 부모들을 욕하면서 자신도 민폐를 끼치지 않는지, 언행불일치인 일들을 벌이지는 않는지.

　남 탓을 하기 보단 자기 자신을 되돌아보며 항상 나 자신의 행동을 되돌아 보는데 기억으로 남아있습니다.

'유사과학'이란 단어를 아시나요?

과학이 아니면서 과학을 유사하게 흉내 내는 것으로서 가짜 과학이라고 하죠. 혈액형에 따른 성격차이, 골상학 등등을 일컫는데요.

그 중에 가장 유명한 것이 '혈액형별 성격차이'에 관한 것입니다. 'O형은 리더십이 있다, A형은 소심하다, AB형은 천재 아니면 바보, B형 남자는 나쁜 남자.'와 같은 이야기들을 너무 진지하게 받아들이면 안 되는 것들이죠.

재미로 즐길 수는 있겠지만, 이것들은 사실 과학적으로 정확한 근거들이 없기 때문이랍니다. 혈액형을 결정하는 것은 유전자의 효소로, 이는 적혈구 표현에만 작용하며 뇌나 신경계엔 영향을 미치지 않는다 하니 혈액형에 따른 성격차이는 사실이 아니라고 합니다.

또, 한 가지 유명한 것이 있다면 이것일 것입니다. '선풍기를 틀고 자면 산소가 부족해 질식사 하게 된다.'는 것입니다. 굉장히 기발한 발상입니다. 호흡을 통해 이산화탄소가 배출된다는 생각과 선풍기를 오래 켜두면 이산화탄소 농도가 올라가 질식사 하게 된다는 이야기입니다.

자연을 못 믿는 건지, 아니면 걱정이 너무 많은 탓인지는 모르겠지만, 그럴 가능성은 희박하다고 합니다. 밀폐된 방이라 해도 완벽 차단한 것이 아니면, 설사 그렇다 해도 산소 비율은 지구 멸망 아니면 항상 일정하게 유지되므로 밤에 선풍기를 틀고 자도 된다는 것입니다.

참고로, 밤에 선풍기나 에어컨을 계속 틀고 자면 저체온 증으로 죽는다는 말도 있지만, 제 예상으로는 엄마한테 죽을 지도 모른다고 생각합니다. 계속 틀고 있으면 전기요금이……다들 여름밤엔 적당히 시원하게 온도 유지를 하며 자야겠습니다.

또한, '의약품이 자연 면역체계를 망친다.'라며 아이들이 병에 걸려서

아파하는데도, 약을 복용하지 않아 계속 아프게 두어 학대에 해당하는 바르지 못한 생각을 가진 부모들도 있습니다.

유사과학은 이렇게나 많습니다. 그렇기에 여러분이 유사과학의 오해와 진실에 대해 좀 더 자세히 알기를 원합니다. 그리고 유사과학에 속지 않기를 바라는 마음입니다.

明心寶鑑(명심보감) 省心編(성심편)

無故而得千金(무고이득천금)
不有大福 必有大禍(불유대복 필유대화)

바른 뜻 : 이 글의 뜻은 아무 까닭 없이 천금을 얻으면 큰 복이 아니
라 반드시 큰 화가 따른다는 뜻입니다.

자기성찰 : 대부분의 사람들은 큰돈을 얻었다고 하면 부러워하지만
실제로 그런 행운을 얻은 사람들 중에는 돈 때문에 불행
해졌다고 하는 사람들이 많습니다. 사람들의 욕심과 이기
심이 큰 행운도 불행으로 만드는 것이라고 생각합니다.
큰돈이 생기면 좋아하는 물건들, 명품 차, 음식들을 사고
여행도 합니다.

어떤 사람들은 더 큰돈을 얻고자 도박을 하기 시작합니다. 그러다가
전 재산은 물론 커다란 빚더미에 앉기도 합니다.

또 어떤 사람들은 자신이 돈이 많다고 잘난 척하고, 무시하다가 주위
의 친했던 친구나 소중한 사람들을 잃은 사람들도 많다고 합니다.

그럴 바엔 차라리 돈을 얻지 않는 것이 더 좋았을 겁니다.

반면, 어떤 착한 사람들은 기부를 많이 하기도 합니다. 그렇게 행복
하고 건전하게 돈을 소비하면 얼마나 좋을까요?

이기심과 자만심에 빠져 주위의 소중한 사람들이나, 나의 소중한 시
간들을 빼앗기기보단 주위에 있는 사람들에게 덕담 한마디를 더 해주
는 것이 더 가치 있고 더 좋은 시간일 것입니다.

돈이 많다고, 너보다 내가 더 높다고, 오만방자해지지 않았으면 합니
다. 기분이 좋아도 그것은 행복의 가면을 쓴 불행의 시작일 수 있기 때
문입니다.

홍길동을 고발합니다

길동은 지은 죄가 커 여러 사람들에게 피해를 입혔습니다.

첫째 그는 관아의 재물들을 훔쳤습니다. 관아에서 뺏은 재물들을 백성들에게 나누어줬다지만, 그 때문에 지방 관아에서 중앙 조정으로 보내야 하는 세금을 보내지 못하였고, 그 결과 지방에서 행정을 보는데 지장이 생겼습니다. 그것 때문에 백성들은 다시 세금을 내야하는 상황입니다. 길동은 뺏은 재물을 나눠주면서 그 일부를 그도 가졌습니다. 명분은 불쌍한 백성들을 위해서 했다고 했지만, 본인도 가졌기에 절도죄에 해당합니다.

두 번째로 방화를 저질렀습니다. 함경도의 남문을 불태워 버렸는데, 그 때문에 다시 지어야 합니다. 함경도는 변방이라서 외적의 침입이 빈번한 지역인데, 그는 아주 위험한 일을 저질렀습니다. 백성들은 남문을 짓는 공사에 끌려가 농사일을 제때 하지 못해 수확량에 문제가 생겼습니다.

세 번째로는 살인을 저질렀습니다. 특재와 관상녀를 죽이고, 곡산모 또한 죽이려 했기에, 살인미수에 해당합니다. 게다가 아버지인 홍판서의 첩인 곡산모를 죽이려 한 것은 폐륜에 해당하므로 용서받을 수 없습니다. 특재와 관상녀가 살인모의를 한 것은 맞지만, 정당방위에 해당하지 않습니다. 길동은 문무에 출중한데, 다른 방법을 선택하지 않고 살인을 한 것은 살인의도가 있다고 판단됩니다.

그 외에 부정한 방법으로 병조판서의 자리에 올랐습니다. 임금에게 활빈당을 없애는 대신 병조판서를 달라는 것으로 조정의 관료제도를 어지럽혔습니다.

그러므로 홍길동은 절도죄, 방화죄, 살인죄를 적용하여 중한 죄로 다스려 주십시오.

함경도 관찰사 엄중한 올립니다.

생각나는 대로 쓰는것도 괜찮다

오병준
(분당초 6년)

#별과 단풍잎

단풍잎이 별하고 친구하자고 한다. 모양도 같은데 왜 친구가 안 되냐 하면 별은 이렇게 말한다. 사람들은 너를 보며 가을이 왔다는 걸 알고, 사람들은 날 보며 밤이 왔다는 걸 알잖아. 네가 우주에 오면 가을은 어떻게 되겠니?

#칭찬

칭찬은 마법이다. 칭찬을 받으면 안 좋은 기분도 좋아진다.
칭찬이란 마법하나로 모두가 행복해진다. 칭찬, 칭찬해~~~~

#태양

태양이 쎄다. 눈이 부시고 더워진다. 태양이 슈퍼아주머니께 돈 받았나~되게 뜨겁다...

#노래

노래를 들으며 이런 상상을 하곤 한다.
노래는 속이 노~~~~래!!!

127

#시인

시인들은 글 제조기다. 멋진 글을 만들어내는 글 제조기. 시인이란 무지 어려운 일 같다. 에이, 글만 깨적깨적 하는게 뭐가 어렵다고~거리던 내가 책상에 앉아 머리를 처박고 몇 시간째 끙끙 앓고 있다. 이처럼 모든 쉬울 거라 생각하지만, 정작 모든 일이 어려운 게 현실이다. 남을 쉽게 보고, 직업을 쉽게 보면 안 되겠다.

#게임

게임은 참 재밌다. 재밌으니까 몰입한다.
몰입하면 혼난다. 게임은 왜 그렇게 재밌어서 날 혼나게 할까?

우리는 왜 공부를 해야 할까?

학교 수업을 잘만 들어도 시험을 잘 볼 수 있다. 하지만 부모님들은 그 말을 믿지 못한다. 우리는 학원을 가지 않고도 공부를 할 수 있지만 부모님은 학원을 보내신다. 왜일까? 그래서 나는 생각해봤다.

갱년기 엄마와 사춘기 아들. 이 둘이 같이 있으면 생기는 현상은 '싸움'이다. 감정이 순간순간 변하는 갱년기에는 환하게 웃어주다가도 말 한마디에 폭발하는 신기한 광경을 볼 수 있다.

나는 이 현상을 '갱년기 화산폭발'이라고 부른다. 갱년기 화산폭발 현상이 일어난 후에는 갱년기 엄마의 분출구인 입에서 불똥같은 잔소리가 쏟아져 나온다. 불씨처럼 작아서 무시하고 있으면 되지만 귀에 쓴소리가 들리는 순간 뜨겁다. 그래서 우리는 불씨에 맞지 않게 미리미리 대비해야 한다. 수시로 엄마의 감정을 살펴본다. 엄마에 기분이 안 좋다면 건들지 않는 것이 좋다.

자 다시 본론으로 와보자. 왜 어머니가 학원을 보내실까? 현재 대한민국은 재미있는 게임도 많고 재밌는 영상도 많으니 집에 있으면 그런 것을 보고 또는 하게 될 것이다.

감정이 순간순간 변하는 갱년기는 그 모습을 지켜보고..또 지켜보고 또 기다린다. 위 글을 보면 알 수 있듯이 우리 모두 왜 학원을 보냈는지 생각해보자. 그리고 서로 서로에 입장에서 다시 한 번 생각해보자!

비, 한줄기

오늘 드디어 5단원 정비례와 반비례 시험 결과가 나왔다. 나는 설레는 마음으로 시험지를 기다리고 있었다. 나와 친한 네 명 중 1명이 100점을 맞았다. 그 친구의 시험지에는 태양 같은 동그라미20개가 그려져 있었다. 또 다른 친구는 65점 비가 후두둑 떨어지고 있었다.

이제 내 시험지를 받을 차례다. 태양 같은 동그라미가 여러 개 그려져 있었는데..

이게 뭔 일인지.. 그 시험지에는 비 한줄기가 내리고 있었다. 딱 한 문제 그것도 제일 쉬운 문제 말이다.

누구나 다 맞히는 문제를 나만 틀렸다. 어려운 문제도 다 풀어냈는데 쉬운 문제를 틀리다니 너무 아쉽고 억울하였다. 시험지에 그려진 비처럼 내 마음속에서도 비, 한줄기가 내리고 있었다. 검토를 했었어야 했는데...

이처럼 사람은 모두 실수를 한다. 그리고 그 실수를 하고 나면 그 다음부터 조심하게 된다. 실수는 아쉬우면서도 우리에게 큰 깨달음을 주는 이로운 것이다.

'핸드폰'인가, '게임기'인가

나는 5학년 때 처음으로 폰을 가지게 되었다. 스마트 폴더 폰이라는 폰이었는데 겉모습은 폴더 폰이지만 속은 스마트 폰인 폰이었다. 엄마는 그 폰이 인터넷이 안 되는 폰인 줄 아셨다.

그 아저씨 또한 인터넷이 안 되는 폰이라 하셨고 엄마는 나중에서야 이 폰이 인터넷이 된다는 것을 알게 되었다. 나는 그 폰으로 평소부터 하고 싶었던 게임을 하였다. 그 폰을 가졌을 때는 시력이 1.0은 되었다.

하지만 그 폰은 화면이 매우 작았고 나는 폰 화면 속으로 빨려들어갈 듯이 몰입했다. 게임에 빠져 학교에서 오자마자 게임을 하였다. 심지어 난 인터넷게임에 돈까지 쓰게 되었다. 내 시력은 점점 더 나빠졌다. 결국 엄마는 안과에 날 데려가셨다. 결과는 충격적이었다. 나는 시력이 0.5로 감소되어있었다. 안과의사 샘은 "근시화가 너무 빠르게 진행되고 있다."고 말했다. 결국 나는 안경을 쓰게 되었다.

하지만 난 안경을 쓰게 된 이후에도 게임을 많이 했고 학교 시력 검사에서는 안경을 써도 시력이 0.5가 나왔다. 결국 나중에는 난 게임을 스마트폴더로 거의 하지 않게 되었다. 그 이후 나는 아빠를 조르고 또 졸라 패드를 얻게 되었다. 재미있게 게임을 하며 지내던 어느 주말 아빠는 처음으로 나에게 모바일 펜스라는 시간제 앱 을 까셨다. 나는 하루에 2시간 게임을 할 수 있게 되었다. 스위치도 잠깐 했었는데 하다가 재미가 없어 방 한구석에 방치해 뒀었다. 나중엔 방치 된 이 스위치가 엄청난 일을 벌인다.

자 다시 본론으로 돌아오자면 나는 점점 게임시간이 줄었고 나중에는1시간이 되었다. 평범하고 어제 그제와도 같았던 하루였다. 6학년 때 스위치를 하는 친구가 같이 포트나이트라는 게임을 같이 하자고

제안했었다.

　나는 당연히 좋다고 말했다. 하지만 절차는 복잡했다. 닌텐도 어카운트계정 이란 것이 있어야 되는데 그 계정을 만들 때 이메일 주소 전화번호 등을 써야 돼서 개인정보 공개를 좋아하지 않는 엄마에게 계정을 같이 만들자 하기는 쉽지 않았다. 나중에서야 계정을 만들 수 있었다. 처음으로 그 게임을 했는데 난 그 게임에 몰입해 여러 시간을 게임을 하였다. 그런데 아빠가 내가 게임을 많이 하는 걸 아시는지 자녀보호 앱이란 걸 까셨다. 나는 하루에 정해진 시간만 하게 되었다. 하지만 나는 게임을 더 하고 싶었다. 엄청난 방법을 알아냈다. 바로 자녀보호 앱을 끄는 방법이었다. 자녀보호 앱 을 끄고 정해진 시간 보다 많은 3시간을 하였다. 아빠는 모르는 눈치였다. 다음날도 나는 그렇게 했다. 나중에는 정해진 시간이 줄었다. 자녀보호 앱 을 끄고 여러 시간을 했다. 나중에 나는 당당하게 게임을 더 하고 싶었다. 아빠에게 패드 시간을 빼고 스위치를 하겠다고 말했다. 난 하루에 밸런스를 맞춘 시간을 하게 되었지만, 또다시 더하고 싶었다. 정해진 시간을 넘기기를 자주 했다. 아빠는 예전과 다르게 자꾸 꾸중했다.

　결국, 하루에 정해진 시간이 줄었다. (현재하는 시간은 스위치2시간, 패드30분.) 이번 사건을 경험하며 느낀 것은 뭐든지 많이 하면 병이 된다. 병을 고치려면 약이 필요하다. 이처럼 게임을 많이 하면 계속하고 싶게 된다.

　그러므로 우리는 조절(자신의 할 일을 미루지 말고 자신의 할 일을 한 뒤에 자신이 하고 싶은 일을 하는 것) 이라는 약으로 게임을 적당히 해야 한다.

기다림

자주 하는 게임기가 고장났다. 유튜브와 네이버를 검색해서 그 방법대로 해도 달라지진 않았다. 세상 사람들 다 되는 게 나만 안 되나... 생각하며 아빠에게 말했다. "저, 게임기 고장 났는데 A/S좀 해주세요." 다음날 아빠는 게임기를 들고 출근하셨다. 컵라면에 물 부어놓고 기다리는 것과 같이 A/S를 보내고 기다렸다.

얼마후 아빠는, "그거 살 때 가지고 있던 상자를 가지고 와야 된대." 열심히 방을 뒤져 상자를 찾아냈다. 기념으로 가지고 있던 상자가 도움이 될 줄은 누가 알았을까? "기쁜 마음으로 상자를 아빠에게 드렸고, 다음날도 아빠는 게임기를 가지고 출근하셨다. 아빠가 게임기를 가지고 간 날은 당연히 안 되는 것을 알고 기대하지 않았다. 그후로 난 아빠에게 게임기에 대해서는 묻지 않았다. 다음날 학교에 가면서 생각했다. '오늘은 올 수도 있지 않을까?'

학교를 마치고 온 뒤에는 종이를 접으며 '온 다, 안 온 다'를 해보았다. 종이를 적당한 크기로 찢어가면서 세 보았다. '온 다, 안 온다. 온 다! 안 온다... 온다! 안 온다... 온다! 안 온다... 안 온다.'를 다했는데도 역시 오지 않았다. 결국 아빠가 출근하기 전에 한 번 물어봤다. "아빠! 오늘은 받을 수 있을까요?"

"아직 보낸 지 일주일도 안됐잖아."

"네...."

아빠의 말은 맞았다. 일주일은 돼서야 올 것만 같은 게임기였다.

나중에는 그 게임기에 대해서 잊고 살았다.

어느 날 아빠가 드디어 수리가 끝난 게임기를 가져오셨다.

그 때 비로소 알았다. 우리가 무언가를 자꾸 기대해도 그것은 우리가 원하면 오는 게 아니라 때가 되면 온다는 걸...

어니스트를 닮고 싶다

윤상영
(영덕초 6년)

《큰 바위 얼굴》은 작은 꼬마 어니스트의 상상력을 자극시켰다. 이 순진한 어린이는 예언의 주인공을 보고 싶어 했다. 결국 이 꼬마는 살아생전 큰 바위 얼굴을 닮은 사람의 얼굴을 보지 못 했다. 그 자신이 예언의 주인공이었기 때문이다.

개더골드가 가지고 있던 부(富)도, 올드블러드앤드선더가 가지고 있던 명예(名譽)도 한 꼬마의 사랑과 선함을 이기지 못 했다. 올드스토니피즈의 웅변술(雄辯術)도, 시인의 놀라운 글쓰기 실력도 어니스트의 지혜에게 질 수 밖에 없었다. 그 이유가 무엇이었을까.

어니스트는 자신의 훌륭한 덕목을 인정하지 않았다. 겸손했던 것이다. 겸손이 그가 가진 지혜와 사랑을 한 곳에 머무르지 않고 더 발전할 수 있도록 도와줬다. 겸손은 어니스트가 큰 바위 얼굴 옆에서 자라면서 예언에 대해 그 누구보다 진지하게 생각하게 하도록 했다.

어린 시절, 어니스트가 자만에 빠져 큰 바위 얼굴을 잊어버렸다면 예언은 지금까지도 이루어지지 않았을지도 모른다. 큰 바위 얼굴은 예언이 이루어졌는지 확인해주는 수단이 아닌, 예언이 이루어지도록 도와주는 수단이었다.

　겸손은 우리 주변에 가까이 있으면서도 가장 얻기 어려운 것이다. 대통령 후보 올드스토니피즈가 그의 고향 사람들 한 명 한 명에게 악수를 청했더라면 예언은 이루어졌을지도 모른다. 이 후보는 겸손하지 못했다. 자만은 그가 더 이상 나아가지 못 하도록 발목을 잡은 것이다.

　겸손은 어니스트의 덕목을 발전시켰다. 예언의 핵심은 큰 바위 얼굴이 아닌 겸손, 그 자체였다.

《독 짓는 늙은이》를 위로한다

송 영감의 아내는 도망갈 수 밖에 없었을까? 남편과 자식을 버리고 도망가는 아내의 모습은 입센의 《인형의 집》에 나온 로라를 연상시킨다. 밥을 굶지 않기 위해 도망간 아내와 조수. 이들은 송 영감에게 배신의 힘이 얼마나 강한지 보여주었다. 이 힘은 가뜩이나 심한 영감의 병세를 더욱 깊어지게 만들었다. 힘은 그 어떤 병에도 끄떡 없던 송 영감의 도자기 빚기 실력을 무너트렸다. 배신의 힘은 한 인간을 파멸시켰다.

송 영감은 이 힘에 대항하려 노력한다. 자신이 떠나면 혼자가 될 아들을 생각하며 버틴다. 마당에 이리저리 쓰러져 있는 독들을 보며 버틴다. 말도 없이 떠나버린 원망스런 아내와 조수에게 복수를 다짐하며 버틴다. 배신의 힘은 강력했고, 이를 막으려는 한 인간의 힘은 처절했다.

아직 오지도 않은 미래를 걱정하며 도망간 아내는 어리석음 그 자체다. 우리는 그녀를 비웃고, 원망한다. 우리 역시 그녀와 같은 행동을 하면서 말이다. 사람들은 미래를 걱정하며 많은 것들을 포기한다. 꿈·소원·돈·행복, 때로는 송 영감의 아내처럼 가족까지. 한 인간의 잘못된 포기로 인해 다른 사람 또는 그 자신이 얼마나 큰 피해를 입는지 까먹으면서 말이다.

자신이 사랑했던 사람의 배신이기에 송 영감은 더욱 많은 충격을 받았다. 절망에 빠진 영감은 끝까지 저항했지만, 패배했다. 굴복했다. 아이를 아랫집 할머니에게 맡기고 죽는다. 죽기 전, 불타는 듯한 송 영감의 눈빛은 무책임한 아내를 향했을까, 아니면 못난 자신을 향한 눈빛이었을까.

배신감으로 인한 파멸을, 작가 황순원은 생생하게 묘사했다.

조지오웰의 혁명에 대한 생각을 조금 엿보다

혁명은 인류의 역사와 같이한다. 혁명 없이는 기술의 발전도, 사회의 진보도 이루어지기 어렵다. 혁명은 인류역사의 새로운 장으로 넘어가는 통로였던 셈이다. 4번의 산업혁명은 발전된 세계를 만들어냈다. 러시아 혁명은 인류에게 공산주의에 대해 알려주었다.

혁명이 없었다면 세계역사 대부분의 사건은 일어나지 않았을 것이다. 세계사에서 혁명은 대부분 역동적이다. 다양한 혁명으로 인해 만들어진 현재의 역사,그러므로 혁명은 충분히 가치 있는 일이라고 말할 수 있다.

모든 문학은 정치의 도구(?)

정치적 도구로서의 문학은 가치 있다. 어떠한 목적을 가지고 쓴 글은 항상 잘 써진다. 소설 《동물농장》은 오웰의 정치적인 성향이 분명하게 나타난다. 문학은 작가의 생각을 독자들에게 명확하게 전달하려고 한다.

'조지 오웰은 왜 스탈린을 비판했을까?', '복서는 무엇을 의미하는 거지?'와 같은 질문을 떠올리게 한다. 정치 소설은 우리에게 그 주제에 대해 다시 생각해볼 기회를 준다. 문학과 정치는 관계가 깊다.

현대 사회는 불안한가? 《철학은 엄마보다 힘이 세다》

　현대 사회는 불안하다. 날마다 부정적인 뉴스가 들린다. 사람들의 얼굴에는 미소가 떠난 지 오래다. 무엇보다도 우리 사회가 안정되었다고 생각하는 사람이 없다. 이처럼 다수의 생각은, 사회 전체의 분위기를 만들어 간다. 우리 사회가 안정되었다고 생각하면 하찮은 문제라도 안정된 사회를 유지하려고 노력한다. 우리 사회가 불안하다고 느끼면 중요하지 않은 문제들이 빈번하게 발생한다.

　이 정도 문제는 당연하다고 생각하며 무시하게 된다. 작은 문제가 자라서 큰 문제가 될 때까지 두 손 놓고 바라본다. 모두가 불안하다고 생각하는 우리 사회는 항상 불안하다.

　불안한 사회를 극복하기 위한 노력은, 결코 가벼운 일이 아니다.

역사란 무엇일까?

역사를 배우기 전은 어둠이다.
역사를 이해하기 전에는 캄캄한 방안이다.
어둠 속에서, 방 안에 앉아서 외부세계를 알 수가 없다.

창문을 열거나 낮이 오면 누구라도 쉽게 주변을 볼 수 있다.
'역사'는 세상을 제대로 볼 수 있는 투명한 빛과 같다.
그 빛은 창문을 통해 들어온다.
그 빛과 창문의 역할을 수행해 주는데 E. H. Carr의 《역사란 무엇인가》는 충분한 길잡이가 될 것이다.

개인과 나라의 명예중에 무엇이 더 중요한가에 답하다

한 사람의 명예는 그 사람에 대한 종합적인 평가다. 이에 많은 사람들은 자신의 명예에 신경 쓰고, 그것을 소중히 여긴다. 그러나 개인과 나라 간의 입장은 다르다. 한 나라의 명예는 그 나라에 대한 종합적인 평가가 아니다. 한 나라에 대한 종합적인 평가는 그 나라의 GDP나 세계 무대에서의 경쟁력, 또는 인구 수를 기준으로 한다.

한 나라가 기부를 많이 해서 명예로워져도, 이는 그 나라에게 아무 도움이 안 된다. 많은 나라들이 자신의 명예에 신경 쓰지 않고 자기만을 위해 힘쓰고 있는 것만 봐도 알 수 있다.

여기에 대한 잘못된 예가 있다. 소설 《남한산성》에 나온 인조의 모습이다. 인조는 나라의 명예를 개인의 명예로 취급했다. 군주제 국가답게 나라의 명예를 자신의 명예로 받아들인 것이다. 민주주의 국가에서는 다르다. 대통령은 자신의 명예를 고집하지 말아야 한다. 대통령은 단지 국민의 대변인일 뿐이다.

이 나라가 전쟁에 져서 항복을 하게 되더라도, 이것은 나라의 명예가 무너질 뿐이다. 인조가 정녕 백성을 위하고 나라를 위했더라면, 그는 일찍 항복했어야 했다. 인조의 잘못은 개인의 명예와 나라의 명예를 구분하지 못한 것에 있다.

물론 개인의 명예나 나라의 명예나 소중하다. 단지 개인의 명예가 그 자신의 삶에 더 큰 영향을 미칠 뿐이다.

정부 개발의 어두운 뒷면,
《아홉 켤레의 구두로 남은 사내》의 슬픔

1970년대 개발은 누구를 위한 것이었을까? 철거민들의 땅을 훔친 후에 서민들에게 주고, 각종 세금을 명목으로 다시 국민들의 지갑을 털털 터는 정부의 모습은 길가의 '아치'와 다를바 없다.

책에 나온 권씨도 정부 개발의 피해자 중 한 명이다. 이러한 사정을 모른 척한 정부 관리들은 부패했다. 공장은 마치 괴물처럼 새벽마다 사람들을 흡입하고, 새벽마다 사람들을 토해냈다. 1960~1980년대의 개발은 오직 기득권층만을 위한 것이었다.

어떤 사람들은 당시의 개발이 현재의 우리나라 경제를 완성시켰다고 말한다. 그러나 우리가 왜 경제를 발전시키려고 하는지 알게 되면 이야기가 달라진다. 국가는 국민 모두가 행복하고 잘 살도록 만들기 위해 개발을 추진한다. 과연 경제 개발 과정에서 국민들은 행복했을까? 아니다. 사람들은 고통 받았다.

생활은 고달팠고, 이 과정에서 많은 노동자들이 좋은 노동 조건을 쟁취하려다 알게 모르게 체포되어 징역을 살았다. 열심히 일하면 일할수록 가난해졌다. 희망을 품으면 품을수록 그 희망은 멀어져 갔다. 당시 정부 정책의 결과물은 소수에게 혜택이 돌아갔다.

정부의 개발은 사람과 사람 사이의 관계도 무너트렸다. 빈부격차가 심각해졌다. 부자와 거지는 같은 지역에 살았지만, 서로의 생활은 차원이 달랐다. 인간관계도 원활하지 못했다. 오 선생의 아내는 자기도 세입자였던 시절의 아픔은 생각도 안 한 채 세입자들에게 야박하게 굴었다. 오 선생의 아들 동준이는 아이들을 하인처럼 부렸다. 사람과 사람 사이의 인정과 사랑은 메말라갔고, 실리와 계산만 남았다. 사람들은 차가워졌다. 그리고 얼어붙었다.

1960~80년대는 우리 사회가 눈부신 경제 성장을 이룩하던 때였다. 빛이 있으면 그림자가 생기듯이, 이 개발은 엄청난 파장을 불러일으켰다. 국민들은 이 경제 발전으로 인해 아무것도 얻지 못 했다. 상처뿐인 개발이었다.

《노인과 바다》, 끈기는 자신과의 싸움이다

노인은 아무도 없는 망망대해에서 혼자 버텼다. 그는 늙었지만, 젖 먹던 힘까지 짜내어 고기를 잡았다. 젊었던 시절, 노인은 강했다. 이제 더 이상 힘이 없는 노인에게 있었던 끈기와 인내심. 이것이 노인이 고 기를 잡을 수 있었던 원동력이었다. 젊었을 때도 하루 낮과 하루 밤을 연이어 팔씨름했던 그의 인내심은, 노인의 지혜와 연륜을 만나며 더욱 강해졌다.

자신의 배보다도 큰 고기를 혼자서 잡을 수 있었던 힘은 84일 간의 실수를 만회하기 위해 노력했던 노인의 끈기였다. 보통의 많은 사람들 이 그런 곤경에 처하면 대부분 일찍 포기해버리고 만다. 노인은 달랐 다. 우선 그는 84일 동안 고기를 잡지 못했다. 이 일이 노인에게 벼랑 끝의 심정으로 고기를 잡을 수 있는 동기를 부여했다. 노인 특유의 끈 기도 노인이 고기를 잡는데 큰 힘이 되었다. 노인은 강했다. 아무리 큰 고기였어도 노인을 이기지는 못했을 것이다.

노인은 끝내 고기와의 싸움에서 승리했다. 하지만 노인이 고기를 잡 고 돌아가는 길은 결코 순탄하지 않았다. 상어들은 노인이 잡은 고기를 모두 다 물어뜯었다. 결국 노인은 아무것도 얻지 못한 것이다. 그렇다 고 노인의 출항은 무의미 하지 않았다. 노인은 상어와 고기 외에도 자 기 자신에게서 승리했다. 그 승리로 지금 당장 얻을 수 있는 것은 없다. 다만 노인은 자기 자신을 이김으로써 훗날 끈기의 힘을 다시 한 번 보 여줄 것이다.

엄예준
(불정초 6년)

'앤더슨과 스케이트'

이 끔찍한 1년 전의 일을 앤더슨은 생각하고 싶지 않았다. 하지만 그는 생각할 수밖에 없었다.

알렉산더 앤더슨이 눈을 떠보았을 땐 이미 검은 연기가 온 집안을 뒤덮고 있었다. 앞이 보이지 않았던 앤더슨은 필사적으로 뛰기 시작했다. 그가 8살때부터 살아왔던 집이기 때문에 어렵지 않게 빠져나갈 수 있었다. 빠르게 빠져나와 정신을 차려보니 스웨덴에 있는 크기가 꽤 되는 집은 이미 반쯤 불타 없어졌다. 그는 정신이 혼미해져 갔다. 어렸을 적의 기억, 아버지와 집을 고치던 기억들조차 머리에 구멍이 뚫리기라도 한 듯 빠져나갔다.

적어도 1년 전까지만 해도 앤더슨의 학교는 명문 사립 고등학교였다. 그러나 햇볕이 쨍쨍하던 날, 그의 아버지는 길고 긴 암 투병 끝에 세상을 떠났다. 반년 정도 앤더슨은 슬픔에 잠겼다.

다행이었던 것은 아버지는 한 기업의 사장이었기에 엄마가 물려받을 수 있었다. 물론 아버지가 했던 만큼 잘 되진 않겠지만, 그래도 돈을 벌 수는 있었다.

앤더슨은 아이스하키를 곧잘 해왔다. 아버지는 하키 코치였고 그의 실력을 키우는데 한몫을

했다. 앤더슨은 아버지에게서 뿐만 아니라 자신이 제일 좋아하는 선수를 보면서 실력을 키워나갔다.

12살이었을 때는 퀘벡-피위 컵에서 최우수 디펜스상을, 16살 때는 동아시아지역 극동지역 대회에서 최우수 디펜스, 도움왕 어시스트왕 상을 나란히 차지했다. 그런 앤더슨에게 있어서 아버지의 죽음은 매우 슬픈 일이었다.

앤더슨은 앞으로 무엇을 해야 할지 알았다. 또한 어떻게 하면 아이스하키를 계속할 수 있을지에 대해서도 알았다. 가족들은 앤더슨의 아이스하키를 향한 열정, 투지, 강한 마음가짐을 남들과는 다르게 가지고 있다는 것을 알고 있었기에 아이스하키를 계속 시키기로 했다.

앤더슨은 아이스하키 장비를 챙긴 후 세단 형태의 벤츠에 탔다. 곧이어 그의 엄마가 따라 탔다. 아이스링크장까지 가는 동안의 15분은 앤더슨에겐 매우 어색할 수밖에 없었다.

차가 아이스링크장에 도착했을 때 엄마가 말했다. "앤더슨 몸조심하고," 작은 목소리로 앤더슨이 말했다. "네" 시계를 보니 6시 30분이었다. 훈련은 7시에 시작하므로 시간에 쫓길 필요가 없었다.

아이스링크장에 들어가자마자 팀 전용 락커룸으로 들어갔다. 각종 트로피가 전시되어있는 통로를 쭉 따라가면 땀 냄새가 풍기는 락커룸이 나온다. 앤더슨은 친구들에게 인사했다. 훈련을 마친 앤더슨은 서둘러 장비를 벗고 차에 탔다. 그러곤 생각했다 '오늘은 훈련이 좀 안됐어. 스케이팅도, 슈팅도.'

몇 달이 지났다. 우울했던 때와는 달리 앤더슨의 기분은 좋아졌다. 아버지 생각에 눈가에 눈물이 맺혔던 것은 오래 전 이야기다. 더 이상 눈물이 나오지 않았고, 더욱더 아이스하키에 집중할 수 있게 되었다. 실력은 날이 갈수록 월등해졌다.

  그 해 겨울 앤더슨은 엄마의 동의 하에 그보다 한 살이 많은 아이들과 하키를 하게 되었다. 그 누구도 앤더슨을 따라잡지 못했다. 앤더슨의 실력을 알아본 스키우터가 많았던 지라 앤더슨은 쉽게 16세이하 세계선수권 스웨덴 국가대표에 뽑혔다. 그가 대표팀에 뽑혔다는 사실을 들은 지 3개월이 지났다.

  엄마도 안정적인 일자리를 구하고, 앤더슨은 대표팀에서 챙겨주어 별 걱정이 없었다. 버펄로에서 열리는 세계선수권 대회까지 5일이 남았을 때였다. 짐을 챙기는 엄마의 좋아하는 표정을 보니 앤더슨도 기뻤다.

  앤더슨의 마음이 점점 더 뜨거워지고 있었다. 아이스하키 때문일지도 모른다. 하지만 어쩌면, 어쩌면 아버지가 이 순간에 같이 못있어 준다는게 그의 마음에 불을 붙인 것 일지도 모른다.

  알렉산더 앤더슨이 눈을 떴을 땐 자동차 조수석이었다. 졸린 눈을 비비고 시간을 확인했다. 5시를 조금 넘은 시간이었다. 평소 9시에 일어나는 앤더슨에겐 너무나도 이른 시간이었다. 창밖을 보니 '공항' 이라는 글자가 적혀있는 표지판이 수도 없이 널려있었으나 딱히 신경쓰지 않았다.

  차는 국제선 라인에 도착해 있었다. 앤더슨은 오른쪽문으로 내린 뒤 조심스럽게 옷가방과 장비 가방을 꺼냈다. 그리곤 엄마의 가방까지 모두 꺼냈다.

  이제부터는 진짜 시작이었다. 앤더슨은 그의 엄마와 헤어진 뒤 가방을 보낼 게이트를 찾으며 중얼거렸다. "D… D게이트가 어딨을까…" 어렵지 않게 D게이트에 도착할 수 있었다. 게이트 근처에는 앤더슨의 코치와 감독, 동료들이 있었다. 짐을 보내지 않은 채로 그들을 만나면 계속 이야기를 나누게 될 것이다. 먼저 짐을 보내야 할 것 같았다.

  긴 줄을 선 끝에 드디어 앤더슨의 차례가 왔다. 그는 직원이 안내하는 창구로 큰 짐들을 끌고 갔다. 가자마자 인상이 험하게 생긴 남자 직원이 말했다. "여권을 보여주세요." 목소리가 그다지 두껍지 않다는 생각에 앤더슨은 조금은 나아진 표정으로 말했다.

"여기..". 직원은 여권에 있는 앤더슨의 사진과 지금 자신 앞에 서있는 앤더슨을 번갈아 본 후 말했다. "좋습니다. 수하물의 내용은 뭐죠?" 앤더슨은 약간의 망설임과 함께 말했다. "음..... 이....거랑 하키 장비요....네" 앤더슨의 말을 들은 얼굴이 험상궂게 생긴 직원은 상냥한 미소를 그에게 보인 후 바로 수하물 태그를 달았다. 모든 짐이 없어졌다는 개운함을 느낀 뒤 앤더슨은 그의 헤드셋과 여권 그리고 포도맛 젤리를 가지고 스웨덴 대표팀이 있는 곳으로 발걸음을 옮겼다.

비행기 안은 사람들로 꽉 차있었다. 여태까지 이코노미 좌석만 앉았던 앤더슨은 처음으로 비즈니스 석에 앉아보았다. 앤더슨은 비행기가 이렇게 좋았나 라는 생각에 빠져 8시간 장거리 비행기에 올라탔다. 앤더슨은 제일 중요한 시합에 대해 생각하다가 잠이 들어버렸다. 푹 자고 일어났더니 앤더슨이 탑승한 비행기는 버펄로 국제공항에 와 있었다.

이미 몇몇 사람들은 나간 상태였다. 앤더슨은 그를 깨워주지 않은 그의 동료들을 야속해하며 비행기에서 나왔다.

Game 1

감독님이 말했다. "첫 상대는 알다시피 핀란드다. 우리의 영원한 라이벌이다. 우리는 1-2-2 슬라이드로 수비한다." 앤더슨에겐 어려운 용어였지만 이해는 가능했다. 빙판에 들어갔다. 빙질이 나쁘지 않았다. 그는 고개를 돌려 핀란드 선수들을 보았다. 한 핀란드 선수의 눈이 앤더슨과 마주쳤다. 다행인지 불행인지 앤더슨은 부주장 마크를 달고 있어 함부로 넘보지는 않는 것 같았다.

　경기 시작 휘슬이 울렸다. 앤더슨의 눈빛은 그 어느때 보다 진지했다. 7:2. 스웨덴의 승리였다. 앤더슨은 총 3골 2어시스트를 했고 아마 스카우터들이 그를 눈여겨보았으리라. 그다음 경기는 체코와의 경기였다. 스웨덴은 2연패를 하며 가볍게 꺾었다. 이 경기에서도 앤더슨은 3골을 넣으며 실력을 과시했다.

　그다음 경기는 미국, 캐나다 등 강호들과의 경기였다. 4:3으로 미국을 꺾고 캐나다와 2:2동점 후에 연장전으로 넘어간 상태였다. 앤더슨이 연장전 선수로 나갔다. 멀리서 주는 동료의 패스를 힘차게 골대를 향해 쏘았다. 골봉에 맞고 들어갔는데 마치 그 소리가 총알이 봉에 박히는 소리 같았다.

　팀은 승리했고 앤더슨은 상을 휩쓸었다. 최우수선수상, 최다 포인트상, 최다 득점상, 최다 어시스트상 계기로 앤더슨은 많은 유명 스카우터들에게 알려지게 되었다. 그 중 3대 캐나다 주니어 하키리그에 강호팀인 핼리팩스 무스헤드의 스카우터도 물론 있었다.

　앤더슨은 핼리팩스 무스 헤드에 입단하게 되었다. 원래 스웨덴에서의 활동을 이어가려 했으나, 끈질긴 제안 끝에 입단했다. 무스헤드는 맥키넌, 히쉬어, 등과 같은 여러 NHL(북미아이스하키리그)선수들을 배출한 명문 팀이다. 이 명문팀에서도 올해 NHL선수 배출을 생각하고 있는데 그중 하나가 알렉산더 앤더슨이다.

　버펄로에서 앤더슨은 바로 핼리팩스로 갔다. 물론 엄마는 스웨덴으로 다시 돌아갔다. 앤더슨에겐 전문 매니저가 생겼기에 엄마는 안심할 수 있었다. 매니저의 이름은 지미 였다. 대충 삼십 중반으로 보이는 그는 짧은 머리에 안경을 쓰고 있었다. 지미의 소리는 살짝 허스키했다.

　앤더슨이 지미와 친해지기 까지는 약 2달이 걸렸다. 처음에 만났을 때 무척 어색해했으나, 같이 플레이스테이션으로 게임을 하면서부터 친해졌다.

핼리팩스에서 어느덧 적응을 마칠 때쯤 감독이 진지하게 말했다. (물론 앤더슨은 시즌 중반까지도 한 경기 당 2골을 계속 넣은 초특급 유망주였다) "앤더슨, 이제 NHL 드래프트가 얼마 안남았는데....여러 팀들이 너와 면접을 해보고 싶다네."

으음.. 으음,, 자 일단 밴쿠버 캐넉스, 버펄로 새이버스, 애리조나 코요테스,몬트리얼 캐네디언스, 보스턴 브루인스.'....대충 NHL에 있는 팀 중 3분의 1정도를 거의 다 말한 것 같았다. 어떤가? 앤더슨. 핼리팩스의 자존심을 걸고 싸워보겠나?

어느덧 2019 NHL신인 드래프트가 얼마 남지않았다.

CNN, SportsNet과 같은 여러 큰 방송사에서는 앤더슨의 이름이 나오기 시작했다. 기대를 갖고 생각했다. 하지만 앤더슨의 이름은 여전히 5위에서 8 위권에 있었다.

티비를 켜자 한 캐스터가 말했다. "제 생각에는 1위는. 맥데이빗 선수가 유력한 후보입니다. 캐나다 주니어 리그에서 눈부시게 화려한 플레이를 보여주는 맥데이빗 선수. 어쩌면 몇 년에 한번 나올까 한 선수입니다." 앤더슨은 듣기 싫었다. 자신의 이름이 나오지 않는 것보다 선수를 너무 부풀려 말하기 때문이다.

사실 앤더슨은 맥데이빗과 매우 친한 사이이다. 맥데이빗은 포워드고 앤더슨은 수비수이다. 맥데이빗이 포인트나 득점은 많이 하긴 하나 앤더슨과 같은 디펜스가 3골씩이나 넣는 경우는 거의 없다. 앤더슨의 수비능력은 리그에서 탑일 정도로 강력하다. 덩치는 맥데이빗 보다 작지만 실력은 우월하다. 앤더슨이 탑3에 들지 못한다는 것이 매우 이상했다. 오직 실력만이 살길이라고 주문을 외운 뒤 잠자리에 들었다.

NHL 신인 드래프트가 얼마 남지 않았다. 대부분의 언론사는 맥데이빗이 1위를 차지할 유력한 후보라고 떠들어댔다. 신인 드래프트가 열리기 전, 선수들에게 대충 몇 라운드에 몇 번째로 뽑힐지 알려주는데 그

명단에 어디에도 앤더슨의 이름을 찾아볼 수가 없었다.

"분명 감독님이 나에게 여러 팀들이 찾아왔다고 했는데... " 앤더슨은 감독님이 업무를 하는 곳으로 걸음을 옮겼다. "그럴 리가 없어. 종이가 인쇄될 때 내이름이 빠진거야." 감독업무 실에 다다랐을 때 앤더슨은 충격적인 이야기를 듣게 되었다.

감독이 지미와 이야기를 하고 있었다. 때마침 앤더슨의 이름도 언급되었다. 지미가 말했다. "앤더슨은 드래프트에 들어갈 가치가 있는데 왜 추천서를 작성하지 않았나요?" 그러자 감독이 말했다. "사실 앤더슨이 우리팀 돈벌이에 기여를 많이 해서 몇 년 더 데리고 있으려고." 그러자 지미가 큰 목소리로 높여서 말했다. "오호라 그럼 저도 앤더슨을 더 오래 맡을 수 있겠네요!" 다시 감독이 말했다. "그렇지, 어차피 NHL이 들어가면 팀에서 지원해주는 매니저로 인해 자네를 버릴 것 아닌가." 앤더슨의 눈가에는 눈물이 맺혔다. 냉정한 세계를 알아버린 것이다.

그 다음날 앤더슨은 지미를 더이상 친근하게 바라보지 않았다. 서서히 적을 보는 눈빛으로 바라보게 되었다. 앤더슨은 의욕이 없었다. 영어공부도, 하키도 다 때려치우고 싶은 감정이었다.

지미가 진지하게 말했다. "이번 드래프트 명단에는 너의 이름이 올라와 있지 않더구나. 감독과 상의해보니까 아직 큰 리그로 가는 것은 너에겐 힘들고 무리일 수 있다고 몇 년 뒤에 가자고 하더구나." 앤더슨이 크게 말했다. "저는 19살이에요. 드래프트 최종명단에도 얼마전까지 있었고요. 왜 저의 이름만 없어진거죠?" 앤더슨은 방문을 닫고 방으로 들어갔다.

정말 죽고 싶었던 앤더슨은 이불을 뒤집어쓰고 머리에 심각한 두통이 날 때까지 울고 또 울었다. 앤더슨은 먼저 죽은 그의 아버지를 원망했다. "왜 그렇게 일찍 죽어 나를 감싸주지 않느냐고 , 왜 이 험악한 세상에서 나만 남겨두냐고..."

두통이 너무 심각해 계속 울 수만은 없었던 앤더슨은 울상을 지으며 주방으로 갔다. 두통약을 찾아 입에 넣고 물을 꿀꺽 삼켰다. 그래도 전보다 조금 나아진 느낌이었다. 쇼파에 앉았다. 할 것이 없었다. 엄마에겐 아직 전달하지 않았다.

기분을 좀 전환할 겸 밖으로 나가 보았다. 모든 세상이 기분을 더럽혔다. 계속 걸었다. 다리가 아플 때까지 걸었다. 다리가 너무 아팠던 앤더슨은 핸드폰을 확인했다. 베드포드까지 와 있었다.

다행히 근처에 그네가 있어 앤더슨은 그의 소중한 다리를 쉬게 할 수 있었다. 너무 힘들었던 나머지 그 옆에 사람이 있었다는 것조차 몰랐다. 앤더슨은 옆에 있는 사람에게 말을 걸었다. 그 사람도 뭔가 고민이 있는 모양이었다. "알렉산더 앤더슨 맞죠?" 그 사람이 말했다. 앤더슨은 맞다고 답을 했다. "어떻게....제 이름을?" 그 남자가 대답했다. "아, 인사가 늦었군요. 저는 브라운이에요. 몇시간 전까지만 해도 타임지 스포츠기획 기자였죠. 정말 몇시간 전까지만 해도....."

"왜 여기 오신거예요?" 앤더슨이 물었다. "제가 당신의 대한 기사를 쓰고 있었습니다. 그런데 저희 편집장에게 돈을 주고 기사를 써달라는 선수가 여럿이 있었어요. 저는 그 선수에 관한 기사를 써야 하는 처지에 놓이게 되었어요. 저는 죽어도 쓰기 싫다 했고, 그로인해 쫓겨나서 지금 그네를 타고 있는거죠." 울 상을 지은 표정이 앤더슨의 눈에 들어왔다. 앤더슨도 자신의 감독, 매니저, 드래프트에 명단에 올라가지 않은 이유 등에서 말했다.

브라운과 앤더슨은 (앤더슨은 다행히 시즌 중이 아니었다.) 그 후로 수차례 만남을 가졌고 친구가 됐다. 앤더슨은 브라운을 만난 이후로 자신과 같이 슬픈 사람들이 있다는 것을 알고 이기적인 그의 팀 감독에게 질 수 없다 생각했다. "감독이 날 보내주지 않는다? 다른 팀이 날 데려가게 만들겠어!"

앤더슨은 꾸준한 스트레칭과 근육훈련을 시작했다. 그의 마음도 점점 단단해지고 있었다. 시즌 중반, 앤더슨의 월등한 실력으로 인해 핼리팩스는 1위권에 올라와 있었다. 이번 시즌 앤더슨의 특기는 민첩한 방향 회전과 정확한 슈팅이다.

호사다마(好事多魔), 런던 나이츠와의 3차전 경기에서 앤더슨은 부상을 당하고 말았다. 앤더슨을 막기 위한 작전으로 상대 선수가 뒤에서 무방비 상태의 앤더슨을 밀어버렸고, 벽에 부딪히며 넘어졌다. 가벼운 부상이 아니었다. 병원에 가니 쇄골 뼈에 금이 갔다는 것을 알았다.

"내가 어떻게 견뎌냈는데!!" 앤더슨은 결국 2달을 쉬게 되었다. 재활운동과 멘탈훈련을 하며 길고 긴 시간을 보내야 했다. 길었던 앤더슨의 불행한 두 달은 지났다. 앤더슨은 스케이트를 신으며 흥얼거렸다.

그가 얼음 위에 올라가서 전력으로 스케이트를 탔다. 그런데 앤더슨의 몸은 예전의 민첩한 몸이 아니었다. 물론 두 달 만에 신는 스케이트지만 그동안 스케이팅 전문 근육 훈련을 받았기에 더욱더 실망감이 컸다.

장비를 벗고 곧장 브라운이 사는 2층 집으로 갔다. 2층짜리 집은 흔하디 흔한 모양이었으나 앤더슨에겐 브라운의 집이 광이나 보였다. 현관문을 두드렸다. "브라운~". 다시 노크를 하자 잠옷차림의 브라운이 문을 열었다. 커피를 한 손에 들고 있었고 슬리퍼를 신고 있었다.

앤더슨이 브라운을 찾아간 이유는 브라운에겐 재활치료사 1급 자격증이 있기 때문이다. 브라운은 종종 부상을 당한 아이스하키 선수들을 운동시켜준다. "앤더슨 어쩐 일인가?" 앤더슨은 자초지종을 설명했다. 물론 브라운은 그의 친한 친구였기때문에 다친 것을 알았다.

"스케이팅을 하는데 어떻게 해야 빨리 적응할 수 있을까?" 브라운이 말했다. "네가 더 잘알지 않을까?" 앤더슨이 가라앉은 목소리로 말했다. "하긴.. 그러네...." 브라운이 기분 좋은 목소리로 말했다. "근육을 좀 풀어주고 타봐. 그럼 조금 더 나아질거야". "그런가?" 그 후로 그 둘

사이에서는 수많은 이야기가 오고 갔다. 길었던 대화를 끝냈다. 하키 얘기부터 정치 얘기까지 한 그는 문밖을 나서면서 매우 유익한 시간이었다고 생각했다.

앤더슨의 화려하게 컴백했고, 사람들은 놀라워했다. 컴백한 첫 경기부터 1골 1어시스트를 하더니 그후로 좋은 수비와 정확한 패스, 어시스트 행진을 이어나가고 있었다. 앤더슨은 팀을 옮겼는데 다행히도 계약서에 2020 NHL신인 드래프트에 추천서를 작성하기로 약속했다. 매니저 지미와는 계역하지 않았다.

2020년 5월, 앤더슨은 '2020 NHL 드래프트'가 열리는 스코티아 센터 의자에 좌석에 앉아있었다. 옆엔 엄마와 삼촌, 새로운 매니저 존이 앉아 있었다.

만약 이번 드래프트에 앤더슨이 뽑히게 되면 2018 다음으로 수비수가 뽑히게 되는 것이다. 잠시후 밴쿠버 캐넉스 단장이 단상에 올랐다. 그는 목을 푹 숙인 채 발표연설이 써 있는 종이를 쳐다보았다. 드디어 발표를 시작했다. "우리 밴쿠버 캐넉스는 스웨덴에서 온 알렉산더 앤더슨을 1순위로 지명하겠습니다."

앤더슨의 눈가에는 눈물이 흐르지 않았다. 단상에서 넘어지지 않고 올라가야 한다는 생각뿐이었다. 엄마와 허그를 했다. 엄마가 무슨 말을 했지만 드래프장에 울려퍼지는 환호가 너무 커서 잘 들리지 않았다. 삼촌에게 허그를 하고 존에게도 똑같이 한 다음, 단상으로 천천히 걸어갔다. 눈물이 핑 돌았다.

단상에 올랐다. 티비에서만 보던 밴쿠버 캐넉스 감독과 코치, 단장까지 모조리 서 있었다. 감독과 코치와 악수를 나눈 후, 져지를 입었다. 영어로 표기돼 있는 그의 이름이 이렇게나 멋진 적은 처음이었다.

모든 선수들의 드래프트가 끝난 후 락커룸으로 내려가 사진을 찍었다. 그리고 나서 팀 선수들을 만났다. 먼저 다가온 선수는 페터슨, 스웨덴 선

수였다. 스웨덴어로 대화할지 영어로 대화해야 할지 난감했지만 페터슨이 스웨덴어로 말을 건넸다. 그 다음 선수는 앤더슨이 제일 존경하는 선수인 패트릭 케인이었다. 케인과의 악수는 오래오래 기억될 것이다.

앤더슨은 2번째 시즌 만에 밴쿠버 캐넉스에 부주장이 되었고 좋은 성적으로 이름이 널리 알려지게 되었다. 연말에 열리는 올스타전에도 나가게 되었다. 2019드래프트에서 뽑힌 맥데이빗은 한 시즌을 다 채우지 못하고 팀에서 방출되었다.

앤더슨이 슈퍼스타가 되자, 시카고 블랙호크스 팀에서 계약제의가 왔다. 정장을 입고 매니저 존과 함께 시카고에 있는 사무실안으로 들어갔다. "어서 오게나, 앤더슨". 목소리의 주인공은 전 핼리팩스 무스헤드 감독이었다. 지금은 시카고에 코치로 부임했나보다. 앤더슨은 그의 말에 대답을 하지 않았다. 참을 수 없는 분노감이 올라왔다.

자리에 앉은 앤더슨과 코치는 어색해 했다. 먼저 말을 꺼낸 것은 코치였다. "앤더슨, 그때는 너의 실력은 완벽하지 않았어. 체격도 작았고. 그때로선 너의 안전과 적응을 위해 몇 시즌 더 있다가 가는게 낫다고 결정했지. 근데 네가 슈퍼스타가 된 것이 자랑스럽구나." 앤더슨은 계약을 거절했다.

앤더슨은 브라운이 떠올랐다. 브라운은 뉴욕타임즈 스포츠 편집장이 되었다. 앤더슨과 서로 마음속의 신뢰가 쌓여있다. "브라운에게 말할 거리가 하나 생겼군." 이라고 생각하며 코치에게 말했다. "조만간 유명해지실 거에요."

결국 전 핼리팩스 감독은 신문에 나게 되었고 온 캐나다 국민들이 감독에게 손가락질을 해댔다. 캐넉스 감독은 핼리팩스 감독을 고소했고, 앤더슨은 승소했다.

오랜만에 스웨덴으로 돌아온 앤더슨은 집으로 향했다. 집 복도에 걸려있는 아빠의 사진은 그날따라 더욱더 화려하게 보였다.

복수의 증거

이선효
(소화초 6년)

그 날은 유난히 추웠고 어두웠다 .그래서인지는 모르겠지만 그날 따라 유난히 집에 늦게 들어오는 너를 걱정했다. 아무리 미운 동생이라도 피가 섞인 가족이니 걱정 되는 것은 당연한 것 같았다. 그러던 중 내 핸드폰이 울렸다. 병원 에서 온 전화였다. 좋지 않은 예감이 들어 얼른 전화를 받았다.

내가 너의 보호자 맞냐고 물어 보았다. 나쁜 생각이 내 머리를 스쳤다. 너의 보호자 맞다고 얼른 대답 했다. 건물 옥상에서 떨어져 뇌출혈 이라는 말을 듣고 나는 굉장히 혼란스러웠다. 네가 너무 걱정 되었었기에…나는 얼른 병원으로 달려 갔다. 그리고 나의 세상이 무너지는 얘기를 들었다.

네가 죽었다 하였다. 처음에는 믿지 않았다. 그 다음은 정말 내 세상이 무너졌으니 나도 같이 널 따라 가고 싶어서 울었다. 부모님이 다 돌아가신 우리는 이모의 손에서 자라서 아는 친척도 이모가 전부였다. 너의 장례식에는 많은 사람들이 오지 않았다.

나는 솔직히 말해 너의 장례식을 치루는 동안에도 실감이 나진 않았다. 4년 전부터 멀어 졌던 우리였지만 아직도 언니라 부르며 웃던 어린

시절이 얼마 지나지 않은 나이였다. 장례식 마지막 날의 일이었다. 아직 너의 죽음을 인정하지 못하던 중, 너의 친구라는 아이가 찾아와 죽음의 비밀을 알려주겠다며 연락처를 주고 갔다.

그 이야기를 들은 나는 정신이 번뜩 돌아왔다. 경찰이 이미 단순 실족사로 마무리한 수사였다. 의사의 진단도 다른 상해는 없는 단순히 뇌출혈이 사망의 원인이라고 했다. 이런 이야기를 들었으니 너의 죽음에 큰 의문을 갖지 않았다. 그러던 중 죽음의 비밀을 알려주겠다는 아이의 출현은 혼란 그 자체였다. 장례식이 끝난 후 연락처를 주고 간 그 아이와 만났다. 그가 해준 이야기를 듣고 굉장히 충격을 받았다. 그 아이의 이름은 유리였다. 유리가 해주었던 이야기를 말하자면 내 동생 연정이는 중학교 3학년 때부터 심각한 왕따를 당하고 있었다고 한다.

그 이야기를 듣자 눈물이 나왔다. 중학교 3학년 이면 나와 멀어지기 시작한 시기였다. 아이가 또 말했다. "사실 연정이를 괴롭히기 시작한 아이들은 연정이랑 친했던 아이들 입니다. 그 아이들은 연정이가 자신들의 맘에 들지 않는다고 괴롭히기 시작한 것 이고요."

충격적인 말이었다. 나는 연정이가 왕따를 당하고 있었는지도 몰랐던 언니였다. 내가 심각한 얼굴을 하고 있자 유리는 이렇게 말했다. "연정이는 늘 언니 생각을 많이 했어요. 처음 왕따를 당하기 시작했을 때도 언니가 자신이 왕따를 당하는 사실을 눈치챌 까봐 숨긴 것 같다."는 것이다. "사실 저도 연정이가 왕따를 당하는 줄은 꿈에도 몰랐어요." 라는 그 아이의 말은 혼란을 가중시켰다.

너와는 같은 학교를 다니는 것이 아니었기 때문에 몰랐다는 것이다. 고 1때 연정이의 몸에 상처를 본 후에야 사실을 눈치챘다는 것이다. 연정이가 중3 때부터 왕따를 당하고 있다고 고백했다. "왜 언니에게 이야기 하지 않았냐고 물으니, 연정이는 안 그래도 힘든 언니 더 힘들게 하기 싫다."고 했다는 것이다.

그 말을 듣자 연정이를 죽음으로 내 몬 아이들에게 증오감이 생겼다. 그 아이는 계속 말했다. "언니 연정이를 괴롭힌 애들에게 보복할 생각은 접는 것이 좋을거에요… 저도 그 아이들에게 복수하고 싶었지만 연정이를 괴롭힌 아이들이 꽤 잘 사나 봐요… 그래서 보복 할 방법을 전혀 찾지 못하였어요."

"그래도 언제든 제 도움이 필요하시다면 연락해 주세요."라고 말하고 유리와는 헤어졌다. 일단 알겠다고 대답한 후에 연정이를 죽게 만든 아이들에게 보복을 하기로 결심했다.

집에 와서 다시 한번 생각해보니 나는 여전히 연정이의 대해 아는 것이라고는 없었다. 그 아이가 무엇을 좋아하는지 또 어떤 친구들 이랑 같이 다녔는지... 나는 여전히 연정이 에 대하여 아는 것이 없었다. 그러던 중 내 눈에 들어 온 것은 연정이의 유품 중 하나인 핸드폰 이였다.

연정이가 건물에서 떨어 질 때 핸드폰은 가방에 있었던 것이기 때문에 멀쩡히 있었다. 핸드폰을 다급히 켜본 후엔 울 수 밖에 없었다. 연정이의 배경화면은 부모님이 돌아가시기 전 마지막 가족사진 이였다. 분명 사진 속의 연정이는 그 누구보다 해맑게 웃고 있었는데...그 웃음을 다시 볼 수 없다는 사실이 더 슬프게 했다. 한동안 서럽게 운 후, 다시 정신을 차리고 연정이의 핸드폰을 켰다. 비밀 번호가 걸려 있기에 연정이의 생일을 한번, 부모님의 생일도 한 번, 그리고 마지막으로 내 생일도 한번 눌렀다. 연정이가 늘 나를 생각한다는 것을 보여주듯이 비밀번호는 내 생일 이었다. 더욱 서글퍼 졌지만 울면 연정이가 슬퍼 할 것 같아 더 이상은 울지 않기로 다짐했다.

울음을 꾹 참고 핸드폰을 자세히 살펴보는데, 메서지 함의 메서지를 봤다. 그러던 중 연정이가 '알 수 없음'이라는 사람에게 협박 문자를 받은 것을 알게 되었다. 주기적으로 치밀하게 연정이를 괴롭힌 내용이었다. 또한 '알 수 없음'이라는 사람은 1명이 아니라 3명이서 번갈아 보

내왔다. 또 연정이는 그 '알 수 없음'이 누구 인지 아는 것 같았다. 나는 '알 수 없음'이 누구 인지 알아야 했다. 연정이의 페이스 북에 들어 가자 마지막 사진은 연정이를 포함하여 4명이서 찍은 사진 이었다.

나는 곧장 SNS에서 연정이와 같이 사진을 찍은 친구들이 누구 인지 찾아보기 시작하였다. 그 아이들의 SNS을 찾아 들어 가보니 연정이와 찍은 사진은 굉장히 많았다. SNS는 1년 전이 마지막 게시물 이었다. 마지막으로 올린 사진에도 연정이는 웃음을 지으며 그 아이들과 웃고 있었다. 하지만 나는 그 아이들이 연정이를 왕따시키는 것 같았기 때문에 더 찾아보기 시작했다. 그러던 중 충격 적인 사실을 알게 되었다.

연정이와 같이 사진을 찍은 그 아이들에 대하여 조사를 위해 핸드폰 업체에 알아보니 '알 수 없음'의 전화번호가 같은 번호였다. 나온 전화번호로 전화했지만 없는 번호라고 나왔다. 굉장히 실망하여 지푸라기 라도 잡는 심정으로 연정이의 중학교를 찾아갔다. 연정이의 3학년 담임 선생님은 연정이의 죽음을 알지 못하셨다. 연정이는 모두와 다 잘 어울려서 딱히 왕따 라는 것을 당한 기억이 없다고 말씀하셨다. 그 이야기를 듣고 나니 연정이를 괴롭힌 아이들이 치밀하고 악독하다는 생각이 들었다.

또한 연정이의 고등학교를 찾아가 보아 이야기를 나누었는데 연정이는 친구들과의 관계도 좋고 성적도 좋은 학생이었다는 것이다. SNS의 사진을 보여 주면서 이런 아이들이 학교에 다니냐고 물어보니 한명은 고등학교 2학년때 전학을 갔고 다른 2명은 유학을 갔다고 한다. 그 이야기를 들은 나는 의구심이 들었다. 과연 연정이가 학교에서 왕따를 당한 것이 맞는 사실 일까? 또한 연정이가 죽은 그 당일은 학생들은 모두 야간 자율 학습이 있는 날이라 학교에서 나가지 않았다고 한다.

그럼 누가 도대체 누가 연정이를 괴롭힌 것인가. 사실 그날 유리가 하였던 이야기 중에 연정이가 옥상에서 떨어진 그날은 그 건물 옥상에서 누군가 밀쳐서 떨어진 것 같다고 하였다. 연정이의 중학교와 고등학교를 다녀온 다음날에 바로 연정이가 떨어진 옥상을 가보았다.

현장에는 여러 정황의 물건들도 있었다. 설마, "이런 물건으로 연정이를 때린 것은 아니겠지." 하지만 마음은 찢어지는 듯했다. 건물 관리인에게 혹시 옥상에는 CCTV가 있냐고 물었더니 화질이 좋지 않아 얼굴은 보이지 않는다고 했다. CCTV에는 연정이를 포함해 5~6명 정도의 사람들이 우르르 몰려와 한명의 여학생을 구석으로 몰았다. 내가 생각하기에는 구석에 몰렸던 여학생이 연정이처럼 보였다. 나머지 무리에는 물론 여학생이 더 많았지만, 남학생도 2명정도 보였다. 그 이후로 연정이에게 돌멩이를 던지고 침을 뱉는 등 끔찍한 짓을 저질렀다. 연정이가 간신히 일어서자 난간으로 몰고 가서 밀어버리는 모습이 나왔다. 그 장면을 보니 도저히 분노를 참을 수가 없었다.

파일을 USB에 넣고서 CCTV의 화질을 조금이라도 좋게 하기 위해 업체에 보냈다. 업체에 보낸 이후 나는 거의 넋이 나간 사람처럼 살았다. 업체에 보낸 USB의 사진판독 결과를 보고 아뿔사, 연정이를 괴롭힌 학생들의 얼굴을 보자 놀랄 수 밖에 없었다. 건물에서 연정이를 떨어트린 아이가 유리였다.

굉장한 배신감에 온몸이 떨렸다. 화면에 나오는 아이들의 얼굴도 장례식에 왔었다. 뻔뻔스럽게도 슬프게 울던 아이들이다. 나는 이 증거와 '알 수 없음'의 협박 문자를 가지고 유리와 만남을 가졌다. 내가 이 증거들과 '알 수 없음'의 협박 문자를 보여주자 유리는 예상외로 순순히 자백했다.

그 자백의 녹음화일과 앞선 증거들을 첨부하여 살인죄로 고소했다. 유리를 비롯한 아이들은 모두 무기징역을 선고 받았다. 재판에서 아이들이 자신에 맞는 죄 값을 받는 것을 보고 나온 날, 그날은 유난히도 날씨가 맑았다.

다시는 연정이와 같은 억울한 죽음이 방치되거나, 발생하는 일은 없어야 한다. 죄를 지으면 엄중한 처벌을 내리는 것, '사람이 먼저'인 세상이다.

마법의 참고서

김영현
(새빛초 6년)

1장, 뭔가 냄새가 나

나는 평범한 아니, 조금 멍청한 5학년 초등학생, 그러니까 다시말해 초딩이다. 오늘도 기대하진 않았지만 어김없이 수학시험을 30점 맞았다. 야 신재호! 어디가냐? 이쪽은 우등생이라 할 수 있는 같은 반 친구 아니, 나의 원수 신재호다.

오늘도 잘난 척을 할 줄 알았는데 오늘은 심각한 얼굴로 나를 쳐다보면서 말하기를 "나 점수가 떨어졌어!" "몇점인데?" 내가 말했다. 재호는 머뭇거리더니 말했다 "50점이야." "너 지금까지 90점 이하로 떨어진 적이 없잖아!" "어, 이번에 공부가 부족했나봐." 키득키득키득 내가 속으로 웃었다. "잘 가~!" "그래, 너도 잘 가"

재호와 인사를 마친 나는 생각했다. "저 녀석 뭐지? 점수가 90점 이하로 내려간 적이 없었는데, 특히 수학은 지금까지 100점만 맞아 왔잖아." 그 문제에 대해 계속 생각하며 걸었지만 답은 떠오르지 않았다. 그런데 문득, 앨리베터에서 내리는 순간, 하나의 생각이 뇌리를 스쳤다. "만약 시험지의 답을 알고 있었다면 가능할지도?" 말도 안되는 소리다. 시험지 답을 미리 알고 있었을 수가 없었다. 만약 내 생각이 사실이라면 시험지 유출이라는 건데, 말이 되지 않는다. 나는 왜 이런 생각만 하지?

2장, 딱 걸렸어

오늘은 중간고사 날이다. 국·수·사·과 4과목을 보는데, 나는 공부를 한 과목도 하지 않았다. 어제 밤새 '배틀홈'이라는 게임만 했다. 오늘 시험은 망했다. 그냥 시험 시간에 잠이나 잘까? 나는 이런 생각도 해 보았지만 그러면 0점이다. 그러면 난 엄마한테 죽을 거다. 50점 이상이 나오지 않더라도 0점은 아니다.

시험을 보고 난 다음날, 시험 결과가 나왔다. 시험 결과는 참담했다. 4과목 평균이 50점을 넘기지 못했다. 재호는 시험을 잘 보았을까? 재호를 보니 재호는 전에 봤던 단원평가보다 얼굴색이 좋지 않아 보였다. "야, 너 시험 잘 봤냐?" 내가 물었다. 재호는 "망했다."고 말했다. 어떻게 4과목 평균이 20점을 못넘긴거지? 4과목 평균이 20점을 못 넘겼다니, 나보다 심각했다. "야, 신재호, 너 뭐 있지?"

재호는 당황한 목소리로 "아니, 무슨 소리야 내가 뭐가 있다고!" "너, 솔직히 얘기해라, 쌤한테 이르기 전에!" "무~ 무, 무슨소리야?" 재호는 황급히 집으로 도망가듯이 뛰쳐나갔다.

집으로 오는 길에 쓰레기장에 있는 버려진 참고서들이 모여 있는 곳이 있었다. 나는 그냥 궁금해서 다가갔는데, 그곳에 상태가 그다지 나쁘지 않은데 이름은 다 지워져서 보이지 않는 참고서가 있었다. 100쪽 정도 되어 보이는 참고서였는데, 다 빈 종이였다. 나는 이면지로 쓰려고 집에 가져갔지만 엄마가 이런 고물을 왜 가져왔냐며 참고서를 던져 버렸다.

3장, 신재호 박멸 작전

오늘 학교에 갔을 때 신재호는 심각한 얼굴로 멍을 때리고 있었다. 나는 재호에게 가서 성적의 비밀을 물어볼 생각이었다. 내가 다가가자 재호는 황급히 화장실로 가 버렸다. 재호는 화장실에 있다가 수업이 시작하기 직전에 교실로 들어왔다. 쉬는 시간에도 내가 다가가면 화장실로 가 버렸다. 하교 할 때에도 무슨 일이 있다며 집으로 가 버렸다. 무슨 일이 있는 걸까?

그 녀석은 학원을 하나도 안 다니기 때문에 시간이 텅텅 비는데 말이다. 내가 원하는 것을 얻지 못했지만 정보 하나는 얻었다. 바로 뭔가가 있다는 것이다. 성적이 좋았다가 나빠졌다는 것은 무엇인가 있었다가 없어졌다는 소리고, 그렇게 숨기려 한다는 것은 엄청나게 큰 문제라는 뜻이다. 나는 작전을 세우며 밤을 세웠다.

4장, 작전 개시

오늘 학교에 가서 신재호의 비밀을 알아볼 생각이었다. 그러기 위해서 친구 승윤이를 특별섭외 해놨다. 신재호가 화장실에 가면 못들어 가게 할 것이다. 역시나, 내가 다가가니 신재호는 화장실로 가 버렸다. 하지만 역시나 다시 교실로 왔다. 2000원을 투자한 보람이 있었다. 신재호가 오자마자 나는 그 녀석에게 거짓 질문을 했다. "니, 성적의 비밀을 다 알았다. 그리고 넌 신기록을 세우게 될 것이다." "뭐라고? 무슨소리를 하는 거야?" "너는 초등학교 회장 최초로 탄핵될 것이다. 바로 부정행위 덕분에 말이다!" 이렇게 말하면 당황할 줄 알았지만 신재호는 웃으며 나에게 얘기했다.

"너, 유치원생이냐? 무슨 말도안되는 소리를 하고있어? 뭐, 부정행위면 시험지 유출이냐? 너도 알지? 선생님은 시험지 집에서 만드시는

거. 그리고 시험지 시험보는 당일날만 가지고 오시잖아. 그런데, 뭐? 부정행위?" 재호는 콧웃음을 치며 자리로 갔다. 2000원만 버린 셈이 되었다. 응 종이 쳤잖아? 으아악! 자리에 못 앉았다! 오늘은 꼼짝없이 청소에 걸렸다.

5장, 마법의 참고서

청소라니, 학교를 5년 다니며 청소한번 안한 나인데, 오늘 청소에 걸렸다. 물론 작전은 실패했지만, 플랜 B가 있다. 자신의 시험 성적이 떨어진 후에 재호는 웬만한 친구와는 말을 잘 하지 않았다. 하지만 유일하게 말을 하는 친구가 있었으니, 그 녀석이 도윤이다. 그런데, 도윤이도 오늘 청소에 걸렸다. 평소에 가는 집 방향이 정반대라 얘기를 자주 안하는 친구였다.

그 녀석은 신재호와 사이가 좋았기 때문에 그 녀석의 비밀을 알 수 있을지도 모른다. 나는 도윤이에게 물었다. "신재호 요즘 성적이 떨어지는데, 그 이유를 아니? 그럼. 알지. 알려줄 수 있니?" "어." 도윤이가 대답했다. "진짜?" "너, 재호하고 사이 괜찮겠어?" "그 녀석하고는 이제 사이 나빠." "뭐? 도대체 왜?" 내가 물었다. "아, 그것도 이 이야기랑 관련이 있어. 바로 마법의 참고서지." "뭐? 마법의 참고서라고? 그게 뭐야?" "응, 아주 오래된 참고서인데, 원래 이름은 국수사과 필수 참고서야. 그런데 그게 신재호 성적이 나빠진거랑은 무슨 상관이야?"

내가 한 2달 전쯤에 재활용 쓰레기를 버리다가 종이류에서 엄청나게 낡아 빠진 국수사과 필수 참고서를 발견했다. 마침 참고서를 잃어버렸는데 새로 사기엔 너무 비싸서 필수 참고서를 가져왔다고 한다. 집에 가서 책장을 넘겨 보니까 교과서 과정이 들어 있는거는 국수사과 한 면씩 2쪽밖에 없었다는 것이다. 한 100쪽가량은 그냥 백지였다는 것이다.

너무 궁금해서 급하게 물었다. "정말 아무것도 없었어." 글자는 없었다는 것이다. 맨 앞에 있는 경고문이 있었다는 것인가. 그 경고문에는 '이 참고서를 사용한다면 초등학교 1학년때 배운 것만 알게 됨. 이참고서는 언제 사용해도 좋지만 수능 전에 소멸됨.' 이라고 적혀 있었대.

다시 급하게 물었다. "그 참고서랑 신재호가 공부를 잘했다가 갑자기 못하게 된 거랑은 무슨 상관인데?" "아, 그 참고서가 우리가 치룬 시험의 답을 알려주거든." 그 고물 같았던 참고서의 용도가 나왔다.

6장, 이래도 되는거야?

나는 바로 달려갔다. 멀리서 도윤이의 목소리가 들려왔다. 뭐라고 소리치는 것 같은데 나는 바로 집으로 뛰어갔다. 집에 들어와 던져 놓은 마법의 참고서를 열어보았다. 앞에는 역대 사용자인것 같은 사람들의 이름이 한자로 적혀 있었다. 책이 빛나더니 내 이름이 써졌다. 책이 혼자서 펼쳐지더니 마지막 페이지에 멈췄다. 그곳에는 내가 내일 봐야 할 단원평가 재시험지가 있었다. 나는 평균이 50점 미만이라 내일 보는 단원평가 재시험 대상자이다. 나는 저녁을 먹고 시험지의 답을 외웠다. 전부 객관식이라 외우기 쉬웠다.

7장, 진짜 마법

오늘은 시험을 본다. 나는 답을 다 외웠기 때문에 100점을 맞을 자신이 있었다. 그렇게만 된다면 나는 영광과 용돈을 받을 수 있다. 비록 재시험이긴 했지만 단 두 명만이 예외인 재시험이다. 아직까지 100점은 나오지 않았기 때문이다. 종이 울렸다. 그런데 어찌된 일인지 재호가 보이지 않았다. 그때 선생님이 무언가를 이야기하셨다. 재호가 전학을 갔다는 것이다.

어수선한 분위기 속에서 시험을 보았다. 그런데 웬걸, 문제는 참고서에서 봤던 문제들이 아니었다. 공부를 하나도 하지 않았던 나는 결국 시험을 망치고 말았다. 이 기상천외한 이야기는 내가 초등학교 5학년때 겪었던 일이다.

이 글을 쓰고 있는 나는 우리나라 최고의 대학에 들어간 나, 김현석이다.

작가(?)의 말

여러분은 생각하지 못했던 결말일 겁니다. 이 이야기속에 나오는 재호는 마법의 참고서에 대해 현석이에게 알려주고 전학을 갑니다. 완전 의도한 것처럼요. 현석이는 마법의 참고서가 주는 교훈을 깨닫고, 대한민국 최고의 대학에 들어가게 됩니다. 마법의 참고서의 뜻과 교훈을 한번 생각해보세요. 마법의 참고서의 뜻과 교훈을 생각하면서 책을 한번 더 읽으면 더 좋겠죠?

아침소리

시계가 따르릉
이불 펼치는 소리와 짜증내는 소리
빵빵 경적 소리
크디 큰 종소리
지각이라며 혼나는 소리
책장 넘기는 소리
이게 바로 흔한 아침 소리

진정한 우정, 《샬롯의 거미줄》을 읽고

편은 아침에 일찍 일어나 죽을 뻔한 돼지를 살리고 키운다. 하지만 돼지는 편의 삼촌인 주커만에게 간다. 윌버는 그곳에서 거미 샬롯을 만나 크리스마스에 햄이 될 윌버를 지키기로 마음을 먹고, 거미줄에 '근사해' 등의 글자를 써 놓는다. 윌버는 품평회장에서 상을 받아 살아난다. 하지만 샬롯은 품평회장에서 알을 낳고 죽는다.

책은 우정에 관한 책이다. 친구 윌버를 살리기 위해 힘을 내서 '근사해' 등의 글자를 힘들게 짜낸다. 윌버가 품평회장에 가서 어떻게 해야할지 알려주기 위해 힘든 몸을 이끌고 품평회장까지 간다. 하지만 힘에 부쳤는지, 그곳에서 알을 낳고 죽고 만다. 책을 다 읽었을때 조금 찔렸다. 나는 친구를 챙기기는커녕 골탕만 먹이기 때문이다. 앞으로는 "친구에게 잘해줘 겠다." 하는 생각이 들었다.

내가 만약 등장인물이 될 수 있다면, 샬롯이 되고 싶다. 샬롯이 되어서 품평회장에 가지 않고 남아서 체력을 보충했을 것이다. 그러면 차라리 진을 다 빼지 않아서 윌버와 더 많은 시간을 보낼 수 있었기 때문이다. 책을 읽고 운 적은 이 책이 처음인데 그만큼 감동스러웠고 그간의 행동을 되돌아 볼 수 있었기 때문이다.

마지막으로 내가 생각하는 진정한 우정이란, 간단하다. 친구가 힘든 일이 있을 때 도와주고 공감해주는 친구이다. 공감을 해주기 위해 노력하는 친구 말이다.

민주주의와 투표는 선택이 아닌 의무, 《초콜릿 레볼루션》

《초콜릿 레볼루션》은 국민의 건강을 생각한다. 그 이유로 정부는 초콜렛을 포함한 단 음식을 먹는 것과 판매를 금지한다. 정부는 바로 국민이 선택한 정부이다. 주인공 스머저와 헌틀리 등은 국민이 선택한 정부일지라도 부당한 결정을 한 정부에 대항해 혁명을 일으켜야 한다고 생각하고 행동에 옮긴다.

책은 자유와 투표의 중요성에 대해 설명한다. 초콜릿이 의미하는 것은 자유이다. 국민들이 선택한 정부가 초콜릿을 먹는 것과 판매를 금지한다는 것을 바꾸어 생각해 본다. 초콜릿을 먹을 수 있는 것을 막는다는 것은 자유를 억압하는 것이다.

새로운 것은 아니지만, 자유의 중요성을 느꼈다. 초콜릿을 먹는 것과 파는 것을 금지한다는 것이 굉장히 끔찍하다고 생각했는데, 초콜릿을 자유라고 생각하니 더 참담하게 느껴졌다. 지금 이렇게 자유를 누리며 사는 것이 얼마나 소중한 것인지, 자유를 위한 싸워 온 분들에게 감사한 마음이다.

처음 책을 읽을 때는 투표의 중요성에 대해서 따로 생각하며 읽지 않았다. 투표에 무관심한 사람들, 누가 되든 똑같다고 여기는 사람들 때문에 이런 상황이 발생했다고 생각하니 투표가 얼마나 중요한지 알 수 있었다. 책 선택의 기준은 흥미와 호기심이 반영된다. 그런 의미로 본다면 《초콜릿 레볼루션》은 적절한 선택이었다.

투표와 자유에 대해 설명한 책을 읽어 본 적이 없어서 새로웠다. 혁명을 준비하는 과정은 긴장감이 넘치는 과정이 많았다. 예를 들면 초콜릿을 몰래 사는 장면이나 몰래 초콜릿 파티를 열 때 경찰이 들이닥치는 장면이다.

마지막에는 악의 무리(?)이며 권력의 발상지이자 약점인 방송국으로 처들어가는 장면이 재미있었기 때문이다. 악의 무리를 무찌르러 가는 영웅과 여기에 맞서는는 악당의 싸움이 흥미로웠다. 책을 읽고 나니 자유와 투표, 민주주의의 가치에 대해 새롭게 느껴졌다.

장은채
(소화초 6년)

친구라면, 우리들처럼

Chap 1. 평범한 일상

"야! 빨리 안 일어나! 너 학교 안 갈 거야?"

엄마는 다시 한 번 내 엉덩이를 찰싹 때렸다. 결국 나는 마지못해 침대에서 끌려 나와 대충 세수를 했다. 알람이 계속해서 울려대도 깨지 않는 바람에 항상 이른 아침을 맞이하는 건 소리에 민감한 엄마였다. 엄마가 해준 아침밥을 후딱 먹고 집을 나섰더니 내 단짝, 미르가 아파트 정문에서 나를 기다리고 있었다.

"미르! 많이 기다렸지? 미안;; 오늘 늦잠을 자서… 히히"

"아, 괜찮아! 나도 오늘은 배가 아프길래 약 먹고 나오느라 조금 늦게 나왔거든. 한 3분? 밖에 안 기다렸어. 빨리 가자, 춥다."

우리는 수다를 떨면서 학교로 향했다. 나는 두꺼운 페딩 안에 편한 운동복을 입었는데, 바로 줄넘기 오래 뛰기 대회에서 잘하기 위해서였다. 미르도 나랑 운동하러 갈 때마다 입던 츄리닝을 입고 있었는데, 나는 마음속으로 꼭 이번에도 1등을 하고 말겠다고 마음먹었다. 학교에 도착하니 먼저 와있던 친구들이 반갑게 인사를 해 주었다.

"민하는 오늘 줄넘기 대회 우승하려고 운동복 입고 온 거야? 잘 어울린다!"

"이번에도 민하가 당연히 1등 하겠지~ 작년에도 1등 했잖아. 뻔한 거 아냐?"

이런 친구들의 말에 나는 어떻게 반응 해야 할지 몰라 가만히 있다가 말했다.

"에이~ 그건 모르지~ 이번에는 애들 다 열심히 준비하는 것 같던데? 그래도 고마워~! 너희들 밖에 없다."

물론 이렇게 아무렇지 않은 척 말하기는 했어도 그런 말을 들으면 들을수록 부담감은 커져만 갔다. 드디어 대망의 2교시 체육시간. 나는 몸을 풀고, 줄넘기의 길이도 조정한 후 심호흡을 크게 3번 했다. 체육 선생님의 카운트다운 소리가 들리고, 댕~ 소리와 함께 우리는 힘차게 줄을 돌리기 시작했다. 처음에는 아이들 모두 폴짝폴짝 열심히 뛰는 듯 했지만, 시간이 지날수록 탈락되는 아이들이 늘어났다. 나는 이 대회가 정신력 싸움이라는 것을 잘 알고 있었기 때문에 시간이 갈수록 더욱 더 집중했다. 몇 분 후에는 결국 나와 미르만이 남았다. 친구들은 조민하와 강미르를 번갈아 외치며 응원해 주었다.

힘든 사투 후, 결국에는 내가 이겼다. 아이들은 달려와 지칠 대로 지친 나를 축하해주었다. "역시 민하야!! 다 잘한다니까!" "넌 못하는 게 뭐야? 나는 아무리 노력해도 안되던데… 민하 너는 조금만 해도 잘하네. 부럽다!!"

나는 기분이 좋기도 했지만 한 편으로는 조금 찜찜했다. 아이들은 나를 몰랐다.

Chap 2. 기말고사

시험이 얼마 남지 않았다. 나는 중간고사 성적을 유지하기 위해 눈에

불을 켜고 공부했다. 물론 집에서만 말이다. 시험 때까지 남은 시간인 일주일 동안, 나는 교과서를 달달 외우고 문제집을 여러 권 풀면서 누구보다도 노력했다. 평소에 칭찬을 잘 하지 않던 엄마도 이번만큼은 내 어깨를 툭툭 치며 격려의 말을 건넸다.

"조민하, 남은 시간 동안 집중해서 이번 시험도 잘해보자!"

기말고사 D-day. 나는 평소보다 조금 더 빨리 일어나 학교로 서둘러 출발했다. 나 밖에 없는 교실에서는 내가 역사 연도를 외우는 소리 밖에 안 들렸다. 1교시 시작을 알리는 종이 울리자, 나는 내가 시험 때마다 쓰는 샤프와 지우개를 책상에 남겨두고 혼자 또 심호흡을 했다.

1교시, 2교시, 3교시… 모든 시험이 끝나자, 마음이 꽤 홀가분 해졌고, 나는 친구들과 함께 답을 맞춰보았다. 친구들은 다 헷갈렸던 문제들을 나와 비교했고, 나는 그게 부담스럽기도 했지만 한편으로는 으쓱했다.

시험 결과가 나오던 날, 내 성적표에 모든 아이들의 시선이 쏠렸다. 제일 먼저 확인한 건 등급이다. '1' 난 이걸 보고 안심했다. 그 다음은 점수이다. 97, 100, 98, 100, 100. 뒤에서 보고 있던 내 친구들이 탄성을 자아낸다. 난 스스로가 뿌듯해서 슬쩍 미소를 짓고 주먹을 꽉 쥐었다. 나는 내일 친구들과 함께 로버랜드에 가기로 했다. 우리는 다 같이 설렘으로 가득 차 수다를 떨었다.

Chap 3. 로버랜드

야호~ 이게 도대체 얼마만의 놀이공원인가! 아이들은 성적은 잘 안 나왔지만, 어쨌든 시험이 끝났으니 그냥 즐기자는 마음으로 신나 있었다. 우리는 개장 문이 딱 열리자마자 기념품 샵으로 뛰어들어갔다. 나, 미르, 윤서, 희윤, 아민, 지원 이렇게 6명은 서로서로 귀여운 머리띠를 씌워주면서 웃어댔다. 그렇게 한참을 고르다가 우리는 결국 조그만 미니 판다가 달려있는 머리띠를 샀다. 오랜만에 친구들과 함께 놀러 가 같이 커플 머리띠도 샀다고 생각하니 너무 기분이 좋았다.

그 다음에는 대기시간이 짧은 바이킹을 타러 갔다. 나는 바이킹이 정말 무서웠지만, 한 번 도전해보리라 마음을 먹고 대기 줄에 섰다. 놀이기구를 잘 못 타는 아민이와 미르도 왜인지는 모르겠지만 신이 나있었다. 아이들은 요즘 유행하는 곡을 부르면서 막춤을 춰댔는데, 혼자 심각하던 나도 결국에는 웃음을 터트리고 같이 추기 시작했다. 하지만 우리 차례가 되어 딱 탑승을 하니 갑자기 나는 내리고 싶어졌다.

"지금이라도 내리시고 싶으신 분은 머리 위로 번쩍 X자를 그려주세요~ 저희가 기구 운행 중에는 멈추는 것이 매우 어렵습니다!"

나는 이미 마음속으로는 제일 큰 X자를 그리고 있었다. 하지만 나는 그러지 않았다. 내 약한 모습을 아이들에게 보여주고 싶지 않았으니까. 아이들 생각 속에 모든 걸 잘하는 나로 기억되고 싶었으니까. 내가 잘하는 '괜찮은 척'. 힘들다는 것을 표현하기보다는 괜찮다고 가장을 하는 것이 훨씬 나았다.

이런 생각을 하다 보니, 어느새 바이킹은 서서히 움직이기 시작하고 있었다. 나는 다시 즐거운 표정을 지었다. (나는 이런 허위 표정을 삐에로 탈이라고 부른다.) 바이킹은 하늘 꼭대기까지 올라가는 듯 했다. 슈우웅~ 나는 너무나도 무서웠지만, 안전 레바를 꼭 잡고 참았다.. 참 길었던 2분, 나는 기진맥진하여 출구를 향해 걸어갔다.

우리는 바이킹을 타고 난 후 기분을 내기 위해 오락실로 뛰어갔다. 농구 게임, 하키 게임, 마리오 게임 등 내가 좋아하는 게임이 잔뜩 널려 있었다. 나는 신이 나서 일단 내가 제일 좋아하는 하키 게임을 미르와 같이 했다. 나는 원래 하키 게임을 정말 못했지만 몇 년 전 아이들에게 잘하는 모습을 보여주기 위해 정말 열심히 연습했던 적이 있었다. 그

후로 나는 하키 게임을 정말 잘하게 되었고, 아이들은 나를 부러워했다. 나는 언제나 말했다.

"나도 내가 이거 왜 잘 하는지 모르겠어." 모르긴. 잊고 싶은 거겠지. 내가 기억하고 싶지 않은 것들을. 어쨌든 나는 다시 밝게 웃으며 친구들과 함께 게임을 즐겼다.

오락실의 재미가 차츰 시들해지자, 우리는 가장 핫! 플레이스라고 할 수 있는 R-익스트림을 타러 갔다. 역시 처음 도전해 보는 거였지만, 타기가 정말 싫었지만, 나는 내 삐에로 탈을 단단히 붙잡고 대기줄에 붙었다.

2시간의 기다림 끝에 드디어 나는 초록 기차에 탑승했다. 사실 요 몇 달 간 친구들과 로버랜드에 가게 되면 R-익스트림을 당당하게 잘 타기 위해서 유튜브로 코스나 영상을 다 찾아보았었다. 하지만 아뿔싸, 이런 나의 행동은 그냥 나의 두려움만 더 커지게 할 뿐이었다. 어쨌든 나의 약한 모습은 아이들에게 절대 보일 수 없었으므로 나는 한껏 기대하는 척하며 무겁디 무거운 발을 들어 억지로 방방 뛰었다.

R 익스트림은 출발했으니 절대 다시 멈추지 않을 것 이다. 나의 심장은 터져나올 듯이 쿵쾅거렸다. 슬쩍 옆쪽을 보니 무시무시한 코스가 나를 기다리고 있었다. 정말 미칠 같았다. 나는 정말로 울고 싶었지만, 그냥 딱 몇 초만 버티자는 생각으로 눈을 꼬옥 감고 떨어질 준비를 했다.

앞에 탄 사람들의 비명 소리가 먼저 들린다. 0.5 초 후, 나도 똑같이 익룡이 된 마냥 소리를 지르기 시작했다. 옆에 있는 미르가 내 손을 꼭 잡았다. 떨어지는 시간이 너무나도 길게 느껴졌다. 왜 안끝나지? 나는 슬며시 질끈 감았던 눈을 떠 보았다. 아니 근데 이럴 수가. 내 눈 앞에는 믿을 수 없는 광경이 펼쳐져 있었다.

Chap 4. 삐라미 나라

나는 아직도 내가 보았던 것을 믿지 못했다. 분명히 방금 전까지 타고 있던 R-익스트림은 온데간데 없고, "삐라미 나라"라고 삐뚤빼뚤하게 적혀진 어떤 큰 문만이 나를 막고 있었다. 나는 몇분 동안 계속 얼얼해서 입을 떡 벌리고 우뚝 서 있기만 했다. 그때, 어떤 안내방송이 들렸다.

"삐라미 나라에 오신 것을 환영합니다! 모든 고민, 모든 스트레스. 다 풀어드립니다! 삐에로 탈을 쓰고 계신 분이라면 모두들 대환영이에요! 우리 삐라미 나라의 모든 문의 암호는 SAD이니, 출입을 원하신다면 문 앞에 대고 암호를 크게 3번 외쳐주세요!"

나는 잠시 머뭇거렸다. 하지만 이 기회는 쉽게 다시 찾아올 것 같지 않았고, 고통 받고 있었지만 내색 한 번 하지 못했던 나에게 안성맞춤일거라는 생각이 들었다. 나는 주먹을 불끈 쥐고 문 앞으로 몇 발짝 더 다가가 외쳤다.

"SAD, SAD, SAD!" 문이 덜컹 열렸다. 일단 들어가자마자 보였던 것은 우울해하는 사람들, 통곡하고 있는 사람들, 소리내지 않고 하염없이 눈물을 흘리고 있는 사람들이었다. 순간 우뚝 섰다. 너무 혼란스러웠지만, 더 들어가 보기로 했다.

조금 더 가다 보니 접수대가 보였다. 그리고 흘러나오는 안내 방송. "번호 표를 뽑고 대기해주시면 최대한 빨리 여러분을 맞이해 드리겠습니다."을 듣고 나는 번호 표를 뽑으러 갔다. '1000490'. 아! 이렇게나 많은 사람이 기다리고 있던가! 나는 충격을 받고 대기라인에 앉아 기다렸다. 2시간 후, '조민하 손님, 조민하 손님은 고통 게이트 38번 입구로 가주시기 바랍니다.' 라는 방송이 흘러나왔다. 나는 그 곳으로 허겁지겁 달려가 38번 입구에서 기다리고 있던 직원에게 다가가 번호표를 건

넸다. 그 예쁜 언니는 나를 힐끗 보더니 이렇게 말했다.

"조민하 손님, '고통을 덜어줘' 미끄럼틀을 타고 쭉 내려가시면 손님을 위한 맞춤치료법이 기다리고 있을 겁니다. 바로 내려가 주세요." 나는 기대에 부풀어 어두운 미끄럼틀 속으로 쏙 들어갔다. 씨이잉- 이 미끄럼틀은 정말 길었다. 중간 중간 조금 무섭기도 했다. 나는 그렇게 많은 생각을 담아둔 채 계속해서 내려갔다.

Chap 5. 맞춤치료법

쿵. 드디어 나는 어딘가로 도착했다. 귀여운 강아지가 의자에 앉은 채 나를 쳐다보고 있었다. 그 강아지는 깔끔한 정장을 입고 있었고, 조그마한 이름표에는 '강지아' 라고 쓰여있었다. 나는 그녀의 손짓대로 옆에 있는 푹신한 의자에 자리를 잡고 앉았다.

"안녕하세요 조민하 양! 저는 강지아라고 해요. 저에게 어떤 고민이던 다 털어놓아 주세요! 저희 삐라미 나라의 치료사들은 비밀보장을 제1원칙으로 삼으며 맞춤치료가 끝난 후에는 모든 흔적들을 없앤답니다. 말하시기 힘드시면 생각을 읽을 수도 있으니 결정해주세요."

그 강아지, 아니 강지아 직원 분께서 친절히 말했다. "아, 말로 하자면 사실 힘들어요. 제가 생각하는 것을 읽으실 수 있다면, 읽으시면서 궁금한 점을 물어보시는 건 괜찮으신가요?"

나는 애써 웃으면서 말했다. "네! 물론이죠! 저희가 이 프로젝터를 통해 당신의 생각을 그대로 영상화해서 보여드릴 수 있어요. 그럼 이제 본격적으로 이야기를 시작해 볼까요? 아, 그리고 시작 전 한 가지 말씀드리자면, 이제부터는 원래의 모습을 그대로 드러내셔도 좋아요. 삐에로 탈은 잠시 벗어두시고요."

나는 마음 속에 두껍게 씌워져 있던 내 삐에로 탈을 벗었다. 기분이 꽤 묘했다. 순간 나는 프로젝터에 비춰진 내 모습을 보고 흠칫 놀랐다. 세상 모든 근심과 걱정을 짊어진 듯 한, 그런 우울한 표정과 축 처진 어깨는 나의 마음을 더욱 더 짓눌렀다. 갑자기 울컥하며 내 앞에 있는 강아지에게 모든 걸 털어놓고 싶어졌다.

이런 생각을 하고 있는 동안, 강지아 상담원은 내 학교 생활부터 시작해 학원을 죽살나게 다니는 것, 그리고 집에서 혼자 괴로워하는 것을 찬찬히 프로젝터를 통해 비춰진 스크린으로 보고 있었다. 나는 그 강아지가 맞춤치료를 제대로 할 수 있게 줄넘기 대회나 기말고사 등의 사건들을 떠올리며 강아지의 표정 변화를 관찰했다.

내가 인라인 스케이트 대회를 준비하는 장면도 나왔었다. 나는 그 전국 대회를 위해 꼬박 4달을 힘들게 훈련해 왔었다. 근력 운동, 순발력 운동, 체력 훈련 등 여러 독한 훈련을 받으면서 많이 울기도 했고, 그만두고 싶었을 때도 많았다. 제대로 하지 못했을 때는 선생님의 너무나도 아픈 딱밤과, 기록이 잘 안 나왔을 때의 벌은 정말 상상하기도 싫었다.

학교 친구들은 내가 인라인 스케이트 대회를 준비한다고 했을 때 '오 재밌겠다!' '일등하고 와~!' 등의 멘트로 나를 격려해 주는 척 했지만 그들의 응원에는 진심이 담겨있지 않았다. 미르만이 내게 다가와 어깨를 토닥여 줄 뿐이었다. 나는 그들 앞에서 인라인 스케이트 대회 준비가 정말 힘들다고 내색하지 않았다. 어차피 알아주지 않을 거니까.

이런 나의 모습을 보며 나는 내 뺨에 눈물이 흘러내리고 있다는 것을 알아챘다 나는 울음을 멈추고 싶었지만, 멈출 수 없었다. 흑.. 처음에는 자그마한 흐느낌으로 시작해 나중에는 꺼이꺼이 울기 시작했다. 이제야 처음 삐라미 나라 안에 들어왔을 때 통곡하고 있던 사람들의 마음이 이해가 되었다.

"조민하 양, 혼자 괴로워하시고 계셨군요. 원래는 엄청 노력하고 힘들면서, 전혀 티 내지 않는. 친구들에게 민하 양이 힘들어하는 모습을

들킬까 봐 두려우셨나요? 사실 그런 사람들이 많이 있답니다. 겉으로는 괜찮은 척 하면서 각자의 슬픔을 마음 속에 묻은 채 애써 내색하지 안 하려고 하는 사람들은 행복하고 걱정 없어 보이지만 사실 가장 힘들어하지요. 민하 양도 깊은 생각에 빠져 우울해질 때가 있듯이 말이에요.

나는 너무 놀랐다. 아니, 이 상담원의 말을 도저히 믿을 수 없었다. '이렇게 살아가는 사람들이 많다고?' 상담원이 말을 이었다. "물론 지금은 믿지 못하실 거에요. 사람들도 민하 양처럼 철저하게 숨기고 있거든요. 민하 양, 친구들을 살펴보세요. 그들이 모두 걱정 없이 해맑게 살아가고 있는 것 같나요?"

나는 천천히 내 친구들을 떠올렸다. 피아노를 좋아하는 지원이, 수학을 잘하는 윤서, 달리기를 잘하는 아민이, 그리고 역사를 잘하는 내 단짝 미르까지. 아, 이들도 모두 나 같이 삐에로 탈을 쓰고 있었을까. 나는 혼란스러웠다.

"민하양, 아무래도 제일 효과적인 치료는 친구상담일 듯 해요. 저기 있는 조그마한 문을 통과하시면, 낯 익은 사람 한 명이 기다리고 있을 거에요.. 그 분께는 꼭 삐에로 탈 이야기, 그리고 힘들었던 이야기들 다 털어놓아야 해요."

Chap 6. 역시 단짝

조심스럽게 그 문을 열었을 때, 미르가 기다리고 있었다. 미르는 반갑다는 듯이 꼭 껴안아 주었다. 나는 미르에게 모든 고민을 다 털어 놓기로 작정하고, 같이 자리에 앉았다.

"저기… 미르야… 사실 내가 고백할 게 하나 있어. 나 많이 힘들어…"

"……" 나는 말을 이었다. "나는…나는… 삐에로 탈을 쓰고 있어. 네

가 보는 나는 삐에로 탈을 쓴 나야. 원래는 아무에게도 드러내지 않겠다고 결심했지만 너에게는 말 하는 게 아무래도 속이 편할 것 같아서 … 이제야 말해줘서 미안해."

미르는 고개를 끄덕였다. "민하야… 사실 다 알고 있었어…" "다 … 알고 있었다니?" "친구들한테 밝은 표정 유지하려고 노력하고, 완벽해지고 싶어 하는 거. 그리고 제일 공부 안 하는 것처럼 보이지만 엄청 열심히 하는 것도 그렇고. 다른 아이들은 알아채지 못 했겠지만 절친인 나는 다 알고 있었다고."

"근데 이때까지 왜..?" "네가 이걸 다른 삶에게 밝혀지는 것을 원하지 않는 듯 했거든. 잘 드러내지 않으려고 하는 모습을 보고 도와주고 싶었지만, 그럴 타이밍이 잘 안 나더라고. 너에게 너의 고민을 털어 놓으라고 내가 다가가는 것 보다는 네가 나에게 먼저 마음을 열고 말을 꺼내는 게 맞다고 생각했어.

"고마워…" "근데 너 뿐만 아니라 모든 사람은 삐에로 탈을 다 가지고 살아. 다만 그 탈의 분장이 어느 정도이냐의 차이지. 다들 자신의 생각을 그대로 다 드러내지는 않잖아. 꽁꽁 숨기려는 사람들도 너 뿐만 아니라 꽤 많아."

"근데 미르야.. 나는 이제 내 마음 숨기는 게 조금 씩 지쳐가… 하지만 아직까지 아이들에게 드러내는 것도 아직은 용기가 없고 말이야."

미르는 미소를 지으며 내 손을 잡았다. "민하, 잘 생각해봐. 네가 힘든 걸 다른 애들한테 표현하는 게 왜 두려워? 아이들은 네가 그런 고민을 말한다고 해서 절대 깔보거나 비웃지 않아. 오히려 친근감을 느낄 거야. 사실 아이들은 네가 마음을 열지 않아 더 이상 가까워지기가 힘들다고 생각하고 있어. 이제는 너의 마음을 숨기려 하지 말고, 있는 그대로 표현해봐! 내가 도와줄테니 내일부터 한 번 노력해봐!"

나의 마음 속에서는 알 수 없는 자신감이 솟구치기 시작했다. 우리는

깔깔 웃으면서 내일 학교에서 일어날 상황을 상상했다. 하지만 어랏..?
미르는 어느 새 사라져 있었다. 나는 혼자 남겨진 방에서 비춰진 내 얼굴을 보았다. 삐에로 탈을 벗고 있었지만, 나는 놀랍게도 자신감에 가득 찬 미소를 짓고 있었다.

'그래, 조민하! 해보는 거야! 달라져 보는 거라고!'

Chap 7. 달라진 일상

나의 학교생활은 많이 달라졌다. 내가 조금씩 용기를 내고, 미르가 옆에서 도와준 덕에 나는 아이들에게 고민도 털어놓고, 비밀 얘기도 할 수 있게 되었다. 나는 뭔가 학교생활이 훨씬 더 편해졌다는 느낌이 들었다. 이제 더 이상 모범생이라는 말은 듣지 않았지만, 그래도 즐거웠다. 아이들과 마음을 터놓고 이야기할 수 있다는 것이 너무나도 행복했고, 가끔씩은 삐라미 나라 직원, 강지아 상담원의 이름을 머리 속으로 되뇌어 보았다.

"야! 또 딴 생각하냐?!" "히히, 지루한데 뭐.." "너답다!"

미르와 나는 서로 마주보고 씩 웃었다.

《광장》은 자유다

임승혁
(조원중 1년)

1945년 8월 15일, 우리는 일본의 통치에 벗어나 독립을 했다. 독립이라는 아름다운 색을 칠하던 중, 전쟁이라는 색이 대한민국의 그림을 망쳤다. 6.25 전쟁, 비참하다. 같은 민족끼리 적개심을 가지고 서로간의 손에 피를 묻혔다. 그 과정속에서의 주인은 소련과 미국이었다.

두 나라는 마치 병사게임을 하듯이 신무기, 전술등 여러 가지 요소들을 넣고 이용했다. 우리나라와 북한은 게임의 소모품이었다. 6.25 전쟁에서는 400만명의 사상자가 발생했다. 휴전협정을 맺었지만 상처의 고통은 몹시 뼈저리고 오래도록 계속됐다.

이 보드게임은 언제 다시 펼쳐질지 모른다. 긴장의 고요한 휴전협정은 언제 무너질지 모른다. 이젠 영원한 평화를 위해 종전협정이 필요하다. 다시는 최인훈의 《광장》에 나오는 이명준의 죽음을 되풀이 하지 않아야한다.

1o, 2o대들의 신조어

　요즘 광고를 보면 알 수 없는 말들이 많다. 젊은 사람들은 그걸보고 웃지만 또다른 이들은 알 수 없다는 표정이다. 시대에 따라 다양한 신조어들이 생기고 줄임말도 많아진다. '별다줄' 즉, '별걸 다 줄인다'라는 신조어가 생겨났다.

　심지어 예능 프로그램의 자막에서도 보인다. 과도한 줄임말, 신조어 사용은 언어의 본질을 흐리고 사회간 세대간의 의사소통시에 상대방이 불편함을 느낄 수 있다. 언어의 역사성 때문에 변한다고 하더라도 그들만의 언어가 아닌 모두의 언어가 많아야 건강한 사회가 아닐까.

웃픈현실

ㅎ ㅎ ㅎ ㅎ ㅎ
ㅎ ㅎ ㅎ ㅎ

동양인과 서양인의 차이점

　세계사를 배우다보면 의문점이 생긴다. 초기에는 동양인들이 서양인들보다 우세했는데, 왜 지금은 반대로 됐을까? 그 이유를 리차드 니스벳의 《생각의 지도》에서 분명하게 이해시켜 준다. 동양인들에게 수학문제하나를 낸다면 우리가 쓰는 일반적인 방식으로 푼다, 서양인들은 형식적인 방법대신 새로운 방법으로 접근한다.

　예를 더 들자면, 기원후 초기에는 천둥이 치는 이유를 동양에서는 '신께서 노하신거'라고 말하고, 서양에서는 중요한 호기심을 가지고 접근한다. 이러니 당연히 서양인들이 과학기술로 동양인들을 앞질러 갈수 밖에 없다. 이런 사고방식이 계속해서 이어졌기에 동양인들은 생각의 틀 안에서 벗어나지 못한 것이다.

양성평등은 실현될까?

　양성평등이 이루어지는 과정은 쉽지않다. 왜 그렇게 생각하냐고 묻는다면, 혜화역 시위와 연관을 해본다. 혜화역 시위는 전체적인 시위목적이 데이트폭력, 성폭행, 몰카 범죄 등의 이유로 인해서 촉발된 시위이다.

　여기서 문제점들이 발생하는데, 비난대상을 성범죄자들이 아닌 한국 남자들을 대상으로 한 것이고, 다른 문제점은 남자혐오 발언, 남성은 잠재적 범죄자라는 등의 비난을 했다. 이는 남성혐오에 대한 시위이다.

　반대로 여성혐오를 보자. 여성혐오는 조선후기부터 여성혐오의 시초라 볼 수 있다. 삼종지도, 남자아이를 낳기위해 굿을 하고, 부적을 붙이고, 절에 가서 기도를 하는 등의 의식을 치뤘다. 오늘날에는 부자들과 권력층의 남자들만 좋아하는 김치녀, 된장녀 등의 많은 여성혐오적 발언이 생겼다.

　회사에선 남자와 같은 직책에 있음에도 불구하고 월급을 적게 받는 일명 '유리천장'이라는 개념이 나온다. 이러고도 양성평등을 바라는가? 말로만 하지말고 행동으로 옮겨라. 그러면 바라던 양성평등이 이루어진다.

오직 역사!!

지난 수요일 밤에 오룡 샘의 'Talk'. "역사란 무엇일까?"에 대해 14살의 중1 남학생 승혁이는 "심오한 질문입니다."라고 답했다.

많은 사람들이 '역사'에 대한 정의를 내렸고, 앞으로도 내릴 것이다.

역사란 과거에 발생한 사실이다. 역사라는 글자속에 비극이 있고, 희극이 있고, 변화가 있다. 궁극적으로, 역사라는 거대한 용광로 안에 다양한 것들이 비벼진 비빔밥 느낌이다. 역사는 죽은 글자가 아닌 살아있는, 많은 감정을 느낄 수 있는 생물같다. 비통함, 분노, 통쾌함, 애국심, 존경심...

묘한 단어이다. 역사란 옛 사람들의 모습과 문화를 인식하고 많은 감정이 교차하는 것이다. 단 두 글자로 사람의 마음을 변화시키는 건 오직 '역사' 뿐이다.

우리는 윈한다. 대한민국의 완전한 평화통일을...

　우리는 분단국가이다. 분단은 분열을 의미한다. 분열된 국가가 아니라 분열된 민족이다. 때문에 이제는 통일을 위해서 노력할 시기다. 남북한의 통일은 현재 진행형이다.

　그렇다면 70여년동안 분단된 남북한의 통일을 위해 어떻게 할 것인지 생각해보자. 첫째, 남북한의 교육과정을 통합한다. 남북한이 다르게 표현한 교육과정을 통일교육으로 혁신한다. 둘째, 정전협정이 아닌 종전선언으로 전쟁이 없는 한반도를 만들어야한다. 문재인 대통령과 김정은 국방위원장이 여러차례 만남을 통해 만들어진 평화분위기를 계속 이어나가야 한다.

　통일은 하루아침에 이루어질수 없다. 하지만 늦었다고 생각할 때가 가장 빠른 것이다.

맹자가 묻는다,
올바른 정치란 무엇인가?

정치는 과연 정치가만이 하는 것일까? 정치를 바르게 만들기 위해서는 국민이 올바른 정치에 간접적으로 참여해야 한다.

《맹자》에서는 정치의 가장 중요한 요소 중 하나가 '사람들 사이의 화합과 정치에 대한 관심'이라고 말한다. 화합과 관심을 이끌어 내는 것이 진정한 정치인의 역할이다.

또한 정치인은 이익만 추구하지 않고 모두의 이익을 위하는 것을 생각해야 한다. 개인의 이익만을 얻기 위한 목적으로 이용되는 정치는 국민의 반감을 얻게 된다.

《맹자》에서 주장하는 것처럼 국민들 사이의 화합과 국민의 참여가 이루어지고, 정치인이 화합을 도울 수 있게 하는 것이 바른 정치라고 생각한다.

주재연
(수일중 1년)

눈의 진화, 《다윈 지능》을 읽다

찰스 다윈은 1859년 진화에 관한 논문을 발표했다. 이것은 종교적인 문제로 한동안 비난과 논란의 중심이 되었다. 이 논문은 인간의 심리적·신체적 진화를 자세히 설명한다. '진화'라는 큰 주제 안에서 '눈'에 대하여 이야기해 보려고 한다.

눈은 인간의 오감 중 하나이다. 눈은 우리 몸에서는 물론이고 심리적으로도 큰 기둥이라 할 수 있다. 중국의 이족 신화에서는 개미 눈, 세로 눈, 가로 눈의 순서로 인간의 발전을 이야기 하고 있다. 이런 신화에서도 알 수 있듯이 눈은 인간의 지혜와 심리적·지적 능력을 상징한다.

다윈의 진화론은 과학적으로 진화한 것만을 말하고 있다. 하지만 상징적이며 심리적인 진화의 근거로 '로이카르트의 법칙'이 있다. 이에 의하면 속도가 빠른 동물들이 신체에 비해 눈이 크다는 것인데, 대표적으로는 송골매가 있다. 그렇다면 속도가 빠르지 않은 인간은 왜 눈이 큰 것일까?

인간이 단순히 진화론의 관점에서처럼 신체적인 한계를 뛰어넘으려 진화되었다고 생각되지 않는다. 인간은 본능적인 감정들을 억제하기 위해 진화한 것이다. 우리는 이성적으로 판단하고 때때로 상대의 미묘한 마음의 변화를 알아내며 판단하고 그에 따라 행동해야 한다.

인간의 눈이 커진 것은 이러한 섬세한 표정을 빠르고 정확히 읽어내기 위한 것이다. 결국 눈의 진화로 알 수 있듯이 사람은 이성적으로 행동하고 감성적으로 판단하기 위해 진화한 것이다.

소소하고 확실한 행복을 챙기다

2018년은 새로운 해였다. 아무 생각 없이 중학교에 입학했고, 나와 완전히 다르게 살았던 친구들의 삶을 경험했다.

언제나 행복하길 원했던 나는 친구들과 함께 있음으로서 소확행을 얻었다. 한편으로는 학업에 의한 스트레스가 쌓였고, 행복을 잃기도 했다. 하지만 내 곁에 친구들이 있었기에 희망을 잃지 않았다. 행복을 배가시켜준 친구들이 있었기에 2018년은 소확생을 얻었다. 길을 잃고 어디에서 왔고, 어디로 가고 있는지 고민할 때에 도와준 친구들이 있었기에 2018년은 진정 새로웠고 행복했다.

가장 소중한 보물은 친구들이다. 나를 생각해주고 도와주는 보물들은 스트레스를 없애주고 나를 행복하게 해 준다. 친구들은 2018년을 되돌아보게 해주고 2019년을 바라보게 해준다. 미래를 상상하게 만들어주는 보물들은 가끔씩 멀어지기도 하고 마음이 맞지 않아 떨어지기도 한다. 하지만 내가 꼭 얻어내야 하는 것은 친구이기 때문에 나와 맞는 친구를 찾아야 한다. 목표를 정하고 그것을 향해 나아가는 과정에서 언제나 친구들과 함께 할 것이다.

10년, 20년 후에도 바뀌지 않을, 나의 버킷 리스트는 친구라는 보물을 찾는 〈보물찾기〉이다.

카뮈의 《페스트》, 인간성... 무뎌진 칼날

날카로움이 사라진 칼날은 상처를 내기가 어렵다. 인간의 본성과도 밀접한 관계가 있는 이 칼날은 무엇일까?

칼날의 정체를 알기 위해서는 사례를 들어야 한다. 대표적으로 '페스트'가 있다. 흑사병이라는 이름으로도 알려진 페스트는 유럽인구의 40%를 죽음에 이르게 할 만큼 무서운 전염병이었다.

알베르 카뮈의 《페스트》라는 책은 이 칼날에 관해 잘 말해주고 있다. 칼을 많이 쓰면 무뎌지듯이 너무 많은 사람이 죽었기 때문에 살아남은 사람들은 죽음에 대해 무감각해진 것이다. 흑사병뿐만 아니라 죽음을 눈앞에 둔 사람들만이 느낄 수 있는 고통을 너무도 많이 겪었기 때문이다.

인간의 자아를 찾아 주지만 쉽게 둔해 질 수도 있는 칼날의 정체는 '인간성'이었던 것이다.

《이방인》, 차이를 대하는 인간의 태도

'차이'와 관련된 인간의 역사는 오래됐다. '다른 것은 틀리다'라고 판단하고 무시하던 발언들은 생존해야만 했던 구석기 시대부터 시작됐다.

부족들 사이의 전쟁, 마을 간의 갈등의 원인이 '차이'를 존중하지 않는 태도에서 비롯된 것이다. 《이방인》에서도 주인공 뫼르소는 자신의 어머니 장례식에서 울지 않았기에 인정받지 못했다. 여기에선 눈물이 차이를 구별짓는 요소이다.

사람들이 자신과 다른 것을 무조건 비난하는 태도가 차별의 원인이 된 것이다. 이기적이고 교만한 사람들의 특징은 다른 것을 틀리다고 판단하는 것이다.

얼마 전 인천 중학생 자살 사건의 부모가 다문화 가정이었던 것처럼 자신을 기준으로 남들을 대하는 인간의 태도가 달라져야 인간의 미래를 바꿀 수 있을 것이다.

동양식 생각, 서양식 교육

　방금 전까지도 수학문제를 풀고 있던 나는 이 글을 쓰고 있다. 5~6학년 때 까지만 해도 친구들과 놀기를 좋아했고 그것이 인생의 전부라고만 생각했었다. 하지만 수학학원을 다니며 우리나라 교육의 현실을 알게 되어 충격을 받았다.

　얼마 전, 핀란드의 특성화된 차별적 교육 정책을 보고 굉장히 특이하고 신기해했다. 모두를 잘하게 만드는 것이 아닌 우리나라의 교육 정책을 핀란드 사람들은 놀라워했다. 핀란드는 따라오지 못하는 아이들을 완벽히 이해시키는 차별적 교육 정책을 펼치고 있었다.

　《생각의 지도》에서는 이러한 교육의 문제점이 전통적으로 계승되었다는 것을 알려준다. 예로부터 개인의 자유보다 사회적 단합과 사회성을 강조하던 교육은 우리나라를 이렇게 만들었다. 서양은 개인의 자유를 중요시하여 호기심을 가지게 하였으며 학업에 관심을 가지게 하였다. 그 결과 핀란드, 덴마크 같은 선진국의 학업 관심도, 성취도가 높은 것이다. 우리나라도 호기심을 키워주는 교육을 해야 만 한다. 단순 암기형 시험이 아닌 철학하는 학생들, 즉 생각할 수 있는 수업이 많아져야 한다.

　교육은 모래이다. 치우지 않으면 먼지만 쌓여갈 것이고 우리나라의 미래인 학생들의 인생이 어떻게 될지는 각자의 상상에 맡기겠다.

지루한 《장마》가 끝났다

통일은 다수의 국민이 가장 관심을 가지는 주제이다. 남북 정상이 만나는 회담도 중요하지만 국민의 관심 또한 필요하다.

《장마》에서는 할머니가 아들을 그리워하며 행복한 기대를 하지만 아들은 돌아오지 못한다. 이에 할머니는 인민군에 악감정을 가지고 외할머니와 대립한다. 우리가 원하는 '통일'이라는 업적을 달성하려면 이런 고정관념을 각자 정리하는 것이 최우선이다.

윤흥길의 《장마》에서 할머니는 돌아가시기 전 인생을 한번 되돌아봄으로써 가장 극적이고 찬란한 화해를 한다. 남북한 양쪽의 국민이 화해하면 역사에 길이 남을 통일이 이루어 질 수 있을 것이다.

낙엽, 떨어지는 외로움은 쓸쓸하지 않다.
《언어의 온도》를 읽고

　쓸쓸한 낙엽도 한때는 초록이었다.

　나이가 들수록 쓸쓸해져간다. 기쁨을 잊고 사는 우리는 가을이 되면 삶을 되돌아본다. 친구들이 '왜 사냐?'고 묻는다. 진지한 삶에 대해 고민하며 많은 물음표가 나오지만 시간이 없다.

　인생에 마침표를 찍을 때에만 나오는 것으로 변화한 물음표. 쓸쓸하다. 빼앗긴 들에도 봄은 왔지만 떨어진 낙엽에는 봄이 오지 않는다.

　지나간 봄은 다시 오지 않는 인생이다. 세상이라는 나무에서 떨어지는 낙엽인 것이다.

푸른 잔디위에서 꾸는 꿈

골프 선수, 그것은 나의 꿈이다. 골프는 푸른 잔디밭에서 경기를 하는 운동이지! 많은 운동중에서도 가장 고퀄리티하다고 할까? 매너와 차분함이 필요한 운동이야. 골프는 정신 산만한 운동이 아니거든. 내가 골프선수가 꿈이 된 계기는 우리 아빠가 공치는 모습을 보고 너무 멋있어서 시작하게 됐지. 부모님 모두 다 프로여서 내가 프로가 된다면 굉장히 멋진 가족이 될 것 같았어.

이동은
(신성중 2년)

잔디에서 치는것도 너무 좋았어. 여름에는 푸른 잔디와 따뜻한 햇살, 겨울에는 차디찬 바람이 목덜미를 감싸안고 지나갈 때도 행복했어. 골프를 치는 것 만으로도 너무 좋았어.

근데 골프는 생각보다 쉽지 않았어. 스윙이 내 마음대로 되지 않는거야. 계속 연습을 해도 안되는 부분이 많았어. 가끔씩은 중간에 포기하고 싶다는 생각을 많이했어. 아빠와의 갈등도 심해지고, 괜히 사이만 어색해졌어. 그때도 스트레스를 조금 받았어.

경쟁자가 너무 많아서 힘들 때도 있었어. 하지만 포기하기에는 골프속으로 너무 많이 걸어와서 중간에 포기하기 애매하더라고, 그래서 참고했지. 내가 선택한 길이니깐. 내가 결정한 선

택은 책임지고 싶었어. 참고하니깐 되더라고. 희망이 보이기 시작한 거야.

확신을 갖고 계속 그 길을 걷고있는 중이야. 물론 오르막과 내리막이 계속 반복되고 있지만 결코 포기하거나 절망하진 않을 것 같아. 왜냐하면 골프는 너무 재밌거든. 억지가 아닌 즐거운 마음으로 하기 때문에 난 지금 골프장에 있는 듯 해!

연습하는 골프 선수 박성현

골프선수 박성현의 뇌에 대해 소개하려 합니다. 박성현 선수의 뇌 구조는 골프뇌 입니다. 뇌의 다수를 차지하고 있는 것은 연습입니다. 골프선수에게 가장 중요한 것은 연습이기 때문입니다. 연습이 없으면 최고의 골프선수, 세계랭킹 자리에 갈수가 없습니다. 박성현 선수가 유명한 골프선수로 성장할 수 있었던 것은 꾸준한 연습 덕분일 것입니다.

그다음은 박성현 선수의 뇌 중에서 중간 정도의 비율을 차지하고 있는 것은 부모님입니다. 박성현 선수를 가장 열심히 응원해주는 분들이겠죠. 부모님이 있었기에 오늘의 박성현 선수가 있었을 것입니다.

마지막으로 박성현 선수의 골프에 대한 지식뇌 입니다. 연습과 비슷한 분량을 차지하는 것은 골프에 대한 지식입니다. 골프에 대한 지식이 없으면 칠 수 없는 것이 골프입니다. '어떻게 쳐야 홀컵에 공을 넣을 수 있을까?'의 문제를 풀어내야 하기 때문입니다.

연습과 부모님, 골프에 대한 지식은 골프를 하는 모든 선수에게는 삼위일체와 같은 것입니다. 그 중에 이동은 선수도 포함되구요.

골프장에 남아있는 잔상

항상 위를 올려다보면 보이는 것은 바로 맑은 하늘이다. 골프를 치다가 힘들 때면, 아름다운 조화를 이루고 있는 순수한 하얀색 구름과 파란하늘을 멍하게 쳐다본다.

탁 트인 시야와 춤추는 바람, 그에 맞춰 흔들리는 나무들, 풍경들이 숨통을 트이게하고 마음을 치유한다. 시원한 바람소리가 들린다. 그때마다 잠시 눈을 감는다. 풀내음이 나고 바람이 뺨을 스친다.

이 기분이 아직도 내 마음 한켠에 잔상처럼 남아있다.

주사위는 던져졌다

내가 골프를 접한 건 7살 때 쯤이었다. 연습장에서 고사리 같은 손으로 나보다 큰 골프채를 휘두르기 시작했다. 공하나 맞추겠다고 열심히 휘둘렀던 어렸을 적 내 모습을 상상하면 피식하고 웃음이 번진다. 7살 아이가 잔디밭을 자유롭게 뛰어다니는 것은 마치 하늘을 날아다니는 새처럼 즐거웠을 것이다.

잔디밭을 뛰어놀며 나뭇잎도 만져보고 벌레도 보면서 호기심을 마음껏 키우기도 했다. 골프장은 나에겐 다른 세상 같았다. 골프를 치면 내 인생이 정말 즐거운 삶을 살 수 있겠다는 생각을 했다. 이런 생각은 5학년때 베트남으로 전지훈련을 가면서부터 더 커졌다. 호기심은 더욱 커졌고 자신감은 넘쳤다. 어렸을 때보다 골프에 더 집중했다. 선수 못지 않게 연습했다.

너무 즐거워하는 나였지만, 아빠의 잔소리(?)는 끊이질 않았다. 아빠가 혼내는 이유조차 몰랐다. 열심히 하고 있다고 생각했지만, 아빠 기준에 미치지 못했기 때문이라는 것은 나중에 알았다. 5학년의 기억 속에는 혼나는 내용들만 남아있을 뿐이다.

어렵게 6학년을 시작했다. 선수생활의 출발점이다. 나는 걱정했다. "내가 시합 나가서 잘할 수 있을까? 혹은 실수라도 하면 어떡하지?"라는 불안감이 나를 덮쳤다. 드디어 첫 시합을 나갔다. 시험장 가는 길은 그리 떨리지 않았다. 평소대로 하면 된다고 다짐했다. 생각처럼 쉽게 머릿속이 정리되지 않고 더욱 복잡해져만 갔다.

시험장에 도착했다. 심장 박동 수는 빨라져갔고 엄숙한 분위기가 나를 압박했다. 내 존재가 작아진 것 같았다. 나의 긴장감은 첫 홀 타샷 때 최고조에 달했다. 타샷을 하기위해 티박스 위에 올라왔다. 위를 보

니 수많은 학부모들이 날, 바라보고 있었다. 모두의 시선이 스포트라이트 같았다. 두려웠다. 정말로 잘해야겠다는 욕망이 다시 머릿속을 채웠고 손이 떨리기 시작했다. 다행이도 첫 타샷을 무사히 끝냈다.

나를 향한 스포트라이트는 꺼졌지만 아직 손은 떨고 있었다. 홀 중반부로 가서는 즐기게 되었다. 처음에는 묵직하게 느껴졌던, 같이 치는 아이들과도 친해져 있었다. 놀랍게도, 경직되어 표정까지 굳어있던 나의 모습은 사라지고 시합을 하고 있다는 생각을 잊을 정도로 즐기고 있었다.

첫 시합 결과는 나쁘지 않았다. 다행히 본선에 진출했다. 본선 성적도 잘 나왔다. 초등부라 그런지 커트라인도 가벼웠다. 이렇게 나의 6학년 때 시합은 예상외로 괜찮았다.

중학교에 진학하니 커트라인은 무거워졌다. 예선 탈락 횟수도 초등학교 때보다 늘어났다. 탈락 횟수가 늘다보니 점점 눈치를 보게됐다. "예선에서 떨어지면?" 이라는 두려움이 압박감으로 작용했다. 끝나지 않은 두려움, 혼자 견뎌내야 하는 외로움, 고단함과 아쉬움은 여전히 진행중이다.

그런데 어쩌랴. '주사위는 던져졌다'는 율리우스 카이사르의 말처럼, 다시 이렇게 외치고 싶다. '왔노라. 보았노라. 그리고 이겨냈노라.'

《위대한 개츠비》, 화려한 불꽃놀이의 최후

이예원
(흥덕중 2년)

하늘의 공허함을 불꽃놀이로 채워지겠는가? 불꽃놀이는 잠깐의 행복 일뿐.. 불꽃놀이는 공허함을 따뜻함으로 채우려는 수단이었으나 더 큰 쓸쓸함을 낳았다. 따뜻함을 위한 화려함 그리고 외로움의 반복의 뫼뷔우스의 띠가 개츠비의 마음을 갉아먹고 있었다.

그는 불꽃놀이가 해결책이 아님을 알고 있었음에도 불구하고 마지막 생존수단이었기에 절벽 끝에서 희망을 꼭 붙들고 있었다. 위기 끝에서 손을 잡아줄 것이라고 생각했던 데이지는 오히려 희망을 더 잘라버렸고 그 순간 개츠비는 자신이 스스로 줄을 놓아버렸다.

공허함의 수영장에서 빠져나오길 갈망했던 개츠비는 더 깊은 곳으로 추락하였다. 그의 화려함은 결국 비극을 낳았다. 그의 삶을 통해 1920년대 뉴욕을 잠시나마 짐작해 볼 수 있었다. 어쩌면 1920년대의 개츠비가 본 뉴욕의 밤거리보다 내가 살고있는 2019년, 서울 한가운데 서서 보고 있는 형형색색 네온 빛이 더 큰 비극을 가지고 오지는 않을까?

이제 불꽃놀이는 끝났다. 그는 위대했다.

우리는 궁예를 얼마나 아는가? 왜곡된 진실, 《슬픈 궁예》

'역사적 사실은 만들거나 고쳐 쓸 수 없다. 그러나 해석은 달리하여 바른 사실에 접근해야한다.' 이 책의 한 줄 요약본이자 가장 중요한 대사이다. 역사는 왜곡된 것들도 있고 과거로 돌아갈 수 없기 때문에 그 역사적 사건을 생각하는 사람의 관점에 따라 달라진다.

궁예와 관련된 책을 읽으며 직접 느꼈다. 거의 대부분 사람들이 궁예를 포악하고 폭력적인 폭군으로 알고 있다. 하지만 궁예의 뛰어난 능력, 나쁜 상황들, 다른 가능성들은 알지 못한다. 궁예를 다른 관점에서 바라보자. 새로운 것들을 느끼고 배웠다.

궁예는 지도력과 부하들에 대한 인간적인 애정이 뛰어났다. 또 왕건에게 역모를 뒤집어 씌운 것이 아니라 왕건이 직접 그 일을 했지만 그 당시 많은 사람들이 왕건의 편이었기 때문에 벌을 주지 못했던 것이다.

다양한 관점을 지니고 있는 다른인물을 떠올리면 광해군이 생각난다. 과연 광해군이 폭정을 일삼는 폭군이었을까? 아니다. 광해군은 명과 후금 사이에서 나라의 안전을 위해 중립외교를 펼쳤다. 그 밖에도 광해군은 백성들을 위한 현명한 정치를 많이 했다. 광해군의 폐위는 지도층이 광해군의 정치로 빼앗긴 권력을 되찾는 하나의 수단일 뿐이었다. 다행히 우리 교과서 역사책에는 광해군의 중립외교를 잘 설명해주고 있지만 그가 폭군이라고 생각하는 사람들도 상당히 많다.

나는 역사를 제대로 배우기 전까지 광해군과 궁예가 폭군이 아닐 수도 있다는 사실은 생각하지 못했다. 왜냐하면 한국사를 배울 때 한 사람에 대해 자세히 배우는 것이 아닌 역사의 전체적인 흐름을 배우기 때문에 인물들의 이중성을 가볍게 넘겨버리기 때문이다.

책을 읽으면서 역사적인 지식뿐만 아니라 다양한 관점에서 바라보는

것이 중요하다는 깨달음도 얻었다. 왜곡된 사실, 아직 해결되지 않은
역사적 이유가 많이 밝혀지면 좋겠다.

+ 이 독서감상문을 쓰면서 생각나는 영화 대사(신과 함께2 中)
   세상에 나쁜 사람은 없어. 나쁜 상황이 있는 거지

－ 마동석 －

띠동갑 동생이 생겼어요

방송이나 신문에서 많은 엄마들이 흔히 이야기한다. "저는 제 아이를 위해서 무엇이든 할 수 있어요." 항상 말도 안 되는 거짓말이라고 생각했던 한마디가 동생을 만나고부터 내 마음 속에 깊이 스며들었다.

2016년 나보다 12살 어린 나의 동생이 태어났다. 아무것도 하지 못하는 어린 동생은 그 무엇보다도 나약해 보였다. 나약한 아이에게 잘해주고 싶었고 바르게 자라길 원했다. 항상 나약할 줄만 알았던 아이가 뒤집기를 성공하고 앉기, 걷기, 말하기를 차례로 성공하며 이제는 기저귀를 떼고 팬티를 입기 시작하였다.

하루하루 성장할 때마다 너무 행복했다. 친구들이랑 이야기 할 때 동생 자랑을 정말 많이하고 동생이 좋아하는 물건이 보일 때는 그 물건을 사서 집에 오기도 했다. 물론 말을 안 듣거나 울 때는 아직도 힘들지만 동생을 돌보면서 한 단계 더 성장했다.

어느새 아기 관련 동영상이 나오면 눈물이 흐르는 나를 발견한다. 이것이 위대하고 소중한 모성애인가? 내가 동생을 직접 낳지는 않았지만 엄마만큼 동생을 많이 돌보지는 않았지만 강한 모성애가 자석처럼 끌어당겼다.

금방 시들것 같았던 모성애라는 새싹은 이제 나의 마음속에서 나무가 되어 잎이 나고 꽃을 피웠다. 모성애의 뜻은 자식에 대한 어머니의 본능적인 사랑이지만 모성애라는 단어를 떠올리면 엄마가 아이에게 젖을 먹이는 모습이 떠오른다. 흔히 이 모습을 사람들이 '세상에서 제일 아름다운 장면이다'라고 이야기한다.

모성애는 정말 초자연적이고 따뜻한 단어이다. 모성애가 엄마가 아닌 다른 사람에게 적용될 수 있다는 것을 깨달았다. 사랑 중에서도 가장 헌신적이고 애뜻한 사랑이 아닐까? 방송에서 엄마들의 말이 거짓말이라고 느꼈던 것이 현실이 되어 나의 인생에 큰 행복을 가져다 주었다.

소설책 효과적으로 읽는 예원이 만의 방법

어릴 때 부터 책을 많이 읽고 매일 열심히 읽었던 난, 남들보다 책을 잘 알고 책에 대한 거리감이 없었다. 하지만 어느 순간 책이 있어야 할 자리에 나의 핸드폰이 자리하고 있었다. 책을 읽기 시작하면 잠의 유혹을 떨쳐내기가 쉽지 않았고 내 관심분야가 아닌 책들은 나를 꿈나라로 인도했다.

하지만 유일하게 소설책은 나에게 특별하게 느껴졌다. 유명한 작가들의 교훈이 담긴 수준 높은 책들을 읽는 것이 좋았고 어려운 책을 잘 이해하는 내가 자랑스러웠다. 내가 좋아하는 소설책은 정말 많지만 그 중 내가 가장 좋아하는 소설은 《데미안》이다. 《데미안》의 작가인 헤르만 헤세가 쓴 책과 시들을 다 좋아한다. 헤르만 헤세의 작품은 집중이 잘 되었고 여운이 많이 남았다. 헤르만 헤세의 작품과 많은 책을 읽으면서 소설책을 효과적으로 읽는 방법을 터득하게 되었다. 책을 조금 더 재미있고 효과적으로 이해하는 방법은 정말 다양하다.

내가 소개해줄 3가지 방법은 소설 속 주인공과 다른 등장인물들이 갈등을 겪었던 논제를 토론의 주제로 정해 토론해보기, 그와 연관된 새로운 책 읽기 등 실천하기 어려운 것들이 아닌 초등학생이나 중학생들이 할 수 있는 내 경험을 통한 쉬운 방법이다.

첫째, 고전을 읽고 난 다음 그 책에 관련된 영화가 있으면 찾아본다. 《위대한 개츠비》라는 소설을 읽고 난 뒤 레오나르도 디카프리오가 나오는 '위대한 개츠비'라는 영화를 봤는데 영화를 보니까 책에서 묘사했던 것과 똑같이 주인공이 행동하는 것이 신기하고 책과 영화에 다른 부분을 대조시켜 생각해보는 것도 재미있다.

책에서 무슨 장면이었는지 혼란스러웠던 부분을 영화가 화면으로 보

여줌으로서 이야기의 이해를 돕는다. 하지만 영화를 책보다 먼저 보는 것은 창의성 향상에 도움이 되지 않는다. 책을 읽을 때 그 장면을 상상하면서 읽어야지 재미있고 상상력과 창의력을 키울 수 있는데 미리 영화를 보면 한 장면에 대해 다양한 상상을 하지 못하고 영화의 화면만을 떠올리게 된다.

《위대한 개츠비》 말고도 《오페라의 유령》, 셰익스피어 작품들, 《베니스의 상인》 등 다양한 고전들을 영화로 봤을 때 책의 내용을 한 번 더 정리할 수 있어서 좋았다.

둘째, 책 앞이나 뒤 쪽에 나오는 작가의 말, 작가가 책을 쓰고 난 후기 읽어보기. 대부분의 사람들은 책을 읽는 것을 중요하게 생각하기 때문에 책의 내용만 읽어본다. 나도 작가의 말과 후기는 가볍게 무시하면서 책을 많이 읽었다. 하지만 작가의 말과 후기를 읽으면 작가가 이 책을 쓴 의도와 배경에 대해 알 수 있고 결국 책을 이해하는데 많은 도움을 준다. 사실 작가나 책에 대해 따로 찾아보는 것이 더 좋지만 사람들은 잘 하려고 하지 않는다. 따라서 책의 앞, 뒤만 읽어도 많은 효과를 얻을 수 있다.

셋째, 책을 읽을 때 옆에 메모지를 두고 특정한 장면에서 느낀 감정을 바로 적는다. 정말 긴 장편 소설을 읽을 때 시간이 많지 않은 이상 하루에 한번에 다 읽기 힘들다. 시간이 지나서 다시 소설을 이어서 읽기 시작하면 내용이 기억이 안 나거나 다른 소설과 내용이 섞여 혼란이 올 때가 많다. 또 독서감상문을 쓸 때 더욱 효과적으로 책에 대한 자신의 감정을 표현할 수 있다.

나도 헤르만 헤세 작품 중 《수레바퀴 아래서》 라는 책을 필기하면서 읽었는데 도움이 많이 됐다. 메모한 것을 다시 독서감상문에 옮겨서 새로 쓰지 않아도 메모한 자체로 사람들이 책의 내용을 이해하는데 많은 도움을 준다.

이 3가지 중 1가지만 실천해도 책 내용 이해에 많은 도움이 된다. 내가 독서한 경험을 바탕으로 가장 효과적인 방법을 3가지 소개해준 것이다. 내가 소설에서 가장 좋아하는 부분은 마지막이다. 마지막 장면을 직설적으로 이야기하지 않고 사물에 빗대어 감성적으로 소설이 대부분 끝나기 때문에 깊은 감동과 여운을 받는다.

헤르만 헤세 작품들 중에서도 '그가 죽었다'라는 한 마디로 끝날 말을 애매모호 하게 이야기 한 책도 있다. 나도 커서 헤르만 헤세처럼 많은 독자들을 매료시키는 수준 높은 소설들을 많이 쓰고 싶다.

사춘기 소녀의 글

나는 글을 쓴다. 아무도 알아 주지 않는 나만의 세계에서.
고독한 나 자신 속에서
고독 속 외로움이 내 자신을 더 고립시킨다.
나를 배제시킨 세상
내가 없어져도 아무도 모르는 무심한 세상
나는 그 세상에서 한걸음씩 발을 디딘다.
글을 통해 세상으로 나아간다.
글은 나를 무시하지 않는 유일한 것이며 나의 희망이다
이제 글은 사춘기 소녀에게 다가가 손을 내밀고 있다
그녀는 더 이상 세상의 그림자가 아니다.
그녀는 꿈이 있는 소중한 존재다

뜨거움, 일상성의 언어가 주는 묘미

사소한 것에도 새로운 것을 찾는다. 남들은 대수롭지 않게 넘어가는 것들을 사랑과 사람을 통해 연결시키고 사람들을 세심하게 살펴보는 능력을 가진 이 책의 작가는 그가 강조한 유종의 미를 몸소 실천하고 있다.

《언어의 온도》를 쓴 이기주 작가는 자신이 전하고자 하는 말을 다양한 자료를 곁들여 최고의 글을 완성한다. 조사 하나가 문장의 의미를 다르게 바꾸고 단어 한마디에 차갑고 따뜻함이 느껴진다. 또 말의 한마디가 자신의 품격을 나타낸다.

4차 산업혁명이 시작되고 있는 지금 언어에서 비롯된 감정표현이 더욱 강조되고 있어 이 책이 주목을 받고 있다. 작가가 가장 강조하고 있는 언어중의 으뜸은 '사랑'인 것 같다. 사람마다 느끼는 사랑이라는 감정이 다르고 모든 사람이 가지고 있기에 흔하고 쉬워 보이지만 가장 어려운 단어다.

남녀 간의 뜨거운 사랑, 부모 자식간의 따뜻한 사랑, 노부부의 애뜻한 사랑, 모두 소중하고 좋은 사랑이다. 일상에서 당연하다고 느낀 행동은 사랑이라는 단어가 깊은 마음 속에서 우러나고 있어서 하는 것임을 알게 되었다.

하지만 사랑하는 사람에게 걱정, 미안함, 고마움을 잘 표현하지 않는다. 또 다른 사람을 비하하거나 무시하고 욕을 쓰는 것을 당연하게 생각하고 있다. 우리의 차가운 마음 속을 잠시라도 감성에 젖게 해준 《언어의 온도》는 겨울의 핫팩같은 존재다.

한 대상에 대한 특징을 대조하는 방식으로 글을 쓰는 것, 남들이 생각하지 못하는 부분에서 깨달음을 얻고 글의 주제를 찾는 것은, 글 쓰기에서는 매우 중요한 능력이다. 우리 모두 일상생활에서의 소재를 활용하여 감성적인 글을 노트에 작성해보는 것은 어떨까?

그들의 레디메이드 인생

부모님과 어른들이 정한 미래를 아무 생각과 감정없이 그대로 따라하고 있는 학생들, 무조건적으로 좋은 성적과 좋은 직업을 원하는 부모님.

둘 중 누가 문제인 걸까? 학생들은 지금 레디메이드 인생을 살고 있다. 부모님은 아이들이 자신이 하고 싶은 것을 하며 사는 것보다 돈 많이 버는 직업, 들었을 때 좋은 직업이라고 생각되는 의사, 법조인, 공무원이 되기를 원한다.

오직 주입식 교육으로, 자신의 재능을 찾을 수 있는 기회를 갖지 못하고 학생시기를 보낸다. 주위 친구들도 진짜 하고 싶은 것이 있는데 부모님이 반대하여 자신의 꿈을 펼치지 못하는 경우가 많다.

만약 미술 분야에서 매우 뛰어난 영재가 있다고 가정해보자. 그 아이가 미술에 매우 뛰어난 재능이 있다고 해서 그 재능을 살려줄 수 있을까? 물론 부모님에 따라 다르겠지만 우리나라 교육시스템은 그런 영재들이 자신에 맞는 길을 갈 수 있는 방법이 없다.

다른 아이들보다도 미술 실력이 뛰어나다고 해서 다른 공부를 시키지 말라는 것은 아니다. 하지만 우리나라에서 자라면 영재는 자신의 재능을 발휘할 기회가 별로 없다. 아이들은 부모님에 의해 움직이는 로봇의 역할에 충실할 뿐이다. 학생들에게는 자아정체성이 존재하지 않는다. 자존감도 없고 자신이 무엇을 좋아하고 잘하는지 모른다.

아무생각 없이 학원과 학교에 출석 도장을 찍고 다닐뿐이다. 공부를 잘 하든 못하든 아무런 목적도 없이 공부를 하는 시늉이라도 해야한다. 부모님과 어른들을 위한 인생이 아닌 자신을 위한 인생인데도 그들은 쉽게 인생의 결정권을 남에게 내어주곤 한다.

입센의 《인형의 집》에서 노라는 자신이 남편만의 인형이었다는 것을 인지하게 되자 자신만의 삶을 찾기 위해 떠난다. 학생들도 자신이 지금까지 부모님의 인형이었음을 깨닫고 자신이 진짜 원하는 인생을 개척해 나갔으면 좋겠다. 혹시 이 글을 읽고 있는 당신은 누구의 인형이 아닌가?

고정관념을 버려라. 그녀들의 외침을 응원한다

　세상에는 보이지 않는 것들이 많다. 그리고 사람들은 흔히 말한다. "보이지 않는 것이 가장 무서운 거야." 맞다. 보이지 않는 것이 가장 무서웠다. 성차별에서도, 여성들은 단지 여자라는 이유로 무시받고 자신의 능력을 발휘하지 못하였다. 심지어 과거에는 투표는 물론 공부도 마음대로 하지 못했다. 오직 아이를 돌보고 집안일만 했다. 육아 때문에 하고 싶은 일, 직장을 그만두어야 했고 남자 사원들보다 능력이 좋은데도 승진이 느렸다.

　여자들이 가는 길에는 항상 보이지 않는 고정관념이라는 가림막이 자리하고 있었다. 이번 미투 운동과 몰카 범죄에 대한 여성들의 움직임이 성 고정관념을 조금이라도 없애준다고 생각했다. 하지만 미투운동을 이용하는 여성들과 불만이 많은 남성들이 충돌하여 남혐, 여혐이라는 잔해만 남겼다.

　여성우월주의 관점을 가진 사람들이 읽는 것이라며 많은 사람들이 욕을 했던 책 《82년생 김지영》, 이 책은 여성우월주의가 아닌 지난 시간들에 있어 여성들의 고통을 그대로 보여주는 책이다. 김지영이 능력 있는 여자로 살면서 겪는 엄청난 차별과 고통에 대한민국 여자들이 공감하는 이유는 분명하다.

　이 모든 일은 보이지 않는 것인 성 고정관념에서부터 시작되었다. 보이지 않는 무서움이 성차별에도 적용되지 않기를...

진주

엄마 배 속에서 진주가 나왔다.
아주 작고 빛이 난다.

나는 진주가 너무 사랑스럽다
귀엽고 예쁘다
하지만 가족들 눈에도 사랑스럽게 보이는 우리 진주

사랑과 관심을 진주가 가지고 가
나는 때론 슬프고 속상하고
힘들다

그렇지만 나는 진주 같은 동생을 사랑한다.
내가 너를 위해 조개가 되어줄게

한나경
(흥덕중 2년)

사랑후 폭풍

사랑을 하다보면, 슬픔도 같이 나를 방문한다.

오지 않았으면 하는 것 들이
자꾸만 나를 찾아온다.

사랑하는 감정보다 이별이 두려운 감정이 더 크다.
그 감정에 시달리다보면 자꾸만 슬픔이 사랑을
이기려한다.

결국엔 슬픔이 사랑을 이겨
우린 이별했다.

사랑후 폭풍이 찾아왔다.
언제쯤 사랑이 슬픔을 이길까.

초콜릿 대신, 《아몬드》

윤재는 감정을 느끼지 못한다. 아몬드같이 생긴 편도체가 남들보다 작게 태어났기 때문이다. 가족이 죽어나가는 와중에도 아무런 감정을 느끼지 못한다. 감정을 느끼지 못한다는 것보다 슬픈 일도 없을듯하다.

사랑하지 못하고, 위험 또한 감지하지 못해 큰 사고가 날수도 있다. 하지만 가장 큰 안타까움은 타인의 이야기에 공감할 수 없다는 점이다. 사람들은 '사람의 이야기' 에 귀 기울여 살아간다.

기쁜 일에 웃어줄 수 없고, 슬픈 일에 울어줄 수 없다는 것은, 같은 사회에 똑같이 적응하기가 어렵다는 것을 나타낸다. 윤재는 어떤 상황에서는 이런 행동을 하라는 엄마의 매뉴얼에 따라 움직인다. 하지만 이런 방법은 한계가 있고 지치기 마련이다.

우리사회의 모습 또한 머릿속에 아몬드가 부족해 보인다. 각자 살아가기 바쁘고, 남을 공감한다는 여유 따원 부리지 않는다. 말 그대로 공감 불능사회다. 따라서 공감을 하지 못하는 병은 윤재에게만 있는 특이한 병이 아니다. 우리 모두가 지니고 있는 흔한 병이다. 그러나 사람들은 자신의 병을 인정하지 못한다. 자꾸만 그런 현실에서 도피하려고 한다.

지금 이시점이 아몬드 섭취가 가장 필요한 때다. 앞으로는 달달한 초콜릿이 아닌 아몬드를 한번 먹어볼까.

갈등과 갈증

갈등과 갈증은 한 글자 차이다. 두 단어가 담고 있는 의미의 감정선은 복잡 미묘하다. 난 이 두 단어 사이에 '사랑'이란 연결고리를 넣어보았다. 사랑에는 갈등이 생기기 마련이다. 그 사람을 사랑한다고 해서 언제까지나 너그럽고 관대할 수는 없다.

사랑을 하다보면 그 '사람'에게 불만이 생기기 마련이다. 사람이 사람을 만나 감정을 키우는 일이 사랑이다. 사랑을 한단어로 정리 할 순 없다. 결국엔 사람을 만나고, 또 헤어지고, 새로운 사람을 찾아 떠나는 모험의 일종이 '사랑'이다. 사랑과 사람은 한 글자 차이지만 서로 굉장히 연관되어있다.

사랑하는 관계에 얽히고 얽힌 사람들은 늘 갈증을 겪는다. 사랑에 목이 마르다. 단순히 오그라드는 말을 하는 것은 아니다. 정말 상대방이 나에 대한 관심이 떨어진 듯 한 느낌이 들 때가 있다. 이 시점이 바로 갈증이나는 순간이다.

갈증을 해소하는 방법은 물을 마셔 줘야한다. 물중에서도 시원한물. 시원한 무언가가 갈증을 해소 시켜줘야 한다. 그렇지 않으면 목은 타들어 가는듯한 느낌을 받는다. 솔직히 말하면 갈증은 심각한 병도 아니다. 누구나 쉽게 느끼는 현상에 불과하다. 그런데도 우리는 갈증을 느끼면 짜증나고 말도 잘 안 나온다. 그렇다. 사랑이 있기에 갈등이 생기고 갈증이 일어난다.

갈증과 갈등은 한 글자 차이지만, 사랑과 접목 시키니, 같은 뜻이 되어버렸다.

카프카, 《변신》은 타인에게 말걸기

모든 인간은 언젠가 퇴물이 된다.
다만 그 시기가 다를 뿐.

애벌레에서 번데기로, 번데기에서 나비로 변신을 한다.

나는 변신을 하기 위한 어느 단계까지 왔을까,
이렇게 생각할 즈음에 문득 이런 생각이 들었다.
'어쩌면 난 매일 변신을 하는 걸지도 몰라.'

그렇다.
모든 인간들은 매일 변신을 한다, 시간이란 제약이 무색할 정도로.

지우개똥

우리가 하찮게 여기는 것은, 우리생각보다 꽤 많다.
늘 우리와 함께 있는 것들인데,
그것들이 없으면 허전할텐데,
그 하찮은 것들의 감사함을 모르고 살아간다.
지우개똥은 하루라도 나와 떨어져 있으려 했던 적이 없다.
나 또한 지우개똥이 없으면 공부를 하지 않는 느낌이 든다.
지우개똥은 나한테 소중하다.
하지만, 지우개똥은 매일 새로운 얼굴과 몸을 보여준다.
어제보았던 지우개똥을 다시볼수 없다.
내가 버려서.
다시 보고싶어서 찾아봐도
내가 이미 쓰레기통에 버려서,
찾을수가없다.
내 주변에
또 다른 하찮은 것이 순전히 나로인해서,
내곁을 떠나갈지모른다.

왜 곁에 있을 때는 그렇게나 하찮고 도움도 안주던것들이,
없으면 나도 모르게 찾게되는지 모르겠다.

여행은 쉼, 괌이 그랬다

괌은 우리가족의 첫 번째 자유여행지였다. 우리가 배고프면 먹고 싶은대로 사서 먹을수 있고 졸리면 자도 되고 힘들면 쉬어도 되는 편안한 여행이었다. 무엇보다 아침에 일어나서 에메랄드빛의 바다를 볼 수 있다는 점이 행복했다. 나도 느낄 수 있을 정도로 우리는 각박하고 숨 차는 삶을 살고 있다. 열심히 살아가는 와중에 '여행' 이란 쉼표는 사막의 오아시스 같았다.

여행 내내 아무생각 없이 그 자체를 즐기고, 맛있는 음식도 먹으며 휴가를 만끽했다. 여행의 마지막 밤 투몬비치에서 카약을 타고 저 멀리 수평선을 바라보았다. 기분이 묘했다. 보통 여행의 마지막 밤이라 하면 아쉬움이 남고 그래야 하는데 그러지 않았다. 해외 여행은 대부분 빡빡한 일정으로 가득 차기 때문에 힘들고 이동할때마다 곯아 떨어지기 마련이다.

하지만 괌 여행은 그렇지 않았다. 우리 집에 있는 침대에 누워 있는 듯한 편안함을 내게 선사해 주었다. 그래서인지 여독 또한 심하지 않았다. 처음으로 내게 관광이 목적이 아닌, 정말 편안하게 휴식을 취한 여행이었다.

120년 후의 나에게

박채영
영복여중 3년)

안녕. 난 120년 전 2019년의 박채영이야. 넌 지금 어떻게 지내니? 이승에 없을 수도있겠어. 너한테 궁금한 것이 많아서 편지를 쓴다. 현재의 내가 원하는 세상이 120년 후면 이루어졌으리라 생각해. 그럴 거라는 확신을 담아 쓰는 편지야. 내가 원하는 세상을 2019년에 이루는 것은 조금 벅차더라구... 내가 생각하기엔 엄청 간단한데 말이야. 지금은 인터넷 기사를 본 후 댓글을 보는 일이 너무 힘이 들어. 상식적으로 상대하기 힘든 사람들이 너무 많거든.

성폭력으로 힘들어한다는 기사의 댓글에는 또 다른 가해가 일어나고 있어. 볼 때마다힘들고 화가 나. 그 댓글이 주로 여성들을 향한 것이라는 사실이 날 더 화나게 해. 120년 후에는 여성들을 향한 보이지 않는 잣대가 사라질까?

1893년에 호주에서, 전세계에서 처음으로, 여성들에게 참정권이 주어졌어. 약 130년이 흐른 지금, 세계 모든 나라의 여성 참정권이 허용됐어. 물론 잠잠했던 여성 인권 운동이 다시 활발해져 사우디 아라비아에서조차 여성 운전을 허용하게 되었지. 원래 여성 인권에는 관심 없었던 사람들도 관심을 가지게 되었어.

그래서 나도 120년 후면 정말 제대로 된 사회

가 갖추어지지 않을까 해. 지금보다 더 높은 사회 의식이 형성되어 있 겠지. 예전에도 있었을 성소수자들의 인권도 이제 와서야 주목 받기 시 작했지. 120년 후면 이들도 '틀림'이 아닌 '다름'으로 인정될까? 그들 을 향한 신기함이 담긴 눈빛도 거두어질까?

2019년의 지금, 나는 페미니스트야. 페미니즘을 '양성평등'적 관점 이 아니라 '성평등'적 관점으로서 여기는 그런 페미니스트야. 여성 비하 적, 장애인 비하적 욕들을 들으며 눈살을 찌푸리는, 그런 사람이야.

축제 날에 여성과 성소수자들의 인권을 위해 마이크를 잡았고, 오 후에 페미니즘 스티커를 팔면서. 마이크를 잡은 나를 향해 야유가 아 닌 환호를 해주고, 스티커를 파는 곳에 판매가 아닌 기부만을 목적으 로 둔 모금함에서 만원권이 나왔다는 소식을 들으며, 나는 이 사회 의 희망을 보았던 것 같아. 이런 것들을 삶의 원동력으로 삼고 살아가 는 나는, 페미니스트야.

120년 후에 네가 보기엔 내가 페미니스트라고 하는 게 웃길지도 모 르겠어. 그 쯤되면 모두가 페미니스트일지도 모르겠네. 2019년의 우 리가 우리를 소개할 때 지구가 둥글다고 생각한다고 말하지 않듯이...

내가 지금 우리 사회에서 가장 화나는 건, 차별들이 너무나 당연하 게 받아들여지고 있다는거야. 남자 배우는 남배우라고 부르지 않으면 서 여자 배우는 꼭 여배우라고 부르고, 남자 경찰은 남경이라고 부르 지 않으면서 여자 경찰은 꼭 여경이라고 부르지.

몇몇 사람들은 말하지, 차별이 아니라 차이를 구분하기 위함이라고. 그렇다면, 굳이 여자만 구분하려는 이유가 뭘까? 우리 사회는 여성들 이 다양한 기회를 갖는 것을 다르고 특별하다고 여기는거야. 남자들 이 다양한 기회를 갖는 건 당연한 것이라 여기면서. 별거 아닌 것 같지 만, 이런 생각들이 차별의 시발점이라고 생각해.

언어 습관에서도 그래. 꼭 차별적 내용의 발언을 하지 않더라도 사

람들이 무의식적으로 섞어쓰는 욕들. 그 욕 하나하나 조차도 차별이라는 것을, 비하라는 것을, 깊이 생각하며 말해야하는게 아닐까? 사람들이 흔히 쓰는 '씨발'도, 풀어보면 '씹팔'이라는 의미고, 성매매 여성들을 욕하는 비하적 표현이야. 다른 욕들도 살펴볼까? '병신'은 장애인 비하 욕설, '지랄'은 뇌전증 환자 비하, 어느 하나 비하적 의미 없는 욕이 없어. 이런 입에 담기도 힘든 말들을 가볍게 내뱉는 것이, 웃으며 넘길 수 있는 문제일까?

이런 차별의 근본이 뭘까? '다름'을 '틀림'이라고 여기는 이들. 무례한 발언의 상대가 여성이라면 별로 상관하지 않는 그들. 면접 자리에서 결혼, 출산 얘기를 아무렇지 않게 꺼내며 남의 개인사에 간섭하면서도 잘못하고 있다는 생각을 하지못하는, 아니 하지 않는, 그들. 사실 그게 가장 큰 문제인 것 같아. 항상 잘못을 범하고 있으면서도 알아차리지 못하는 것만큼 큰 문제가 있을까?

요즘 지탄 받고 있는 사람이 있어. 그 사람은 어떤 회사 사장인데, 불법 포르노를 유포하는데 영향력을 행사하면서 돈을 벌었고, 직원들한테 폭력을 행사하는 등 그 동안 감춰왔던 만행들이 드러났어. 몰래 설치된 카메라에 찍힌 여성들, 그리고 헤어진 연인이 유포하는 리벤지 포르노를 유포하는데 기여한거야.

이 사건만이 문제가 아니야. 미투 운동이 활발했던 얼마 전 한 사진 스튜디오에서 사진 촬영을 한 여성이, 성추행과 사진 유포 등의 피해자라며 영상으로 밝혔어. 그녀의 말이 하나부터 열까지 다 맞는지는 알 수 없어. 그런데 사건을 해결하는 과정에서 문제가 생겼어. 그 스튜디오 소장이 스스로 목숨을 끊은 거야. 그러자 사람들은 모두 여성에게 달려들어 2차 가해를 시작했어.

그녀는 왜 이렇게 비난 받을까? 그녀는 촬영 과정에서 있었다고 주장한 성추행이 있었든 없었든, 명백히 사진 유포 피해자이고, 이는 그

녀에게 씻을 수 없는 상처로 남았을 거야. 피해 여성과 관련된 글을 다 읽고 댓글을 볼 때면 참혹함에 눈물이 날 것 같아. '살인자', '사기꾼'이라는 타이틀도 모자라 성희롱도 많았어. 유포된 사진을 찾는 글도 인터넷에 많더라.

정말 참혹했어. 한 대학교에서 일어난 몰카 사건도 그래. 지금까지 몰래 찍힌 대상은 항상 여자였어. 그러다 한 대학교에서 남성을 타깃으로 한 몰카 범죄가 일어났어. 사람들은 여성들에게는 일상이던 몰카 범죄를 크게 느끼더라. 그리고 난 태어나서, 몰카로 징역형을 선고한 사례를 그 사건으로 처음 봤지.

몰카 피의자를 옹호하고 싶은 것이 아니야. 몰카는 여성들에게는 정말 일상이었잖아. 화장실에 들어가면 바지를 내리기 전 항상 주변의 구멍을 모두 휴지로 막아야 했고, 볼일을 보면서도 계속 두리번거렸어. 이렇게 여성들에게는 일상적인 불안으로 자리 잡힌 '몰카'라는 범죄는, 나는 사람들이 가볍게 여긴다고 생각했어.

그래서 그렇게 규제도 많이 하지 않고, 피의자를 찾으려는 노력도, 징역살이도 하지 않는 구나 했어. 난 당연히 이 사건도 그렇게, 흐지부지 끝날 줄 알았는데, 피의자가 징역살이를 하게 되었어. 정말 허무했어. 피의자가 여성이기 때문에 이러한 판결이 난것이 맞는지 아닌지는 몰라도, 그렇게 밖에 보이지 않았어. 우리의 일상에 자리 잡은 불안은, 여성들 뒤를 파파라치처럼 따라다니는 그 수많은 작은 카메라들은, 언제쯤 없어질 지 궁금해. 너의 나라는, 그 날의 나라는, 여성들이 더 이상 불안에 떨지 않아도 되는 나라일까?

여성은 능력이 있어도 남성만큼 뽐내기가 쉽지가 않아. 회사에 들어가기 전 면접부터 출산과 결혼 관련 질문들을 아무렇지 않게 받는 여성들은, 개인적인 일과 회사의 일 중 하나를 골라야만 하는 처지에 놓여있어.

사랑하는 사람과 아이를 갖게 되면 회사 일은 포기해야 하고, 회사에

　서 뛰어난 직원이 되려면 좋은 엄마는 포기해야 하지. 아이를 택한 여성들은 어쩔 수 없이 자신의 능력을 다 펴지도 못한 채로 일을 그만두게 되고 말아. 그렇게 경력 단절 여성들이 생겨나는 거야.

　그에 비해 남성들은, 출산 걱정은 하지 않아도 되고, 같은 일을 해도 여성보다 돈은 더 많이 받으니. 이런 사회 구조에서 성 역할의 구분을 짓지 않는 것도 쉬운 일이 아니겠어. 여성은 아이 때문에 일을 포기하니 집에서 집안일하고 아이를 돌보게 될 것이고, 돈은 남성이 더 많이 받으니 남성이 바깥에서 일을 하겠고. 이런 사회에서 무슨 성 역할이 없는 것을 꿈 꿀 수 있겠어. 시민들의 의식도 중요하지만, 안타깝게도 우리 사회의 현실은 생긴 시민 의식마저도 짓밟고 있는 걸.

　사실 우리나라에서 성차별이 일어나지 않기란 힘들 것 같아. 어렸을 때부터 여자는 분홍, 남자는 파랑을 입히는 것부터 시작해서, 읽어 주는 동화책의 그림들을 보면 공주들은 죄다 예쁜 치마를 입고 있지.

　같은 만화영화에 나오는 캐릭터라도 여자는 항상 치마를 입고, 긴 머리를 하고 나오니까. 교과서에도 남자는 항상 힘든 일을 하는 사람이고, 요리나 청소를 하는 사람은 항상 여자니까. 가르치는 대로 아는 아이들은 무의식 중에라도 그렇게 인식하게 되는 게 아닐까?

　중요한 자리에서 여성의 화장은 항상 매너로 여겨져. 승무원 처럼 유니폼이 있는 직업들의 여성 유니폼은 항상 허리가 잘록하고, 바지는 찾기 힘들어. 교복도 그래. 우리 학교만 해도 체육복 바지는 체육 시간 외에는 입을 수 없도록 규제하면서 교복 바지도 따로 두지 않고 있으니까. 이게 성차별이라고 생각지 않는 사람들이 너무 많다는 것도, 문제야.

　성차별이라는 범주를 다루면서, 우리는 항상 여성과 남성만을 거론해. 이것도 문제라고 생각해. 대통령조차 '성평등'이라는 단어가 아닌 '양성평등'이라는 차별적 표현을 사용하고 있지. 지구상에 존재하는 성은, 절대로 여성과 남성만으로 국한 지을 수 없어. 사람에게는 신체적 성과 정신적 성이 있지.

먼저 신체적 성으로는 크게 여성, 남성, 간성이 있어. 간성은 성염색체 이상으로 남성과 여성의 성기를 동시에 가지고 태어나는 것을 말해. 일반적으로 간성은 20살이 되기 전에 남녀 중 한 성을 선택해 생식기 수술을 받는대. 나는 이게, 잘못되어도 너무 잘못되었다고 생각해.

특히 우리나라에는 출생신고서의 성 기입란에 남성과 여성밖에 주어지지 않아서, 간성으로 태어난 아이들은 의지와 상관없이 자신의 성이 정해지게 돼. 자신의 의지를 따르더라도, 한 성만을 택하라고 강요하는 사회도 정말 문제라고 생각해.

그들은 그들 자체로 살아갈 권리가 있고, 누구도 침해해서는 안 된다고 생각해. 그 밖에 신체적 성과 자신이 느끼는 정신적 성이 다른 트랜스젠더나 정신적 성이 계속해서 바뀌는 젠더플루이드 등 성정체성에 있어서 성 소수자들도 모두 인정이나 존중이라는 단어 없이, 당연하게 받아들여질 수 있는 사회가 필요하다고 생각해. 2019년의 지금도 독일, 네덜란드 등의 선진국은 제 3의 성을 인정하고 있지. 우리나라도 언젠가는 바뀔 거라고 믿어.

성정체성에 관한 문제만이 문제가 아니야. 성지향성에 관한 문제도 많아. 이성애자가 많은 것은 사실이지만, 많다고 해서 옳은 것은 아니고, 소수가 그 다수에 따라야 할필요도 없어. 남성이 남성에게 성적 끌림을 느끼는 게이, 여성이 여성에게 성적 끌림을 느끼는 레즈비언, 남성과 여성에게 성적 끌림을 느끼는 바이섹슈얼 등 성지향성은 다양해. 그런데 우리 사회는 이성애자만 옳다고 치부하고, 동성애자는 '틀린 것' 혹은 '잘못된 것'이라고 생각해.

내가 전에 동성애 반대 영상을 본 적이 있어. 지피지기백전불태라고, 내 의견에 반대하는 사람들이 왜 반대하는지 궁금했거든. 근데 영상에서 좀 이상한 점을 찾았어. 바로 동성애를 성적으로만 생각한다는 거

야. 성병과 성적 쾌락을 중심으로 얘기하더라. 근데 이 관점은 너무 잘못되었다고 생각해. 우리가 흔히 말하는 이성애가, 연애가, 육체적 사랑만을 얘기하지 않듯이, 동성애도 같은 거야.

그들도 이성애자들의 연애처럼 그렇게 조심스러운 신체 접촉과 설레는 감정으로 연애하니까. 우리가 조건 만남을 '사랑'이라고 일컫지 않듯이, 육체적으로만 맺어진 관계는 동성애자들도 사랑으로 치부하지 않아. 동성애 때문에 출산율이 감소한다는 말도 본 적이 있는데, 이 나라의 출산율 감소가 정말 동성애자들 때문일까?

다른 조건들은 완벽한데, 동성애자들이 출산율을 감소시키고 있는 걸까? 나는 아니라고 봐. 또 동성애의 성병 문제도 많이 지적하더라. 그런데 성병 때문에 동성애를 하지 말라는 건, 교통사고 날까 무서우니 밖에 나가지 말라는 것과 똑같은 논리라고 생각해. 우리가 교통사고 예방 교육 하듯이, 그렇게 성병 예방 교육을 하는 것이 먼저라고 생각해. 내가 120년 후의 너의 나라를 완벽히 서술하고 있는 거였으면 좋겠다. 모든 일의 책임을 소수에게 미루기보다는 다 함께 해결책을 찾는 그런 나라.

그 세상을 만들기엔 근본적으로 잘못된 것이 많아. 우리나라의 미래를 그리는 국회의원들의 자리에도, 경제를 이끄는 기업들의 임원자리에도, 여성은 남성에 비해 턱없이 부족하다는 거야. 다수결의 원칙에 따르니까, 여성들이 원하는 것들은 이뤄지기 힘든 구조야. 성평등을 위한 법은 제정되어 있지만, 제대로 따라지고 있지 않은 것이 현실이야. 법이 제대로 이행되도록 강도 높은 단속도 필요한 것 같아.

여성이라는 이유로, 꼭 여성이라는 측면이 아니라도 다르다는 이유로, 적다는 이유로 무시 받는 일이 조금씩이나마 줄었으면 좋겠다. 네가 이 편지를 웃으며 볼 수 있었으면 좋겠어. 이만 줄일게, 안녕!

2019년 겨울, 120년 전의 너로부터

피어나소서

'그 꽃은 죽었어.'
너는 분명 이렇게 말했다

나는 무심하게 거울을 주시하며
봄의 종언을 알린다

아이러니하게도 그날은 몇 년 전 시들어버린 꽃
의 기일이었다
'아프다.' 이 한마디만으로도
죽음의 동기는 충분했다

생각해보면 네가 선사하는 고통은
언제나 감미로웠다.
야무지게 베어 문 슬픔 한 조각.
이것만큼 쉽게 얻을 수 있는 달콤함이 있을까?
설령 자존감이 떨어질지라도
막연한 불안감을 덜어낼 순 있다

나는 눈에 별을 담고, 마음엔 어둠을 심으며
식사를 마쳤다.
반복되는 이 다과회는 정말이지 공허하다
손만 뻗으면 닿을 거린데,
나는 그 중간에 주저앉아

엄태선
(장당중 3년)

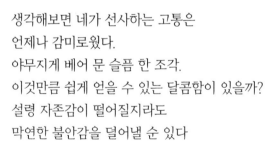

정말 많이 울었다.
망각, 불안, 절망
낙화하는 시의 영혼

너의 절망은 이런 식으로 걸어왔다
저벅저벅, 꿈에서 본 듯한 걸음걸이로
부드럽게 내 눈동자를 삼키며,
싸늘한 심장 끝을 향해
마지막 비수가 꽂힌다
비명조차 고요한 이 밤에
벌칙처럼 걸려버린 내 악연을
잘라버리기 위해

나는 눈을 감으며 다이빙대에 올랐다
도저히 받아온 사랑과 축복을 똑바로 보며 죽을 수 없었기 때문이다
한 계단, 한 계단마다 기억들이 흩날린다.
쉬운 사람이었기 때문에
결코 쉬운 사랑을 할 수 없었던 엄태선

나는 마지막 시를 적으며 너에게 말했다
'이걸 유서라고 하던가?'

침묵이라는 배경음악 아래에서
나는 죽음과 함께 춤을 추기 시작했다
이야기를 끝내는 것조차 무서워하는 내가
너무 싫었기 때문일까

괜스레 헛웃음이 새어 나왔다

발을 내디뎌 점프를 했다
떨어지며 수천 개의 사랑이 떠올랐고
모두에게 잊을 수 없는 상처를 남기고 간다는 것에서
생애 처음 느껴보는 죄책감이 새어 나왔다
내가 죽는다면 혼자 죽는 게 아니란 걸 알면서,
남겨진 이들의 아픔을 알면서,
나는 머리를 잡으며 흐느꼈다
하지만 자책할 시간도 없이
몸 안의 반응이 시작됐다

난생처음 겪어보는 역하고 강렬한 고통

장기가 비비 꼬이는 듯했다
구역질 할 수록
 점점 숨을 쉬기 어려워져갔다
이대로 끝나나 싶었고,
끝까지 제 역할을 못 한 내가
원망스럽다고 생각한 것 같다

아들로서, 친구로서, 제자로서
모든 사랑에 대해 이 정도 대답밖에 못 한 나를
당시엔 무척 혐오했다

하지만 얼마 지나지 않아 문득 이런 생각이 들었다

내가 왜 죽어야 하지?

나는 그냥 어린앤데.
그냥 시를 좋아하고 친구 사귀기를 좋아하던
평범한 중학생 남자앤데

고통에 잠식되던 영혼이 어렵게 입을 연다
뒤따라 내 육신, 내 감정, 내 심장까지
입을 모아 소리쳤다

살고 싶어.'

'뭐라고?'
너는 당황하며 말을 더듬었다.'

그래서 목청껏 소리쳤다
아까보다 훨씬 더 크고, 우렁차게
설령, 그 소리를 아무도 들을 수 없다 하더라도 좋았다

'살고 싶어, 누구보다도 행복해져서
내게 흔쾌히 등을 내민 사람들에게 웃으며 보여주고 싶어
나는 이제 하나도 아프지 않다고 떵떵거리며
그들에게 자랑하고 싶어.
사랑하고, 마음껏 숨을 내쉬며 시를 쓰고 싶어.'

'나는…….
피어나고 싶어'

그래, 어쩌면 어머니에게 주체할 수 없는 몸을 붙들고
병원에 가야 한다며 호소하던 나는
이렇게 소리치고 싶었을 거다

이미 심연을 맛본 나지만
이젠 알 수 있다

링거를 붙잡고
애써 분노로 숨겼던 어머니의 슬픔을
 그 슬픔과 눈을 마주친 순간
내 시간이 다시 움직이고 있다는 것을

왜곡된 추억 사이로 희미한 빛이 새어 나왔다
잡았다
한 치에 망설임도 없이
누구보다 빠르게 그 빛을 낚아챘다.
그리고 내가 그렇게나 궁굼해했던 빛의 정체가
터무니없이 간단했다는 걸 느끼자
나는 실소하며 잠들었다

내 빛이, 가장 갖고 싶었던 행복이
모든 어둠을 인정하고 나아가는 태선이라니

나는 몇 개월이 지난 지금까지도
심연 속에서 고개를 든 나와
눈을 마주친 네 표정을 기억한다

과거를 붙잡고 날 괴롭히던,
하지만 사실 나만큼이나 아팠던 네 최후를
하루도 잊을 수 없다

그런 너조차도 나의 일부였기 때문에
그 모든 모습을 인정해야 앞으로 나아갈 수 있다는 걸
이젠 뼈저리게 느끼고 있기에

나는 앞으로 충분히 많은 시간
충분히 많은 사랑을 손에 쥐고
모든 그림자를 안으며 걸어갈 것이다

어둠 속에서 완벽히 나갈 순 없다
길을 걷다가도 네 자취를 보며 눈물 흘릴 것이고
앞으로도 쭉 내 뒷모습은 쓸쓸할 테다

하지만 그런데도 내가 피어날 수 있는 것은
그런데도 별들은 너의 곁을 걷는 이유는

우리의 심장이 아직 뛰고 있기 때문이 아닐까
아직 잘 살 기회가 몇만 번은 남았으니 그런 게 아닐까
감히 말해본다
그림자가 드리운 그대
아직도 눈앞의 행복을 자각하지 못한 그대
부디 피어나소서

마녀는 울지 않는다

어느 순간 정신을 차려보니 글을 쓰고 있었고
언제 떨어질지 모르는 별똥별을
한 없이 기다리며 눈을 감았다

달빛을 찾으며 발버둥치던 내게
달빛이 없어도 빛날거라며
위로를 건네던 당신은
나를 심해서 꺼내주었지만
갈망하던 꿈마저
포기해버린 나는 공허하기 짝이 없었다

누군가는 별이 되어보라 했고
또 누군가는 꽃이 되어보라 했다

하지만 나는 내 손안에 있는 것들을 사랑한다

수만 개의 슬픔을 적어내려
결국엔 사랑이 되는 내 시를 사랑한다

각자 다른 색이여도
언제든지 날 안아줄 이가 있다는 사실을 사랑한다

내가 아니면서도 나인
상처를 입고

색을 잃은 너를 정말 많이 사랑한다

누군가는 내게 말한다
그렇게 살면 안돼! 라고
네가 주인공이여야 한다고

하지만 나는 마녀이기에
모두가 화형시키려하고
모두가 나를 잊으려들어도
어떻게든 살아남아
역사를 남기는
스토리 메이커이기에

이젠 말할 수 있다.
미안 나는 빛보단 모두를 더 빛나게하는
어둠이 좋거든

그래, 마녀는 울지 않아
왜냐하면 그게.....

내 마법이거든

우울의 회고록

나는 잠깐 후회할 시간이 필요하다
내 슬픔이 주변 이들에게 영향을 끼쳤을 수도 있다던가
괜스레 평소보다 더 투정을 부린 날이라던가
아주 짧게
기억조차 떠올릴 수 없을 정도로

후회했는가
그렇다면 분노하라
이렇게 주저하며 버린 시간들을 향해
흘린 눈물보다 훨씬 많은 사랑을 향해

통곡대신 함성을
망각대신 기억을
낙화하는 꽃 대신
타오르며 모든 것을 이뤄내는 불꽃을

우울의 회고록은 이제 결말을 내렸다
더 이상 쓸 이야기는 없다

당당하게 걷는 날은 훗날이 아니라 오늘이다

우아한 망각

치매 판정을 받았을 때도
당신은 결코 잊지 않겠노라고 말했습니다.
생일 선물을 받을 때도, 여행을 갈 때도
그 어떤 호의도 사랑으로 기억하겠노라고

하지만 한결같을 거라고 믿었던 당신은
어렸던 나를 위로해주던 거인이 아니었고
그 누구보다도 강인한 부모가 아니었다는 것을
새까맣게 잊고 있었습니다
나는 당신에 대해 무지하고, 노력하지 않았던
어리석은 자식이고
당신도 그저 한 사람에 불과하다는 것을
외면하고 있었습니다

그렇기 때문에 나는 잊지 말라고
통곡하지 않을 겁니다.
다만 언제까지나 기억할겁니다.
당신이 있었음으로 아름다웠던 내 세상이
가장 소중했던 당신에게서부터
우아하게 잊혀졌음을
이 모든 것이 결코 비참하지 않은
우아한 망각임을

푸른바다 아래 별빛

사람들을 잡아먹고 있는 괴물들이 살고 있었
으니, 고대에는 그것을 나인이라고 불렀다. 그
들은 한때 우리의 위에서 우리의 목숨을 사사건
건 노리고 있었다. 모든 평인들은 숨을 죽이며
그들의 발 밑에서 고요히 살 수 밖에 없는 자신
의 상황을 한탄했다. 검은 그림자로 모든 것을
집어 삼키던 그들은 자유자재로 형태를 변형시
켜 우리를 아무도 믿지 못하는 구렁텅이에 몰아
넣었다. 뜨거운 불은 처음에만 그들에게 효과가
있었다. 하지만 나중이 되어서야 그들은 불조차
도 자유롭게 다뤘다. 어두울 때 스치는 바람마
저 그들의 편이었으니까.

물론 이런 악을 처단하는 선도 있었다. 달의
선택을 받아 달의 증표가 새겨진 이들을 월인이
라고 불렀다. 그들은 달과 공존하는 힘으로 그
들 고유의 무기를 다루어 나인들을 죽여 나갔
다. 하지만 옛날에는 달이 모든 것을 비춰줄 수
가 없었고, 삭도 있었던 바람에 좀처럼 나인과
의 격차를 줄여나갈 수는 없었다.

몇 세기를 그렇게 살고, 한 과학자가 전구를
발명한 그 시기부터 전세가 역전되었다. 밤도
낮처럼 환히 밝힐 수 있는 것은 가히 혁명이었
다. 그들은 밝은 빛의 대처를 찾지 못한채 슬그

권지효
(영복여중 3년)

머니 뒤로 숨을 수 밖에 없었다. 월인들은 그런 달과 같은 빛을 다루는 법을 빨리 터득해 완전히 나인을 나락으로 떨어뜨려 놓았다. 그들은 자신의 위치에 위험을 느껴 사람들 사이로 섞여 들어가 살기 시작했다. 그저 평인들과 똑같이 행동하는 나인을 구별하는 방법은, 그들도 증표가 있었다.

그런 그들을 잡기 위하여 월인들은 한데 모여 기관을 설치 했고, 오늘날에는 규모가 상당한 국제 기관으로 활동하고 있다. 평인들은 그런 월인들의 수호를 받으며 더 이상 위험에 떨지 않아도 된다는 기쁨에 젖어 몇백년만에 엄청난 발전을 이루었다. 물론 그런 과정들 중에서 나인은 상당히 힘이 약해져가고 있었다.

그들은 100년에 한번 나오는 그들의 수장이, 벌써 5번씩이나 나오지 않았기 때문이다.

그들의 수장은 50년 전에 세상에 빛을 보았다. 그러면 그때에 무슨일이 있었을까?

"내가, 반드시 널 데리고 갈테니까. 아무도 없는 그곳으로 떠나자."

수면 밑으로 내려가는 동안 유일하게 들려오는 목소리가 귀에서 맴돌았다. 온 몸이 차갑게 굳어 움직일 수 없는 상황이 어딘가 기시감이 들었다. 아득해지는 시야에는 오직 따뜻한 어둠만이 빛나서 괜시리 눈물이 핑 돌았다. 그러는 새에 정신이 점점 깊은 곳으로 끌려가고 귀에 울리는 소리를 점점 알아들을 수 없게 되었다. 주위는 이미 완전한 심해였다. 아무리 손을 뻗어도 잡아줄 이 하나 없는 그런 바다에서 두 눈을 천천히 감았다. 내가 도피할 장소를 찾아서, 더 깊이.

이 추운 겨울날, 유독 하얀색 옷으로 치장한 여자가 길 너머에서 사람들 사이에 자연스레 섞일려고 애를 쓰고 있었다. 하지만 그녀가 풍겨내는 그 묘한 분위기에 오히려 이질적으로 보였다. 감기는 눈꺼풀 사이로 보이는 노란색 눈동자가 흉흉하게 빛나고 있었다. 그 사람은 길 건

너에서 이리저리 고개를 돌려 주위를 둘러보고 있었는데, 그 모습이 마치 누군가를 기다리는 것 같기도 했다. 하지만 여기는 학교 앞인데도 불구하고 누군가와 같이 놀 편의 시설이 많은 편이 아니었다. 그 흔한 분식집도 없이 문구점이 전부였다. 학교에 근무하시는 분을 만나러 왔다면 이미 교문 안쪽으로 들어와있거나, 좀 더 늦은 시간에 그곳에서 서 있었어야한다. 학생을 기다리는 것도 아닐 것이, 지금은 하교시간이 한참 지난 시간이었다. 밖으로 나오는 사람들을 손가락으로 셀 수 있는 정도의 시간이었으니까.

벌써 차갑게 언 손에 핫팩을 쥐고서 머리를 굴렸다. 이미 지나치기에는 의구심이 자꾸만 들어 발이 떨어지지 않았기도 했고 그 사람이 어딘가 낯이 익기도 했다. 누군지도 모르는 사람이 익숙한 분위기라는건 상당히 흥미로우면서도 한편으로는 무섭기도 해 팔을 쓸어내렸다.

아무튼 좀 더 생각을 해봐도 이곳 사람들은 보통 바로 옆에 있는 이 아파트 너머의 상가에서 약속을 잡았다. 그렇기에 여기서 이러는 사람은 없다고 해도 과언은 아니었다. 여기에 처음 왔다고 해도 만나는 상대방은 여기에 살거나 일을 하고 있을텐데, 그걸 전해 듣지 않을리는 없다. 아무리 꽁꽁 쥐여짜도 어떤 이를 기다리는 것 같지는 않은데, 곁눈질로 본 그녀의 행동은 그래보였다. 중요한 걸 놓치고 있는지도 모르겠다. 천천히 고개를 들어 그 사람을 찬찬히 바라보았다. 그 순간, 그녀의 달빛을 닮은 눈동자에 그런 내 모습이 비쳤다. 순간 온 몸을 훑고 지나가는 느낌에 부르르 떨었다. 곱게 접힌 눈 사이로 내가 여태까지 생각했던 것을 전부다 읽히는 기분이었다. 몸에 소름이 돋아 창백해진 얼굴로 서둘러 몸을 돌려 집쪽으로 발걸음을 빠르게 옮겼다. 예상하지 못한 공포가 나를 진득하게 잡아먹는 듯해서, 그저 일직선으로 난 길을 밟아 나아갔다. 오직 한 가지의 생각만이 내 머리 속을 가득 울렸다.

'나는 저 눈을 본적이 있다.'

차디 찬 겨울의 칼바람이 볼을 스쳐 지나갔다. 유난히 추운 날이었다.

어렸을 때는 꿈을 꾸면, 자꾸 다른 누군가가 되어 어떤 일을 겪었던 적이 많았다. 나이를 먹으면 먹을수록 짙어져가는 기억이 그대로 반복되는 일상이었다. 나는 그저 보았던 대로 쭉 나아가면 됐었다. 아무 것도 알려고 하지 않은채, 그저 앞만 보면서. 그 길 앞에서, 내 손 끝으로 나의 모든 것을 담은 종이 비행기들이 날아가기 시작했다. 행선지도 모른채 나아가던 그들이 너무나도 안쓰러웠다. 그리고 그걸 보는 나도, 그 비행기들과 다를 바가 없었다. 두 눈을 감고 발 밑을 조심해야만 남들이 말하는 곳에 도착할 수 있었으니까. 현실이 빛처럼 너무나도 밝다.

낮에 급하게 집으로 돌아오고 나서, 쏟아지는 졸음에 눈을 감았더니 여기였다. 뿌연 창 밖으로 보이는 도로가 기억을 상기시켜준다. 한켠에 쌓아둔 책들이며, 책상에 혼자 가지런히 놓여있는 다이어리가 이제는 너무나도 익숙해보였다. 밖에는 당연하게도 큰 소리로 뉴스를 내보내고 있는 텔레비전이 있는 것 같았고, 방 안에서는 그저 공기 청정기만이 작동하고 있을 뿐이었다.

하얀색 벽지가 유난히도 눈에 익었다. 책상에 앉자 밖에서는 지금 상황에 대한 정보가, 책상에서는 나에 대한 수만가지 기록이 반겨주고 있었다. 너무나도 똑같은 일에 진절머리가 나 인상을 찌푸렸다. 나는 이 꿈에 왔을 때 단 한 번도 결말을 본 적이 없다. 찢겨져 버린 페이지처럼 그 부분에 정신을 차리는데, 시간이 지나면 그것도 잊어버릴 기억일 뿐이다. 밖의 부부는 숨을 삼킨 채로 계속 내 이름을 불러온다. 아마 그때 이후로 도통 나오지 않는 나를 걱정하고 있는 거겠지. 하지만, 지금 그들의 아이는 없다. 그저 다른 누군가가 이 몸의 주인이 써놓은 대로 연필을 집어 그대로 그리는 것 뿐이다. 얼굴을 보지 않아도 밀려오는 죄책감에 얼굴이 붉어졌다. 내 자신이 아니라고 외면하는 모습을 누가 비웃는 것만 같아서. 그런 기분이 들어서.

이 아이의 다이어리는 초반에는 둘의 글씨체가 번갈아 나오더니, 후반에는 자신의 친구관계나 현재의 상황등이 기록되어 있었다. 드문드문 찢겨진 페이지도 존재했지만 그다지 신경을 쓰지 않았다. 이 아이, 좀 더 쉽게 말해 '너'의 기분을 수천 번 들여다 봐도 이해할 수 없었다. 너는 어딘가 매우 많이 이상했다. 누군가에 쫓기 듯이 작성한 마지막 페이지를 자꾸만 만지작거렸다. 누가 너를 이렇게 절벽으로 밀어넣었을까. 난 왜 너의 기억을 반복해서 꾸고 있는 지, 아무도 알려주지 않았다. 너는 어쩌면 이 페이지 너머에 적어줄려고 했을지도 모른다.

한참을 그렇게 생각하고 있었는데, 바다같은 푸른색 커튼 너머로는 굉장히 흥미로운 사건이 일어났다. 50년 전에 일어난 나인의 난의 결과가 지금 내 눈에 비치는 거였다. 밖에는 정부의 대비 식량을 조달받지 못한 사람들이 마트를 가는 데 발생한 일 같았다. 나인으로 보이는 자들이 그들을 짓밟고 조롱하며, 그 집안의 가장부터 먹어치웠다. 남들이 보기에는 기괴할지 몰라도, 여기서는 당연한 일이었다. 오히려 이런 상황에서 일가족을 다 이끌고 나온 그들은 마치 죽으러 나오는 것 같았다.

정말 유감이지만, 월인조차도 나인을 막을 수 없는 상황에서 밖은 지옥이나 다름이 없었다. 우리 앞집도 정부의 우선순위에 들지 않아 식량을 찾으러 나온 사람이, 운이 좋게도 다리만 잘린 채 집에 돌아올 수 있었다. 인정하기 싫어도, 수천 번이나 저 사건을 두 눈으로 똑똑히 보고, 절망하는 일이 반복된다면 어느 누구라도 무뎌질 것이다. 이런 내가 싫었지만 나의 일이 아니었으니까. 나만 두 눈을 감으면 되었다. 진짜 지독한 건 어쩌면 생존하려고 다투는 우리일지도 모른다.

　우리가 식량을 나누어 주었더라면, 그들이 정부의 지원에 다 들었더라면 이런 일은 없었을지도 모른다. 하지만 몇 달동안 이런 생활을 한다면 누구나 이기적이게 될 것이다. 우리 가족도, 다른 이들도 모두 다. 그렇게 생각한다면 저 가족은 단순히 죽는 게 더 편할지도 모른다. 손에 땀이 나기 시작했다. 계속 오지도 않는 정부를 기다리는 윗집 보다는 그들이 훨씬 더 현명한 선택이었다. 그런 생각까지 미치자 나는 두 손에 얼굴을 파묻었다.

　자신밖에 모르는 이런 생각이 추악하기 그지 없었다.　나는, 아니 이 아이는 생각보다도 너무나　무덤덤했다. 모든 걸 알고 있는 듯이 태연하게 현실과 마주보고 있었다. 손 틈 너머로 비치는 내 눈은 탁하고 더러워, 원하던 진실을 파악하기는 아직도 무척이나 어려웠다.

　어느덧 이 곳에 온지도 며칠이 지났다. 다시 말해서, 하루종일 밖에서 울려퍼지는 비명소리에 잠을 깊게 자지 못한지 4일이 지났다는 소리이다. 밤마다 울려퍼져 사람들은 도대체 왜 죽을 각오를 하며 이 오밤중에 밖을 나가는 지 이해하지를 못하겠다. 다들 한 번, 아니 수천 번은 듣고 배웠을 나인의 기초적인 상식도 모르는건지 헛웃음만 나왔다. 오늘 밤도 들려오는 짙은 울음소리에 하는 수 없이 침대에서 몸을 일으켰다. 그들도 어떠한 사정이 있겠지만, 다른 이들에게는 민폐이기도 했다. 부엌에서 물을 홀짝이며 창문 건너편으로 보인건 검은색 그림자들이 삼삼오오 거리를 돌아다니고 있던 풍경이었다.

　보는 것만으로 오싹해져 발걸음을 거실로 옮겼다. 큰 창문이 하얀색 커튼으로 잠겨져 있었다. 전에는 그저 숨어 지내듯이 잠만 잤지만 오늘만큼은 다른 기분이었다. 오기전에 보았던, 그 짙은 달빛을 보고 싶어 닫혀있던 커튼을 열어재꼈다. 열려있는 하얀색 커튼 한가운데로 익숙한 누군가가 나를 보고 웃고 있었다. 은하수를 집어 넣은듯한 은빛색 눈동자가 푸른 내 눈를 그저 응시하고 있을 뿐이었는데 밀려오는 안도

감에 슬그머니 입꼬리를 올렸다.

그는 창문을 손으로 가리켰지만, 여기서 창문을 여는 것은 무척이나 위험했다. 안방에서 자고있을 부부가 깨어나 비명을 지를지도 모르고 말이다. 나는 멋쩍게 웃으며 고개를 저었다. 그는 잠깐 삐진 표정을 짓더니 곧 풀어진 듯 환하게 웃으며 입모양으로 무언가를 전했다.

'보고 싶었어'

두 눈을 동그랗게 뜨고 그를 쳐다보았다. 아마 그는 나인일 확률이 높았다. 아니, 손등에 무늬가 있는 걸로 봐서는 나인이 확실했다. 그런데 평인에게 와서 이리 사랑스럽게 웃는 이유를 도통 생각할 수 없었다. 그치만 그 말이 따뜻하게 전해온다는 것은, 이 아이와 저 아이의 연결점이 있었다는 것이다. 도대체 이들 사이에 무슨 일이 있었을까. 왜 너는 다이어리를 끝마치지 못한채 나에게 이 자리를 넘겼는지, 어떻게 이 모든 것을 알았는지, 물어볼 것이 태산이었다.

'조금만 더 하면 돼. 그때쯤에 데리러 올게.'

밖에서 이질적인 차 소리가 들렸다. 그는 연거푸 밑을 내려다 보더니 이내 짧게 웃으며 입을 열었다.

"나중에 봐. 내가, 많이 사랑하고 있어." 하염없이 생각하며 듣고 있었다. 도대체 왜 나를 왜 데리러 온다는 거지? 서둘러 말을 잇고는 눈앞에 사라지는 그의 마지막 말을 듣고 머리가 멍해졌다. 그리고 머리가 재빠르게 굴러가 만들어진 한 가지의 가설을 만들어냈다. 그 가설의 이유는 그와 마주보며 대화하면서 동시에 머리에 주마등처럼 스쳐지나가는 전 시험 범위의 내용이 있었다.

50년 전, 그 난은 수만 명의 희생자를 만들어 낸 사건이었고 주동자는 500년만에 태어난 나인의 수장이었다. 그는 밤하늘 같은 짙은 검은색 머리에 별빛을 수놓은 은빛 눈을 가지고 있었다고 한다. 심지어 나인의 상징인 문양이, 손등에 새겨져있었다고 전해지고 있다. 이 사건은

힘을 합쳐서 나인을 몰아낸 것이 아닌, 그저 우두머리가 사라진 탓에 갑작스레 결말을 마주한 일이었다. 상상치도 못한 공포가 온 몸을 타고 올라와 서서히 숨통을 조여왔다. 기억이 물 밀려오듯이 마구잡이로 들어왔다.

내가 생각하는 최후는, 나는 이 나인의 난의 마지막 희생자였다.

그래, 이렇게 생각하면 이 아이의 다이어리의 내용도 이해가 갔다. 아무리 읽어도 이해를 못하는 것은, 내가 그쪽에 대한 기억이 없어서 그런 것이었다. 초반에 다른 글씨체로 쓰여 있었던 것은 저 아이고, 아마 역사책에 나오는 유일한 친구는 나일 것이다. 나는 알지 못하지만 너와 그의 감정은 이미 깊어질대로 깊어져 결국에 사랑을 속삭일 정도의 관계로 변해있었다.

그는 나를 위해 목숨을 바칠 정도로 나를 열렬히 사랑했었다. 그렇다는 의미는 그의 유일한 약점이 바로 이 몸이고, 이 사실은 월인에게 너무나도 유용했다. 그들은 나인 하나를 못잡아서 이미 떨어질 대로 떨어진 상태였다. 그들의 명예도, 자존심도 추락한 상황에서 월인은 어떤 선택만을 할 수 있을까. 이런 생각을 하는 자체에 헛웃음이 나왔다. 나는 모든 것을 이미 알고 있었을지도 모른다. 솔직히 이 생각이 틀리기를 바랄 뿐이었다. 나는 월인에게 죽임을 당한다.

아마 그와 같이 맞는 마지막이었겠지. 빠르게 돌아가는 현실에 비해 생각은 무엇 하나 따라갈 수 없었다. 몸이 달달 떨렸다. 항상 세계를 지키고 있다는 월인의 이용물이 된다는 것은 여간 좋은 일만은 아니었다. 그들은 내 목숨을 너무나도 가볍게 여겼을 것이다. 오히려 나의 죽음 하나로 이 난을 멈출 수만 있다면 무척이나 싸다고 생각하는 편이 많았을지도 모른다. 나도 아직은 살아있는 사람이었고, 내 목숨이 고작 그런 곳에 쓰인다는 것에 자꾸만 눈물이 흘러나왔다. 혹여 들킬까봐 소리 한번 내지 못한 채 계속 울었다.

머리가 차갑게 식어가는 느낌이 내가 죽을 날짜가 다가오는 것만 같았다. 그가 사라진 창문에 흔적이라도 찾으려고 손을 뻗었다. 하염없이 차갑기만한 시린 온도에 두 눈이 심해에 잠겼다. 느리게 깜빡이는 눈에 더이상 생기는 존재하지 않았다. 이 아이는 그런 기분이었는지 모른다.

이 사건이 끝났다고 알려진 건 12월 20일이었다. 달력은 12월 18일을 가르키고 있었다. 시간이 별로 없었다.

오늘은 처음이자 마지막으로 그들이 외출하자는 말을 건네왔다. 나는 힘 없게 웃으며 고개를 끄덕일 수 밖에 없었다. 단단하게 챙겨 입은 뒤 나온 밖은 생각보다 춥고 상쾌했다. 우리가 운전하는 차를 중심으로 옆에는 월인들의 차가 줄지어 따라왔다. 예전에는 이런 것들을 무시하고 그저 끝내려 잠만 자려고 아둥바둥 거렸는데, 이번만큼은 그러지 않았다. 아무래도 내가 너무 겁을 먹어서 눈을 뜬 채로 길을 걸어 온 모양이었다. 온 몸에 식은 땀이 흘렀다. 긴장해서 손을 꽉 쥐었다 폈다를 반복했다.

내가 지금 알고자하는 미래가 오히려 나에게 독이 될지도 모른다. 하지만 앞으로 나아가지 않는 것이 더 위험할지도 모른다. 손에 가방 하나 쥐고 모험을 온 것 같이 심장이 떨렸다. 오만가지 생각은, 몰려오는 수마에 잠겨 정신을 잃는 듯이 잠을 잤다. 이번에는 절대 돌아가지 않을 거라는 느낌이 강하게 들었다. 그저 그런 것을 바랄 뿐이었지만.

정신을 차려보니 기괴한 디자인의 방이었다. 반쪽은 완전한 어둠으로 뒤덮여있었지만, 내가 일어난 곳은 무척이나 밝았다. 저 너머에 보이는 유리창 너머로는 오직 진득한 노란 눈만 보일 뿐이었다. 마치 실험체가 된 느낌에 눈살을 찌푸리고는 자리에서 일어났다. 문을 찾으려 두리번 거리는 내 모습에 멀리에서 웃음소리가 들려왔다. 그들은 정말

나의 목숨을 벌레 보듯이 가볍게 여겼다. 시민들을 도와줘야 할 월인이 오히려 평인의 목숨으로 자신들의 안위와 평화를 지킬려고 하고 있었다. 그거에 진절머리가 나 몸을 부르르 떨었다. 나는 실험체도, 미끼도 아닌 그저 나였다. 어둠 속으로 들어가려고 몸을 돌린 순간 방 안에 달려있는 스피커에서 낯선 기묘한 목소리가 들려왔다.

"거기는 만족하고 있니? 너는 지금부터 나인의 수장인 그를 잡기 위해 월인을 도와주는 사람이 되어 거기 있는 거란다."

입술을 꽉 깨물며 그저 뿌연 창문을 노려볼 수 밖에 없었다. 히죽, 거리고 비웃는 듯이 말하는 저 말투 하나하나가 수치스럽게 느껴지기까지 했다.

"부모님도 허락을 했어. 넌 우리 사회를 구한 영웅이 되는거야."

믿지 못하는 현실에 그저 두 눈을 크게 뜨고 부모님을 바라보았다. 이런 상황에 바보같이 웃음만 나왔다. 그저께까지만 해도 내 이름을 부르며 나를 걱정하기 일수였던 그런 부모님이, 어느순간 저 밑에서 그들과 같은 눈으로 나를 내려보고 있었다. 나는 그 부부의 아이가 아니지만, 이 몸은 아니었다. 그들도 자신의 아이 목숨보다는 사회의 평화가 소중하다고 생각한건가? 한명이라도 더 살릴 수 있게 지금이라도 당장 나인과 맞서 싸워야할 월인이 이러고 있는건, 그들을 지지하고 있는걸까.

모든 사람들은 다 똑같이 한 명의 희생으로 다수가 살 수 있다면 그렇게 하는 것이 옳다고 할 것이다. 그 한 명이 자신이 아니라면 말이다. 이미 내 생각은 무엇을 해내지도 못한 채 망가져갔다. 더 이상 억울하다는 감정 이외에는 어떤 것도 떠오르지 못했다. 유감스럽게도 항의를 해야하는 목에서 목소리가 나오지 않았다. 그저 두 눈을 꼭 감은 채 이 상황이 어서 빨리 끝내기를 바랄 뿐이었다.

쾅, 하고 바로 옆쪽에서 폭발음이 들려왔다. 화들짝 놀라 눈을 떠보니 우주색 머리가 나를 반겼다. 그가 나를 안고 어둠 속으로 들어가려고 하고 있었다. 내가 안심할 수 있게 연거푸 괜찮아라는 소리만 중얼거렸다. 곧 이어서 방의 다른 한켠에도 환히 불이 켜지고, 갈 곳이 없게 되어버린 나와 그는 점점 방의 가장자리로 뒷걸음질 치고 있었다. 뒤에서는 환히 빛나는 무기를 가진 월인만이 서있을 뿐이었다.

등이 벽에 닿고, 더 이상 내딛을 걸음도 없을만큼 와버렸을 때 나는 너무나도 절망했다. 나같은 건 구하지 않아도 괜찮다고, 왜 왔냐고. 한 번 터진 말문에 그저 줄줄이 새어나올 뿐이었다. 아무것도 할 수 없다는 것이 너무나도 원망스러웠다. 오열하는 나를 품에 안아 다독여주는 그가 너무나도 다정했다. 이 순간에도 그저 둘만 있는 듯이, 주위가 고요해졌다. 그는 그런 나를 보더니 쓰게 웃으며 더욱 세게 안아왔다. 온몸이 울렁거리는 느낌이 마치 바다 속으로 빠지는 듯한 느낌이었다. 시야가 흐려지고 귀가 먹먹한 이 느낌을 무척이나 잘 알고 있었다. 나도 그를 껴안으며 작별을 고했다. 나지막하게 울려퍼지는 목소리가 너무나도 낯설었다. 환하게 웃는 입꼬리가 파르르 떨렸다.

"..사랑해"

그러니까 도망가줘.

나인인 그는 그저 월인의 무리에 홀로 맞서지 않고 계속 그들을 바라볼 뿐이었다. 품에는 이미 온 몸에서 피를 뿜어내 차갑게 변하는 자신의 애인을 안은 채 멍하니 허공을 응시하고 있었다. 그의 애인이 죽었다는 것이 믿기지 않는 듯이 계속해서 이름을 부르짖었다. 월인들도 그런 기괴한 풍경에 충격을 금치 못하고 있었다. 나인은 이내 품 안의 이를 고쳐 안고는 그의 어깨에 머리를 가볍게 비볐다. 도망갈 생각도 마음도 이미 사라진 그의 눈동자는 회색빛으로 변해있었다. 어서 끝내달라고, 그렇게 말하고 있는 그의 분위기에 무기를 든 모두 숙연하게 그들을 조준했다. 그는 흐느끼며 마지막 말을 고했다.

　"내가 반드시 널 찾아 갈테니까. 우리, 아무도 없는 곳으로 함께 떠나자."

　바다의 끝 저편에는 수많은 종이비행기들이 한가득 쌓여있었다. 종착지가 너무나도 찾기 어려웠는지 모두들 누렇게 변해있었다. 나의 모든 것은 이렇게 깊은 곳에 널부러져 있었다. 그곳에 앉아 하염없이 종이 비행기를 접으며 또 한번 날려 보냈다. 나는 평인이었고, 그는 나인이었다. 우리가 이렇게 된 것은 어쩌면 당연할지도 몰랐다. 하지만 그 지난날의 추억이, 느낌의 마침표를 찍지 않았으니까. 우리는 이제 다시 한번 찢겨 나간 페이지를 다시 써야 했었다. 나의 모든 진심이 종이 비행기를 타고, 저 멀리로 나아갔다.

　자리에서 일어났을 때에는 이미 해가 저버린 밤이었다. 누군가와 한 약속을 지키려고, 밖으로 나와 창문을 열었다. 그의 밝고 푸른 바다같은 눈이 내 은빛 눈 과 맞물렸다. 둘은 서로 손을 맞잡고, 지나간 약속을 지키러 떠났다. 푸른 바다에 별빛이 잠겼다.

《불안》과 불만, 자본주의의 숙명인가

자본주의 사회에서 태어나 평생 그 사회에서 살고있는데 새삼스럽게 무슨 불평이냐고... 하지만, 우리 사회는 분명 달라졌다. 물신에 대한 도덕적 집단 투항이라고 부를 만한 이 사태는 IMF가 중요한 계기로 작용했다.

발전이라는 환상으로 억누르고 있던 우리 경제생활의 민낯이 까발려졌다. 성장의 환상은 덧없고 아슬아슬한 것이었다. 우리들이 깊숙한 곳에 감추고 살아왔던 불안도 모든 사람의 얼굴에서 그대로 보여준 것이다.

결국 믿을 만한 것은 돈 밖에 없다는 신념이, 돈으로 인하여 생긴 불안을 돈으로 다독거리려는 악순환을 정당화시켜주는 것이다. 결국, 돈줄을 잡는 대열에 끼지 못하면 벼랑 끝으로 몰려 결국은 떨어진다는 생존의 논리가 모든 것을 집어 삼켜버리고 있다. 사람들의 얼굴에서 염치라는 것이 사라지고 있는 것이다.

자본주의 사회에서 갑론을박 하는 사람들의 불만을 다룬 알랭 드 보통의 생각은 앞으로 어떻게 진화해 갈지 벌써부터 궁금해진다.

이휘원
(연무중 3년)

낡은 규범과 돌파구 없는 현실에서 살아남기

소설의 주인공인 에밀 싱클레어는 자기 자신에 이르는 길에 있으며 낡은 규범들(아버지의 집, 종교, 도덕 등)의 속박에 괴로워한다. 그 속박들은 유년의 맑고 밝은 세계를 유지하며 진정한 인간이 되기위해서는 투쟁하여 벗어나야 할 것이다. 이 돌파구 없는 고통스러운 상황에서 그는 더 나이를 먹고 더 경험이 많은 사람인 '데미안'을 만난다. 그는 저지르지도 않은 도둑질을 떠벌림으로써 혹독하게 시달리던 싱클레어를 도와주며, 운명으로부터 도망치지 말고 운명을 받아들이라고 가르쳐준다. 낯선 도시에서 홀로 지내던 학창 시절, 정신적 지주에 대한 동경이 극도로 고조되었을 무렵, 싱클레어는 책갈피에서 쪽지 하나를 발견한다.

'새는 알에서 나오려고 투쟁한다. 알은 세계와도 같다. 태어나려는 자는 하나의 세계를 깨트려야 한다. 새는 신에게로 날아간다. 그 신의 이름은 압락서스.' 싱클레어는 이 압락서스를 찾아 나선다. 오르간 연주자인 피스토리우스는 그에게 신성과 마성, 남성과 여성, 인성과 수성, 선과 악을 다 갖추고 있는 신비로운 신에 대하여 이야기해준다.

싱클레어가 그려내는 꿈의 영상, 문장에 그려진 그림, '먼' 연인 베아트리체, 구름의 모습 등이 압락서스의 모습을 가진다고 여겨진다. 싱클레어는 마침내 데미안과 그의 어머니인 에바 부인 속에서 그 모습을 보았다고 생각한다. 그러나 그러면서도 그는 도달하지 못한다.

데미안은 허약한 사람들이 어디서나 공동체를(두려움, 무서움, 당황으로써 만들어진 공동체) 만들기 위해 노력하지만, 공동체는 속에서부터 썩어 있기에 금방 무너진다고 말한다. 이에 싱클레어는 지금의 공동체들이 와해된다면 공간이 생길 것이라고 생각한다. 그 틈새를 비집고 나가기위해 큰 날개 짓으로 짙게 구름 낀 하늘 속으로 사라지는 새의 영상을 본다. 분명, 극복해야할 낡은 세계와의 단절을 경험한 것이다.

전쟁이 터지자 데미안과 싱클레어는 전장으로 나가게 된다. 겨울전장에서 부상당한 싱클레어는 데미안과 다시 만나게 된다. 그는 데미안의 키스와 그를 통한 에바 부인의 키스를 받지만, 다음날 잠에서 깨어 옆을 보니 이미 데미안은 사라지고 없었다.

하지만 싱클레어는 완전한 자신만의 모습을 발견한다. 자신이 그토록 바라던 '나의 친구이자 인도자인 그와' 닮은 자신을 보게 된다. 그가 찾던 '자신 속에 있는 뛰어난 존재'와 하나가 된 것이다.

굴러가지 못한 삶을 위로하련다

헤르만헤세는 소설의 주인공 한스 기벤라트가 자란 소도시를 냉정하게 말한다. 관습적인 예의범절을 지키고, 자유로운 정신보다는 돈과 사회적 성공을 추구하는 편협하고 속물적인 곳으로 진단한다. 억압적이고 권위적인 사회 속에서 한스는 특별한 인물이다.

그는 고향의 인재들이 걷는 길을 걷도록 일찌감치 정해져 있다. 주 시험에 합격해서 신학교에 들어가서 교사나 목사가 되는 것이다. 한스는 시험 준비기간은 물론 시험에 합격한 후에도 선행학습을 한다. 그의 목표는 신학교에 들어가 좋은 성적을 내는 것이지만, 왜 그런 목표를 추구하는지는 자신도 모른다.

그저 교사들과 목사, 아버지가 말하듯이 열심히 공부하고 노력하면 평범하고 하찮은 사람들보다 더 나은 사람이 될 수 있다고 생각하였기 때문이다. 하지만 주체성이 없이 내몰린 삶의 방향은(자신이 원하는 것이 무엇인지 진지하게 고민하지 않고 추구하였던) 어느날부터 한스의 이탈로 이어진다.

그는 자신이 바라던 대로 신학교에 들어가 열심히 공부하지만 힌딩거의 죽음을 목도하고 하일버와 가까워지면서 점점 공부에서 멀어지게 된다. 그런 그를 이해하지 못하는 주위의 차가운 시선에 신경쇠약에 걸린 한스는 결국 학업을 중단하게 된다.

감수성이 예민한 소년 시절에 왜 한스는 날마다 밤늦게까지도 공부를 해야 하였을까? 학교에서 동급생들을 일부러 멀리하게 만들고, 낚시를 금지하고, 명예욕을 추구하겠다고 하는 세속적인 이상을 그에게 심어주었을까? 왜 시험이 끝나고 힘들게 얻은 방학조차도 쉽게 하지 않았을까?

고향으로 돌아온 한스는 자연을 통해 휴식을 가지려 하지만 자연조차도 이미 망가진 그를 회복시켜주지 못한다. 그는 소설의 제목처럼 수레바퀴 아래에 깔려 버리고 만 것이다. 그럼에도 그런 그를 구할 힘이 있는 사람은 그를 구하지 않는다. 아버지는 한스에 대한 실망과 분노를 감추려고 애를 쓰지만 그를 위로해주지 못했다. 학문의 길로 한스를 인도해준 목사는 아픈 마음을 이해하는 능력이 없었다. 그는 한스를 인간적으로 이해하지 못했다.

자살까지도 생각하던 한스에게 한줄기 삶의 빛이 내렸다. 에마라는 소녀에게 사랑을 느낀 것이다. 하지만 자기 자신의 욕망을 받아들이지 못하였던 그는 에마를 밀어내 버린다. 그를 진지하게 생각하지도 않았던 그녀 또한 마지막 인사도 없이 떠나버렸다.

이후 한스는 공장에서 수습공으로 일하면서 잠시나마 노동의 기쁨과 삶의 의욕을 느끼지만, 힘든 일을 견디지 못했다. 그는 학교시절 유일한 친구였던 아우구스트와 함께 술을 마신 후 혼자 집에 돌아오다가 강에 비친 자신의 모습을 보며 슬퍼한다. 자살인지, 실족인지 모르지만 결국은 죽음으로써 짧은 삶을 마감했다.

개인의 개성을 존중하지 않고 억지로 '사회의 적당한 구성원'으로 만들려고 하는 사회와 학교라는 권력에 의해 소진해 버렸다. 이 소설의 작가인 헤르만 헤세는 《수레바퀴 아래서》를 두고 이렇게 말하였다. "이 책에는 실제로 경험하고 괴로워하였던 삶의 한 조각이 담겨있다. 그런 생생한 내용이 때로는 아주 긴 시간이 흐른 후 전혀 다른 새로운 상황에서 다시 영향력을 발휘하고 에너지를 발산할 수 있다."

대한민국의 청소년들은 백여년전에 헤세가 경험한 삶, 그 이상으로 힘든 일상을 견디고 있다. 《데미안》과 《수레바퀴아래서》 사이에서 버티는 청소년들이여 우리 함께 공유하고, 공감하자. 힘을 내자고!!

제레미 리프킨의 말이 틀렸음 좋겠다

　문명은 태초부터 주로 노동의 개념을 중심으로 형성되고 있다. 노동은 구석기 시대의 사냥과, 채집생활부터 신석기 시대의 농경사회, 18C 증기기관의 발명으로 시작된 산업혁명, 현대의 조립 라인 노동자에 이르기까지 생산과 생존의 핵심적인 역할을 하고 있다.

　우리는 현재, 재화와 서비스의 생산에 있어서 기계가 점차 인간들의 노동력을 대체하고 있는 역사의 새로운 시기에 진입하고 있다. 우리 인류는 자동화된 미래의 타임벨트에 탑승하여 이동중이다

　21세기 중반 경에는 거의 자동화된 지구를 보게 될 것이다. 지금 출현되고 있는 지식 산업은 대체되고 있는 노동력의 일부를 사용하기는 하겠지만 실업 증가율의 증가현상을 막지는 못할 것이다. 그로 인해 많은 노동자들이 자동화의 편리함으로 인해 영구 실업자로 전락할지 정해져 있는 운명이다.

　여전히 취업중인 노동자들은 남아있는 일자리를 놓고 치열한 암투를 할 것이다. 그들에게 분배와 생산성의 증가분을 흡수할 적절한 구매력을 제공하기 위해서 더욱더 적은 시간을 일하라고 할 것이다. 기계는 점점 노동력을 대체하고 있음으로 마침내 수천만의 노동자들은 사용되지 않는 노동력으로 남게된다.

　이는 현대에 해결해야할 중요한 과제이다. 지구 전체의 광범위한 현실이다. 모든 지구인들이 4차 산업혁명의 충격에서 살아남고, 인류문명의 발전을 계속 추진하기 위해서는 넘어가야할 문제이다.

　노동자들이 거의 멸종된 세상, 그 길이 인류를 편안하게 인도할 것인지, 아니면 다시는 돌이킬 수 없는 불행으로 안내할 것인지, 결국은 우리들이 해결해 나가야 할 몫이다.

《노동의 종말》은 자동화에 대한 경고음을 발동하는 것이다. 하지만 동시에 새로운 사회를 위한 생존의 과정이기도 하다. 공정한 분배, 정의로운 나눔을 실현하는 중요한 계기로 삼는다면, 노동의 종말이 꼭 부정적인 세상만은 아닐 것이다.

초 판 1 쇄 2019년 2월 12일

지 은 이 오 룡 김민수 황민서 김지우 조서진 최동혁 임은재
김용민 안예원 오유나 강수진 박준수 양지원 오병준
윤상영 엄예준 이선효 김영현 장은채 임승혁 주재연
이동은 이예원 한나경 박채영 엄태선 권지효 이휘원

펴 낸 이 김종경

편집디자인 북앤스토리

인   쇄 광문당

펴 낸 곳 북앤스토리

주   소 경기도 용인시 처인구 지삼로 590(삼가동186-1)

전   화 (031) 336-8585 | 팩스 (031)336-3132

이 메 일 iyongin@nate.com

등   록 2010년 7월13일 | 신고번호 2010-8호

ISBN 979-11-962799-2-9 43800

값 13,500원

「이 도서의 국립중앙도서관 출판예정도서목록(CIP)은 서지정보유통지원시스템 홈페이지(http://
seoji.nl.go.kr)와 국가자료공동목록시스템(http://www.nl.go.kr/kolisnet)에서 이용하실 수
있습니다.(CIP제어번호: CIP2019003164)」